大
方
sight

比利战争

[美]丹尼尔·凯斯 / 著

邢世阳 / 译

THE MILLIGAN WARS

DANIEL KEYES

中信出版集团 | 北京

图书在版编目（CIP）数据

比利战争 = The Milligan Wars / (美) 丹尼尔·凯
斯著；邢世阳译. -- 北京：中信出版社，2018.11（2024.4 重印）
ISBN 978-7-5086-9320-0

Ⅰ.①比… Ⅱ.①丹… ②邢… Ⅲ.①长篇小说 – 美
国 – 现代 Ⅳ.① I712.45

中国版本图书馆 CIP 数据核字（2018）第 178220 号

The Milligan Wars by Daniel Keyes
Copyright © 2013 by Daniel Keyes
Published by arrangement with William Morris Endeavor Entertainment,
LLC. through Andrew Nurnberg Associates International Limited.
Simplified Chinese translation copyright © 2024 by CITIC Press Corporation
ALL RIGHTS RESERVED
本书仅限中国大陆地区发行销售

比利战争

著　者：[美] 丹尼尔·凯斯
译　者：邢世阳
出版发行：中信出版集团股份有限公司
　　　　　（北京市朝阳区东三环北路27号嘉铭中心　邮编　100020）
承　印　者：河北鹏润印刷有限公司

开　　本：880mm×1230mm　1/32　印　张：12.5　字　数：292千字
版　　次：2018年11月第1版　　　　　　印　次：2024年4月第11次印刷
书　　号：ISBN 978-7-5086-9320-0
定　　价：69.00元

版权所有·侵权必究
如有印刷、装订问题，本公司负责调换。
服务热线：400-600-8099
投稿邮箱：author@citicpub.com

本书献给世界各个角落的灾难幸存者
和给予他们希望的人……

目 录

致谢　　　　　　　　　III
序言　　　　　　　　　V

内在人格　　　　　　　001
序　幕　24个比利　　　009
第一部　疯狂　　　　　023
第二部　秘密　　　　　199
尾　声　魔鬼来了　　　373

致谢

在本书描述的这段时期见过和认识威廉·米利根（也叫比利·米利根）的人，慷慨地与我分享了他们的经历和体会。尽管他们中的大部分人已在本书中提及，但我依然要对他们的帮助表示由衷的感谢。

另外我还要感谢那些接受采访并为我提供（或确认）详细材料的人，本书的大部分内容正是基于这些材料。他们包括：

阿森斯精神卫生中心医疗部已故主任戴维·考尔（David Caul）医生，戴顿司法中心医院院长阿伦·沃格尔（Alan Vogel），俄亥俄州中部地区司法医院（CORFU）临床主任朱迪斯·伯克斯（Judyth Box）医生，精神病医生斯特拉·卡洛琳（Stella Karolin），以及心理医生希拉·波特（Sheila Porter）博士。

已故公共辩护律师加里·施韦卡特（Gary Schweickart），俄亥俄州公共辩护律师兰德尔·达纳（Randall Dana）以及他的同事，富兰克林郡公共辩护律师詹姆斯·库拉（James Kura），阿森斯市民事代理律师阿伦·戈尔兹伯里（L. Alan Goldsberry）和他以前的同事史蒂夫·汤普森（Steve G. Thompson）。

华盛顿州贝灵汉警察局警察威尔·吉贝尔（Will Ziebell）和蒂

姆·科尔（Tim Cole）提供了比利逃到华盛顿期间所发生的事件的情况。坦达·凯伊·巴特利（Tanda Kaye Bartley）与比利结婚后不久便抽时间与我长谈，讲述了她远离比利以及他们婚礼的背景情况。

我还要感谢玛丽为我提供了她保存的日记，以便我在本书中使用；感谢比利的赞助人、雇主和经纪人盖拉德·奥斯丁（Gerald A. Austin）为我提供的帮助。

在本书创作伊始、写作和最终出版过程中，班腾出版社（Bantam Books）的卢·阿罗尼卡（Lou Aronica）不断鼓励我并提供了大量帮助；詹妮弗·赫什（Jennifer Hershey）对书稿进行了认真的编辑；劳伦·费尔德（Lauren Field）律师则为本书撰写了颇有见地的评论。感谢威廉·莫里斯（William Morris）公司的同仁对我的鼓励和提供的支持，他们的努力确保了本书在全球的顺利发行；感谢罗恩·诺尔特（Ron Nolte）先生和国际版权部主任马西·波斯纳（Marcy Posner），特别是我激情洋溢、精力充沛的经纪人吉姆·斯坦（Jim Stein），他们的鼓励使我得以在困境中坚持下去。

感谢早川浩先生及其早川书房的同事把本书介绍给日本的朋友。

最后，我再次感谢我的女儿希拉里（Hillary）和莱丝莉（Leslie）对我的鼓励和支持，感谢孜孜不倦地为我整理手稿和访谈录音的妻子奥蕾亚（Aurea）。奥蕾亚敏锐的眼光和坚定的信心，帮助我通过长期和艰辛的努力完成了这部讲述比利故事的续集。

我还要感谢所有为我提供过帮助以及那些不愿披露姓名的人。

序言

州立利玛医院是专门治疗精神病罪犯的医院,那里戒备森严、措施严苛,因而被人们称为"人间地狱"。比利的公共辩护律师曾想方设法阻止将比利送到该医院治疗。在比利出乎意料地被送往利玛后,我便决定要更多地了解这个地方及其历史。

在《克里夫兰明报》上,我发现了两篇文章,其中一篇发表于1971年5月22日:

在利玛医院有26具上吊尸体未经验尸

爱德华·维兰(Edward P. Whelan)
与理查德·韦德曼(Richard C. Widman)报道

根据本报获得的亚伦郡验尸官的报告,在过去的九年里,有26位患者在利玛医院上吊自杀……诺布尔(Noble)医生昨天向本报透露,为上吊死亡患者做尸体解剖不属其业务范围。

1960—1965年在该医院就职的看守文森特·德维塔(Vincent G. De Vita)告诉记者,据他所知,其中两名患者是因无法忍受医院的残酷虐待而上吊自杀……

在26名自杀患者中，大多数是以一种极不寻常但在该医院广为人知的方式结束生命的。

"采取这种方式自杀需要极大的决心，"验尸官说，"因为只要站起来，患者就可以随时挽救自己的生命。"

也许是不想让读者过于不安，抑或是为了避免其他患者模仿，报道并未具体描述这种"极不寻常"的自杀方式。

四天后，该报以头号大标题发表了后续报道：

前看守说：利玛医院用电击惩罚患者

爱德华·维兰与理查德·韦德曼报道

一名因无法忍受医院虐待患者行为而辞职的前看守昨天向本报记者透露：利玛医院经常以电击方式恐吓和惩罚患者。

46岁的简·纽曼（Jean Newman）太太在第二次世界大战中曾志愿服兵役，这位敢于直言的老兵告诉记者，她曾目睹一位遭受电击的患者"变成了植物人"……

纽曼太太强迫自己描述了细节："我很坚强，也见过世面，但那绝对是我见过的最惨无人道的事。那个女患者仅仅在几分钟之内就从一个活生生的人变成了一具行尸走肉，令人忍不住作呕。"

"它（电击）在利玛医院不过是恐吓和惩罚工具，于患者的治疗毫无帮助。"

看到这些，我开始明白为什么一年前施韦卡特和朱迪竭力阻止法院和精神卫生局将比利送往利玛医院。

然而，迫于俄亥俄州两位议员施加的政治压力，比利还是被送到了该医院。

核心人格比利在更为良好的环境中尚且有自杀倾向，我真担心他在那种地方会做出什么事来。其他人格大多具有生存的技能，但唯一拥有出生证明的核心人格比利却有自杀倾向，14岁时曾企图从学校的楼顶跳下去自杀，那以后阿瑟和里根就一直让他沉睡。

我担心未融合的比利转到利玛医院后，可能会用自杀的方式来摧毁24个人格。

我的担心几乎成为现实。

比利转院后，我想去探视，但遭到新的主治医生（没有精神病医生资格证书）的拒绝。他对我的请求充满敌意，或许是担心我会发现什么。

1979年秋天，利玛医院公共信息办公室组织公众参观该医院。我报名参加，但不久便被告知林德纳（Lewis Lindner）医生拒绝我前往，还下令将我的名字张贴在所有的病房里，禁止我进入医院。

1980年1月30日，我收到比利寄来的几张字条，告诉我发生在他身上的事情。与此同时，我还收到利玛医院一位患者寄来的信，该患者几天前曾与我通过电话。

敬启者：

　　与你通过电话后，我决定重写这封信。我直奔主题吧。比利的律师探望之后24小时内，比利从第五重症病房被转到了第九重症病房，因为那里防范更加严格。

　　转移决定是由"医疗小组"在每天早晨的例会中做出的。这对比利是个意外的打击，但他应对得很好……

现在，我只能在活动时间与比利交谈。我发现比利承受的压力几乎到了极限，他说除非辞退他的律师，否则他永远会被禁止会客、写信和打电话。他们警告比利别再有出书（作者写的这本关于他的书）的非分之想，监护人员还不断地羞辱他。（因为帮助他出书，我也遭到了痛斥，这里的人不希望该书出版。）

但愿我能帮上忙。如果有什么我可以做的，尽管告诉我。

此致（名字隐去）

为保护他们的隐私，我隐匿或更改了一些人的名字，包括与比利同住一个医院的患者和与他关系密切的人、护士、看守和警卫人员，以及一些机构的基层工作人员。

在比利律师的抗议下，副检察长后来通知我，医院已经取消了对我的限制，我可以自由探视比利了。

我曾致信林德纳医生，让他有机会说明自己对在利玛发生事件的看法。鉴于他没有回信，我认为有必要公布关于他的信息来源，其中包括：我在法院目睹的他的言行和外貌特征；比利的回忆中关于他们会面的情况；媒体报道比利治疗情况时引述林德纳本人说过的话；以及在报章评论和录音访谈中，其他专业人士对他作为精神病医生的评价，例如1980年8月19日《明报》的相关报道。

此外，根据系列报道之三"重访利玛医院"中的描述，精神卫生局局长莫里茨（Timothy B.Moritz）承认，许多患者抱怨利玛医院没有提供恰当的精神治疗。情况可能确实如此，因为受到地理位置的限制，利玛医院没有足够多的合格工作人员。

　　此外，他（莫里茨）还承认，医院现有的一些工作人员不具备州政府要求的资质，例如：临床主任林德纳虽是医生，但不具备精神病医生所需要的资质……

　　他认为林德纳是一名好医生，并为聘用他辩护说："只能聘用林德纳医生，因为我们根本没有其他选择……"

　　莫里茨指出，州政府提供的工资无法吸引既优秀又合格的医生。他解释说，精神病医院不超过55000美元的年薪远低于其他医院。

　　因此，利玛医院合格专业人员的人数远不能满足需要。其结果是，未受过良好专业训练的病房看守便拥有了相当大的权力……

　　在不准许我探视的那段时期，比利与我的交流也受到限制。他没有纸和笔，只能在看守在场的很短时间内写东西。不过，这倒练就了他快速做记录的本事，得以描述发生在利玛医院里的事。比利偷偷记下了自己的想法、感觉和经历，交给前来探视的人转寄给我。

　　外界有关比利的看法直接摘自玛丽的日记。玛丽是位羞涩的女精神病患者，在阿森斯精神卫生中心结识了比利。她每次从阿森斯市乘车到利玛都会去探视比利。后来，她索性在医院附近租房住下，以便每天去探视比利。玛丽在日记中记录了比利的想法、表情和行为，以及她对他的感觉。

　　感谢玛丽同意我发表她日记的部分内容，否则我无法完成本书的写作，因为这些资料证实了比利对很多事件的回忆。

　　在过去的12年里与比利接触过的律师、精神病医生、公共辩护律师、警官和友人为我提供了第一手的写作素材，使我能够讲述一个完整的故事。很多在《24个比利》中无法深入描述的内容在本书中都得以详细披露。

读这部12年后的续作时，如果你的心难以平静，那是因为他的生活就是这样跌宕起伏。

丹尼尔·凯斯

1993年10月于佛罗里达州

当悲伤太多的时候，
一个人已经无法承受，
我就把投注在一个人身上的
所有煎熬分别来接受。

内在人格

10种人格

在接受审判时,只有他们是被精神病医生、律师、警方和媒体知晓的人物。

1. 威廉·斯坦利·米利根(比利,William Stanley Milligan),26岁

最初的核心人格,后来被称为"分裂的比利"或"比利";高中时被勒令退学,身高6英尺、体重190磅,蓝眼睛,棕色头发。

2. 阿瑟(Arthur),22岁

英国人,理性、冷酷,讲话带英国腔。他自修物理、化学并研习医学,能流利地运用阿拉伯文。他顽固保守、自认是资本主义者,但公开承认信奉无神论。他是第一个发现有其他人格存在的人,在安全状况下负责管理,决定由谁来出现代表"家庭"。戴眼镜。

3. 里根(Ragen),23岁

充满仇恨的人格。南斯拉夫人,讲英语时带斯拉夫口音,会塞尔维亚语和克罗地亚语;武器和军事权威,精通空手道。他体格健壮,能有效地控制肾上腺素。他信奉共产主义,是个无神论者,职责是保护家庭成员,特别是妇女和儿童;在危机状况下负责管理。他曾犯罪、吸毒,有暴力倾向;体重210磅,虎背熊腰,黑发,八字胡,色盲,只画黑白图画。

4. 亚伦（Allen），18 岁

骗子、操纵者。他负责对外联络，不可知论者，人生态度为"得过且过"。他会打小鼓、画人像，是唯一抽烟的人格；与比利的妈妈很亲近，身高与威廉·米利根相仿，体重略轻（165磅）；头发右分，也是唯一的右撇子。

5. 汤姆（Tommy），16 岁

精通逃脱术。好斗、具有反社会倾向，经常被误认为是亚伦。他会吹萨克斯管，是无线电专家，还擅长风景画；头发蓬乱、发色金黄，眼睛为琥珀色。

6. 丹尼（Danny），14 岁

容易被惊吓，惧怕陌生人，特别是男人。他曾被逼挖掘坟墓并被活埋，因此只画有生命的东西；留着棕色的齐肩长发，蓝色眼睛，身材瘦小。

7. 戴维（David），8 岁

充满痛苦，经常代其他人格承受痛苦。他非常敏感，善于理解，但不能长时间集中注意力，大部分时间精神恍惚；头发为深棕红色，蓝眼睛，身材矮小。

8. 克丽丝汀（Christene），3 岁

经常被老师叫到角落罚站，因此被称为"角落里的孩子"。她是个英国小女孩，聪明，但患有失读症；喜欢画花和蝴蝶；金发及肩、蓝眼睛。

9. 克里斯朵夫（Christopher），13 岁

克丽丝汀的哥哥，说话带英国腔，性格温顺但内心不安；会吹口琴；褐色金发类似克丽丝汀，留着短刘海。

10. 阿达拉娜（Adalana），19 岁

性格孤独、内向、害羞。她会写诗，烹调，操持家务事；一头乌黑的直发，茶色的眼睛，眼神经常飘忽不定，因此有人说她有一双"舞眼"。

不受欢迎的人格

由于他们具有令人讨厌的特点,因此受到阿瑟的压制。考尔医生在阿森斯精神卫生中心首次发现了他们。

11. 菲利普(Philip),20岁

性格粗暴。纽约人,有浓厚的布鲁克林口音,语言粗俗;以"菲尔"的名义让警方和媒体得知比利体内不止有10种人格;大错没有,但小错不断;棕色卷发、褐色眼睛、鹰钩鼻。

12. 凯文(Kevin),20岁

善于谋划。他曾策划"格雷药店"抢劫案;喜欢写作;金色头发,绿色眼睛。

13. 瓦尔特(Walter),22岁

澳大利亚人。自认是狩猎专家;因方向感极好,常被请出确认方位;情感压抑、性情古怪,留着八字胡。

14. 阿普里尔(April),19岁

女流氓。她讲话操波士顿口音,企图报复比利的继父;其他人格认为她精神不正常;会缝纫,协助做家务。黑发,棕色眼睛。

15. 塞缪尔(Samuel),18岁

流浪的犹太人。他是个虔诚的犹太教徒,是所有人格中唯一相信神的人;雕刻家,特别擅长木雕;黑卷发、山羊胡、褐色眼睛。

16. 马克(Mark),16岁

工作狂。他做事被动,若无其他人格的命令,便会无所事事;负责做单调的工作,没事可做时便凝视墙壁,有时被称为"僵尸"。

17. 史蒂夫（Steve），21 岁

经常骗人，喜欢以模仿的方式嘲弄别人。他极端自我，是唯一不接受多重人格障碍诊断结果的人格；由于嘲弄人而引起众怒，并令其他人格厌烦。

18. 利伊（Lee），20 岁

喜剧演员。小丑，喜欢捉弄人，机智。由于他的挑唆引起其他人格争吵，被狱方关入禁闭室。他对人生和自己的行为结果满不在乎；头发深棕色、眼睛栗色。

19. 杰森（Jason），13 岁

安全阀。他经常因歇斯底里发作和脾气暴躁而招致惩罚，但能减轻压力；独自一人承受不愉快的记忆，而让其他人格忘却往事，但因此丧失了记忆；头发和眼睛均为棕色。

20. 罗伯特（鲍比，Robert），17 岁

梦想家。他经常幻想着旅行和冒险；幻想自己能让世界变得更美好，但不具备雄心，也不想学习。

21. 肖恩（Shawn），4 岁

天生耳聋。他的注意力难以集中，反应迟钝，大脑中经常有嗡嗡的声音并能感觉到脑部震动。

22. 马丁（Martin），19 岁

势利眼。他是个自视甚高的纽约人，喜欢炫耀、装腔作势，妄想不劳而获；金发，眼睛灰色。

23. 提摩西（提米，Timothy），15 岁

在花店工作。他曾遇见一位有钱的同性恋者，因恐惧而压抑自己的情感，退缩到自己的世界里。

老师

24. "老师"（The Teacher），26岁

他是23种人格的融合体，为其他人格传授知识；聪明、敏感、颇具幽默感。自称"我是完整融合的比利"，称其他人格为"我创造的傀儡"；对往事拥有近乎完整的记忆。本书由于他的帮助才得以完成。

序幕

24个比利

1

在1977年10月的最后两周内，三名年轻女子在俄亥俄州立大学校区内被绑架，随后被挟持到郊区强奸。在第三宗绑架案发生不到40小时后，警方拘捕了嫌疑犯——22岁的男子威廉·米利根。拘捕"校园色狼"令哥伦布市警察局一举成名。

一位颇以从未在任何强奸案中输给陪审团而深感自豪的检察官声称："这个案子赢定了，指纹、物证、受害者指认一样不少，拘捕证据完美无缺，这小子要倒大霉了。公共辩护律师这回没戏唱了！"

然而，年轻的公共辩护律师施韦卡特和朱迪发现他们的当事人言行矛盾重重。施韦卡特第一次在狱中见到的那个受到惊吓的孩子，请求他找个女律师来处理他的案子，因为男性令他感到恐惧。回到办公室后，施韦卡特一头扎进朱迪的办公室说："猜猜谁想请你打官司。"

第二次见到的比利却判若两人，言行举止全然像个狡猾的骗子。

朱迪后来告诉施韦卡特，那个用头去撞墙试图自杀的男孩与那个胆怯、精神恍惚的少年根本不像是同一个人。

公共辩护律师认为他们的当事人患有精神分裂症，无法接受审判，因而向弗洛尔法官申请为比利做心理状态检查。弗洛尔法官同意由俄亥俄州哥伦布市的西南社区心理康复中心为被告做检查。

西南社区心理康复中心委派的心理专家多萝西·特纳（Dorothy Turner）很快就发现，她面对的是一个多重人格障碍（MPD）患者。她见到了负责承受痛苦的戴维（8岁），发现他用头撞墙壁是想把自己撞晕以逃避痛苦。他告诉特纳一个秘密："比利"（核心人格）一直沉睡，是因为阿瑟（英国人）和里根（南斯拉夫人）担心比利醒来会自杀并伤害其他的人格。

特纳读过许多有关多重人格障碍的文章，但从未亲眼见过这类患者，因而请求心理康复中心的匈牙利籍医生卡洛琳帮助诊断。

为了不影响卡洛琳医生的判断，特纳只告诉她这个年轻的患者有"意识暂时丧失"的症状。根据这个症状，再加上童年时曾发过高烧，卡洛琳医生最初认为比利的"意识暂时丧失"属于突发症状。卡洛琳在与比利见面之前曾告诉特纳，他的症状可能是大脑创伤和突发性精神错乱导致的。听了她的话，特纳脸上露出嘲讽的微笑，令卡洛琳颇为不解。

在监狱会客室里，特纳向卡洛琳介绍了丹尼、汤姆、亚伦和里根。在会面过程中，这些人格交替出现，令卡洛琳惊讶不已，完全摸不着头绪。里根给她留下的印象最为深刻，因为他们交谈了几句之后，他就用浓重的斯拉夫口音告诉她，他在监狱里遇见的所有人当中，只有他俩说话不带口音。

虽然卡洛琳事后得知里根是个很危险的人物，但觉得自己还是最喜欢他。自那天起，她坚信比利确实具有多重人格。

卡洛琳在治疗其他多重人格障碍患者后曾解释过："你一旦发现多重人格的存在，就永远摆脱不掉那种强烈的感觉。你能觉察到患者体内的人格转换和变化，还有你自己的反应——一种独特的、融合了同情和怜悯的双重感受，而且这种感觉非常强烈。我第一次看见比利就有这种感觉。"

在卡洛琳确认比利是多重人格障碍患者之后，特纳首先给朱迪打了电话。她告诉朱迪："我现在还不能和你讨论案情，但如果你没看过《人格裂变姑娘》(Sybil)这本书的话，我建议你买来看一看"

几天后，狱警打电话到施韦卡特家。"你大概不相信，"他说，"但你的当事人一定有问题。他砸碎了监狱里的马桶，然后用锐利的碎瓷片割自己的手腕。"

为了防范他再次自杀，郡检察长下令给比利穿上紧身衣。但没过多久，一位在监狱巡视的医生叫来值勤警卫，他们看到比利挣脱了紧身衣，把它当作枕头，很快就睡着了。

心理专家特纳带朱迪认识了比利的部分人格。阿瑟用标准的英国腔向她解释了自己如何运用想象力帮助那些年幼的人格发现他们失落的时间。他告诉他们，"站在光圈下"的人会拥有意识并出现在现实世界，而其他人则待在周围的阴影中，或是注视或是睡觉。

朱迪见到了逃亡专家汤姆、三岁的克丽丝汀（首次出现）、曾遭继父卡尔莫虐待和强奸的十几岁的丹尼，以及油嘴滑舌的亚伦。

朱迪在随后的几天里了解到，阿瑟是在安全情况下负责决定让谁站到光圈下。但在危险时期——例如在监狱里，则由里根决定由谁出现。砸碎马桶的就是里根，他内心充满仇恨，力大无穷，也是内在人格的保护人。

朱迪带施韦卡特去见比利时，他对比利是否罹患多重人格障碍仍有所怀疑。然而，当他离开监狱时，对此已深信不疑。他认为他们唯一的办法，就是要求法官对比利进行彻底的检查，以确定比利犯罪时的精神状态，以及他目前是否有能力接受审判。

2

施韦卡特和朱迪为比利辩护存在两大障碍，一个是俄亥俄州假释局，另一个是收容精神病犯人的州立利玛医院。

比利因抢劫罪被判15年徒刑，在服刑2年后最近才刚刚获得假释。鉴于比利违反了假释规定，成人假释局局长约翰·休梅克（John Shoemaker）下令立刻将他送回监狱。施韦卡特深知，在当事人精神状态不稳定的情况下，远距离为其辩护这么复杂的案子非常困难，因而说服弗洛尔法官，只要比利还在富兰克林郡法院（位于哥伦布市）的审判权内，并处于俄亥俄州精神卫生局的监护之下，假释局无权再次拘捕被告。

第二是要确保比利在哥伦布市附近的精神病医院接受检查以及治疗。在俄亥俄州，被告通常会被送到州立利玛医院（在当地被称为利玛）接受审判前的精神检查和治疗。但许多检察官和心理健康机构都认为利玛医院是俄亥俄州最糟糕的精神病院。

施韦卡特和朱迪向弗洛尔法官表示，比利根本无法在利玛医院生存下去，而且他的多重人格障碍显然需要请专家诊断和治疗。基于他们的要求，弗洛尔法官裁决比利到哈丁医院接受精神检查。哈丁医院是哥伦布市的一家私人医疗机构。乔治·哈丁（George Harding）医生是一位备受尊敬、沉稳持重的精神病医生，对多重人格障碍的争议持中立开放态度。他最终同意让比利转到哈丁医院接受检查，并要求该医院将鉴定报告呈送法院。

在其后为期七个月的综合评估中，哈丁医生咨询了美国研究多重人格障碍的专家，特别是科尼利亚博士（曾治疗《人格裂变姑娘》一书中的多重人格分裂患者）。在她的帮助下，哈丁发现了比利后来广为人知的10个人格，其中包括原始的"核心"人格比利。哈丁设法让这些人格彼此沟通，以实现所谓的**意识融合**。

1978年9月12日，在对比利进行了七个月的观察和治疗后，哈丁医生提交给弗洛尔法官一份长达九页的报告，说明了比利的治疗情况、社会经历和精神病治疗史：

> 患者述说，在他的家庭里，母亲和孩子们均遭受了肉体虐待。他自己曾遭到包括肛交在内的性虐待。根据患者的叙述，事情发生在他八九岁之时，共持续了大约一年时间，通常是于他和继父在农场独处时发生的。患者担心继父会杀了他，因为继父曾威胁说"我要把你埋在谷仓里，然后告诉你母亲说你逃跑了"。

哈丁医生通过其他精神病病例了解到，几乎所有的多重人格障碍患者都曾遭受过性虐待，特别是在童年时期。

哈丁对整个病例进行分析时指出：比利亲生父亲的自杀让他失去了父爱和关怀，令他处于"不正常的精神压力之下，而极度的罪恶感导致了他内心的紧张和冲突，并产生了一些幻觉。他成了继父为满足心理和性需求而实施暴力和性虐待的牺牲品"。

比利幼年时曾目睹母亲遭到继父无情的鞭打，体会到"母亲的恐惧和痛苦"，因而"出现了分离焦虑，使他的心理处于一种不稳定的虚幻状态，各种人格随时都会出现在梦境里。再加上继父的轻视、暴力和性虐待等行为，终于导致人格不断分裂的现象……"

哈丁医生结论道："我认为患者已具备接受审判的能力，他的多重人格业已完成融合……我还认为，患者在此之前患有精神疾病，因此无法为1977年10月下旬犯下的罪行负责。"

由于富兰克林郡检察长伯纳德·亚维奇（Bernard Yavitch）接受了哈丁医生在精神评估报告中提出的观点，弗洛尔法官宣布被告无罪释放。因此，比利成为法律史上犯下重罪却"因精神异常而获判无罪"的第一人。

多重人格障碍不但罕见，而且引起了众多争议，因此弗洛尔法官建议检验法庭不将比利送往利玛，而是转到一个能够治疗这种罕见疾病的医院。审读报告和证据后，检验法庭接受了初审法官的建议，判决将比利送至阿森斯精神卫生中心，由多重人格障碍专家考尔医生负责治疗。

3

除哈丁医生在最初治疗阶段发现的包括比利在内的10个不同人格外，考尔医生不久又发现了另外14个年龄、性别、智商和测试结果各异的人格。

这些人格中有13个被排除在光圈之外，因为阿瑟将他们列入了"不受欢迎的人"，不允许他们再出现。根据治疗其他多重人格障碍患者的经验，考尔医生运用专业知识将23个内在的"人"融合成一个全新的个体，即所谓的"老师"。"老师"能够记忆起所有人格自出生时起的经历。

尽管阿森斯精神卫生中心是一所开放的心理治疗机构，而不是安全措施严格的医院，但比利必须遵守各项规定，未经考尔医生准许，不得擅自离开医院。为了进行治疗，必须让比利拥有自信心，并建立起医生和患者之间的互信，因而考尔医生逐步放宽了对比利的限制，让他享受病人拥有的权利和自由。起初，比利获准在护理人员陪同下走出医院大楼，后来又获准像其他患者一样，签名后便可外出做短暂的散步，但不能超出医院附属园地的范围。

几个月后，两名护理人员带着比利进城（买绘图用品、会见律师，以及到银行把卖画的钱存起来）。后来比利又获准在一位护理人员陪同下离开医院。最终，考尔医生认为比利已经为单独外出做好了准备。

为了让大家不对下一步治疗产生误解，考尔医生征得医院主管的许可，在院方通知地方法官和假释局后，允许比利自行出入医院。

成人假释局局长休梅克并未按处理精神疾病假释犯人的一般程序行事，而是坚持继续监控比利和为他进行治疗的小组。弗洛尔法官反对以违反假释规定为由将比利再度送回监狱，因此休梅克只能等比利"痊愈"并处于法院审判权外之后，才能把比利送回监狱继续服剩下的13年刑期。

比利的几次离院独自进城都非常顺利，"老师"对自己维持融合状态的能力也颇为满意。他在俄亥俄州立大学校区里自由行动，与那些学生并无不同。考尔医生治疗比利取得的初步成果，令施韦卡特和朱迪相信比利也能过正常人的生活。

但是，比利与其他多重人格障碍患者的情况有所不同。医生可以在不公开的情况下治疗其他患者，媒体报道时也不会使用真实姓名，而比利自被拘捕的那一刻起，就被媒体彻底曝光。诊断结果一经报道，比利和为他治疗的医生就会立即成为全球关注的焦点，以及俄亥俄州市民攻击的对象。几位俄亥俄州政府官员对考尔医生及其以精神异常为由替比利辩护的律师提出了质疑。在医生和比利毫无思想准备的情况下，哥伦布市刮起了一场针对他们的舆论风暴。

1979年3月30日，《哥伦布市快报》第一次刊登了关于比利及其主治医生的报道。

医生允许强奸犯走出精神卫生中心

约翰·斯维泽（John Switzer）报道

去年12月被转送阿森斯精神卫生中心的多重人格障碍强奸犯威廉·米利根，已获准自由活动而不受监控。……威廉·米利根的主治医生考尔向本报记者透露，威廉·米利根已获准离开医院，自由进出阿森斯市……

有关比利治疗情况的负面报道接踵而来，包括一篇题为"必须立法保护社会"的评论员文章。

两位州议员——阿森斯市的鲍尔（Claire Ball）和哥伦布市的斯廷奇雅诺（Mike Stinziano），对医院和考尔医生提出了质疑。他们要求俄亥俄州立法局召开听证会，重新考虑允许比利转往阿森斯精神卫生中心接受治疗的法律是否恰当，并要求修改"因精神病而获判无罪释放"的条例。

斯廷奇雅诺指控考尔医生（搞错了人）之所以允许他的患者"自由行动"，是因为他正秘密地撰写一部有关比利的书籍，试图借着患者的恶名谋取暴利。两位议员要求医院举行调查听证会，加上媒体铺天盖地的报道激起的公众舆论，迫使医院为平息公众的怒火将比利的活动范围限制在医院之内。

媒体对医生不公正的指责令比利非常难过，而对他之前接受治疗的批评更令他深感困惑。"老师"放弃了，比利再度分裂。

随后，舆论攻击的矛头转向了法院，要求将比利转送到专门治疗精神病罪犯的州立利玛医院。

1979年7月7日，《哥伦布市快报》用醒目的红色标题发布了头条新闻：

强奸犯威廉·米利根将在数月后获释

文章报道说，比利在三四个月后就能恢复正常。根据美国最高法院对联邦法律的解释，届时比利可能会被释放。一名记者在采访斯廷奇雅诺议员后写道：

> 他（斯廷奇雅诺议员）认为，如果比利在哥伦布市活动，可能会有生命危险。

在政府官员和媒体持续不断地发动攻击10个月之后，阿森斯市郡法官琼斯判决将比利转往利玛医院（俄亥俄第四巡回上诉法庭后来裁决该项判决侵犯了比利的权利）。于是，1979年10月4日，比利被转送到180公里之外被称为**人间地狱**的利玛医院。

这部真实故事的续集便是从这里开始的。

不需要融合成一个人的地方，
才是他最理想的生存环境。
　　融合会让他失去很多，
对他而言，部分人格的能力
比融合起来的人格还要强。

第一部
疯狂

第一章
离开光圈

1

载着比利前往利玛医院的警车开过了一道道大门,四周高耸的围墙上架着带刺的铁丝网。车子通过武装警卫的岗哨后驶进了等待区。

两名执勤警察粗暴地将比利拉出车,带着他穿过一栋古老的建筑。大楼的墙是灰色的,天花板很高,窗子足有12英尺[1]。警官紧抓住比利戴着手铐的手,推着他向前移动。锃亮的油毡地上回响着警察鞋跟碰撞发出的咔嗒声。在走廊尽头的一间办公室的门上写着:入院——22号。

办公室里相对摆着两张杂乱不堪的桌子,一个红发、长着雀斑的高个女人等着其中一名警察找手铐的钥匙。

"把档案给我。"她说。

另一名警察把文件夹递给了她。

---

[1] 1英尺约合0.30米。——编者注(下同)

丹尼不知道自己身在何处，又为什么会来到这里。他双手发麻，感到手腕一阵阵地刺痛时才发现自己的双手被反铐在身后，现在正有人给他打开手铐。

"米利根先生，"那个女人避开他的目光说，"站到圈里去。"

她的话令他大吃一惊，她怎么会知道光圈的事？难道他的医疗记录上有？

站在右边的警察抓住比利的头发和戴着手铐的双手，把他向左推了三步。"你这个自作聪明的浑蛋，"他抱怨着，"不知道怎么搞的，他竟然能在车上打开这副该死的手铐。"

丹尼心想，警察一定是为了手铐的事才发这么大的火，把他的手铐得这么紧。一定是汤姆在车里打开了手铐。红发女人皱了皱鼻子，就像是闻到了死老鼠的气味。

"米利根先生，"她指着地板说，"你要是想在这儿好好活下去，就得学会服从命令。"

丹尼低下头，看到了一个红色的圆圈。他松了一口气，这可不是阿瑟所谓的"让人拥有意识的光圈"。这个红色的圆圈不过是在又脏又旧的地板上做的一个记号。

"把你口袋里的东西都掏出来！"她命令道。

丹尼把口袋翻过来，让她看看里面什么都没有。

站在他身后的警察说："到检查室把衣服脱了，浑蛋。"

丹尼走进去，脱掉了上衣。

一名看守走进来大喊："双手举起来！嘴巴张开！头发弄到耳朵后面！转身，把手放在墙上！"

丹尼按他说的做了，心想他是要搜身吗？他妈的！他不会让这家伙碰自己一根汗毛。他要离开光圈,让里根出来对付他。

"抬脚!弯腰!张开嘴!"

这家伙觉得这样做很有趣吗?

那人仔细地检查他的衣服,然后扔进一个洗衣桶里,随手递给他一套深蓝色的衣裤。"去把身上洗一洗,浑蛋!"

丹尼在湿地板上滑了一跤。他用脚顶着那扇装着铆钉的沉重铁门。门好不容易打开了,他看见对面的墙上立着一根生了锈的水管,水哗哗地流着。他跑到水龙头下又立刻跳了回来。水是凉的。

过了一会儿,水停了,一个身穿白色衣服、戴着塑料手套的矮个男人走了进来。他扬起一罐杀虫剂往丹尼身上喷,就好像是在喷画。丹尼的双眼灼热,令人窒息的液体喷到身上让他干咳不已。消完毒,那人把一个纸袋扔在地上,一言不发地转身走了。

纸袋里装着牙膏、牙刷和梳子,还有一个验尿用的杯子。丹尼擦干身体,换上了蓝色的衣裤。他抓起纸袋,跟着另一名看守向走廊走去,穿过一道上了锁的门,来到一个狭小的房间。他闭上眼睛,离开了光圈……

2

汤姆醒来,发现自己身在一个监狱似的小房间里,躺在一张奇怪的床上。为什么他的头发是湿的,而嘴巴却是干的?"这是什么地方?"他在心里喊着,"我怎么到这儿来的?"他猛地跳起来等着答案,但是没有人回答。一定是出了问题。自从考尔医生让他们融合以来,他一直都能与阿瑟和亚伦交流的。但现在他听不到一点儿回音。

他失去联系了。

到底出了什么事！他的身体颤抖着。他知道自己必须找点儿水来润润干裂的嘴唇，解解渴，还得搞清楚是否有可能从这个奇怪的地方逃出去。

汤姆走出房间，一束晃眼的光线令他眯起了眼睛。他发现在长长的走廊上有很多房间，而自己的不过是其中的一间。远处尽头的左边有一道上了锁的门。他转向右边，才发现这条走廊通向一个非常宽阔的大厅，而大厅连接着无数条走廊，就像车轮上的轴一样。

看守在大厅中央的办公桌旁来回走动着。

正对着办公桌的走廊用铁条封着，一定是个进出口。汤姆在心里盘算着如何逃跑。

在远处的活动室里，有几个人坐在椅子或桌子上，有人拖着腿走来走去，还有一个人在自言自语。汤姆看到有个人正在活动室外的喷水龙头前喝水，一群人挨着墙壁站在他后面排队。虽然汤姆讨厌排队，但还是小心翼翼地走过去排到队伍后面。

终于轮到排在汤姆前面的那个人弯下身去喝水了。汤姆看到水没有流进他嘴里，反而流在他脸上，真替那个傻瓜难过，但还是忍不住笑了出来。

突然间，一个瘦瘦的男人怒气冲冲地尖叫着冲出黑黢黢的门洞奔向喷水龙头，一边跑一边紧握着双拳。

汤姆听到叫声立即闪开，但正在喝水的那个人还在努力用嘴接水，对尖叫声毫无反应。于是，那个怒冲冲跑过来的人举起了握紧的拳头，向正在喝水的那个人的后背重重地砸下去。后者的头啪的一声撞向前去，水龙头刺穿了他的眼睛。他被拉起来的时候，汤姆看到他的黑眼洞不住地淌着鲜血。

汤姆跌跌撞撞地跑回自己的房间，强忍着不吐出来。他坐在床上用手拧着被单，琢磨着怎么用被单勒死自己。如果不能回到阿森斯精神卫生中心由考尔医生治疗，他知道自己迟早会死在这里。

他躺到床上，闭上眼睛，离开了光圈，在黑暗中渐渐睡去……

3

"比利！"

被惊醒的凯文跳起来走到门边。

"比利！站到圈子里去！"

根据以往在精神病院和监狱里获得的经验，凯文知道所谓的"圈子"就是一道以走廊相交处的办公桌为圆心、直径12米长的无形界线。那是一个你必须小心避免接近的区域，除非有人下令，否则绝不能踏进。要是不想挨揍，听到命令就必须乖乖地过去，站在圈里弯着身子瑟瑟发抖。凯文向办公桌走去，在圈子里找了一个安全的地方站住。

管理者没有抬头，指向一个由秃顶的看守把着的门说："轮到你见医生了，米利根，站到墙边去。"

凯文心想：我不去，我才不和什么疯医生说话呢。他跨出圈子，离开了光圈。

利伊一直待在光圈旁的黑暗区域里，这次不知道为什么允许自己出现。很久以前，由于他胡闹和捉弄人害得大家关禁闭，阿瑟一直不准他站到光圈下。在俄亥俄州利巴农管教所时，利伊、凯文以及其他几个人被阿瑟列入了"不受欢迎的人"，禁止他们出现。现在让他再度出现，就意味着这里是个危险的地方，因为在危险的情况下是由里根决定由谁站在光圈下的。利伊望了望四周，觉得这儿就是一个监狱般的精神病院，难怪要由里根来掌管一切了。

"比利，该你了。"

医生的办公室里铺着一张深褐色的细绒地毯，摆着几把塑料椅子。坐在办公桌后面的男子正透过烟灰色的眼镜望着他。

"米利根先生，"他说，"我是林德纳医生，也是利玛医院的临床主任。我看过你的病历和报纸上的报道。在我们开始之前，我想告诉你，我不相信你辩称的什么多重人格。"

原来这儿就是俄亥俄州的利玛精神病院！就是那个公共辩护律师竭尽全力阻止把我们送过来的地方。

利伊望着林德纳那张短小的脸，紧靠在一起的双眼，还有又薄又短的胡须和靠后的发际。林德纳梳向后面的头发翘在白衬衫的领口外，系着一条浅蓝色的领带，褪了色的领带夹上画着60年代流行的和平图案。

为了日后进行模仿，利伊只顾着观察林德纳的声音、表情和习惯，全然没有听见他在说什么。林德纳告诉他，这儿的生活就像打棒球一样，每人只有三次打好球的机会，超过三次，你就会被勒令"躺下"而非出局，就是说，你会被绑到"冷冻室"的床上。"冷冻"的意思就是隔离。

他太容易模仿了，利伊心想。

电话铃响了，林德纳医生拿起电话："对，他现在就在我的办公室里。"过了一会儿，他又说："我会尽量想办法。"他挂上电话时，表情完全变了，连声音也变得温和起来。"米利根先生，你大概猜到这个电话与你有关。"

利伊点点头。

"有两位先生要和你谈谈。"

"谁?哪个精神病医生?"

"不是医生,不过他们对你很有兴趣,大老远从戴顿跑来看你。"

此时,利伊猜到他们是谁了。一定是那些想方设法获得为比利出书权利的记者。比利和"老师"拒绝了他们而选择了另外一位作家后,他们发表了许多恶毒攻击那位作家的评论。利伊放声大笑起来。

他模仿着林德纳的表情和声音说道:"告诉他们别瞎操心了!"然后,他转身走出光圈,回到原来待的地方。

4

15分钟后,丹尼跑出窄小的房间到外面光亮处看《原野与河流》杂志里一篇关于养兔子的文章。他喜欢兔子,希望现在就能养只兔子。但他翻到下一页,看到里面有介绍如何剥兔皮的图片,以及如何处理、烹调兔子的说明时,立刻扔掉了杂志,仿佛被烫到了一样。

他上当了。

他想起比利的继父卡尔莫虐待兔子的情景,不禁泪流满面。他清楚地记得那天发生的事,那时他大约9岁,继父卡尔莫带着他到地里割草……

比利看到一只大兔子从洞里蹿出来,一蹦一跳地跑开。他打量兔窝,发现里面有一只灰棕色的小兔子。比利害怕卡尔莫的割草机会弄伤它,便把它抱起来藏在自己的背心下面。

"别怕,我只是想帮你找个新家,因为你现在没有家了,我们又没有给兔子住的孤儿院。我不能把你藏在家里,卡尔莫老头不会让我养你的。我以后会带你回来找妈妈的。"

比利听到拖拉机喇叭的响声,知道卡尔莫急着要喝啤酒,于是立刻跑到卡车上从冰桶里拿出一罐啤酒,穿过院子奔向卡尔莫。他把啤酒递给卡尔莫。

卡尔莫打开啤酒罐,瞪着他说:"你怀里揣着什么?"

"是一只兔子。它无家可归,我想把它带回家先养着,直到我找到安顿它的地方,或者等到它能照顾自己。"

卡尔莫哼了一声:"让我看看。"

比利敞开背心。

卡尔莫咧嘴笑着说:"在你把它带回家之前,我得先把它洗干净。把它带到车库前面去吧。"

比利简直不敢相信自己的耳朵。卡尔莫竟然对他如此友善。

"兔子需要特别照顾,"卡尔莫说,"不过它们很脏。就这么把它带回家,你妈妈肯定会生气。你先抱一会儿。"

卡尔莫走进车库,拿出一桶汽油和一块抹布。"把它给我。"他揪住兔子的脖子,把汽油洒在它的身上。兔子身上立刻冒出一股浓烈的汽油味。

"你干什么?"丹尼叫道。

卡尔莫打开打火机,把兔子点燃后扔到一边。小兔子在地上又跳又滚,跌撞着冲到墙边,身后留下一道火线。丹尼心疼得尖叫起来。

"觉得怎么样啊,妈妈的小宝贝?"卡尔莫哈哈大笑着,"烧烤兔崽子!"

比利不停地尖声叫着。这都怪他,要是把小兔子留在窝里,它就不会死了。

卡尔莫扇了比利一耳光,他才停止尖叫,低声哭起来。

在22号病房的活动室里,丹尼擦干眼泪,厌恶地将杂志踢到一旁。他双手抱膝,看着来来往往的人群。

他在想,不知道玛丽会不会来看他。他喜欢她,因为她和他一样害羞,容易受到惊吓。他感到害怕的时候,她就会静静地坐在他身旁,握住他的手。然而每当这个时候他都会被迫离开光圈,因为汤姆也喜欢和她待在一起。汤姆会出来告诉她,虽然她也是个病人,但没什么好怕的,因为她比很多人都聪明。他希望她能经常来看他。

然而,玛丽没有来。

检查室的门打开了,一个病人紧握着双拳从里面走出来。那个病人直奔丹尼而来,用尽全力在丹尼的脸上重重地击了一拳,然后跑开了。丹尼倒在地上,淌出了泪水。

为什么没人上前阻止或是过来帮忙?一个病人从医院检查室跑出来,毫无理由地打人,这难道不奇怪吗?然而,那些看守只是在一旁笑着,其中一个还大喊道:"击中啦,比利。"

丹尼没有听到喊叫声,因为戴维已经出来承受痛苦了。可是戴维并不知道出了什么事。接着,杰森又出来大吼大叫,直至看守将他带走。杰森也同样不知道发生了什么。

只有"老师"了解发生的一切,他一直在心灵深处默默地观察着。他知道在利玛医院第一天里发生的一切,不过是灾难刚刚开始罢了。

第二章
玛丽，玛丽

玛丽得知比利已经从阿森斯精神卫生中心被转到了利玛医院时，大吃一惊。玛丽是一位身材娇小、长相平平的女人。她的脸色苍白，留着一头深色的短发，住院的时候经常和比利一起消磨时光。她对比利先是好奇继而着迷，最后变成了由衷的关心。

从护士和其他病人那儿得知比利转院的消息后，玛丽曾想走出病房去和他道别，但犹豫再三，还是退缩了。比利走后她才走出病房，坐在大厅的长沙发上紧张地紧并着双腿，两手放在膝盖上，深色的眼珠透过厚厚的镜片，遥望着阿森斯精神卫生中心的大门。

她还记得，在见到比利本人之前，就已经听过他的声音了。那是在她因抑郁症而住进医院几周后发生的事。玛丽很害羞，所以大部分时间都待在自己的房间里。一天下午，她听到比利在她的房间外面和一个护士聊天，谈到继父卡尔莫对他的虐待——如何强奸他，还把他活生生地埋起来。

这些事听来不可思议，也很吸引人，但也令她为这个年轻人感到难过。她不想出去，于是就留在房间里偷听他诉说那些骇人听闻的暴行。

她想起自己一天前曾在广播里听到过比利的声音。在一个名为

"关心你周围的人"的节目中,几个人在谈论比利多重人格障碍的时候,曾播放了一段比利的谈话录音。比利谈到自己想帮助受虐儿童,她觉得他说得非常好。

第二天,比利来到她的病房,告诉她得知她是个爱读书的人,所以想知道她喜欢看什么书籍。

比利给她留下了深刻的印象。她觉得他积极进取,尽管也曾经非常消沉过,但已经熬过来了。医院里的大部分人确实病得不轻,她自己的情绪也变得越来越沮丧。但眼前的比利却如此积极向上,谈论的都是痊愈后准备去做什么,并且正在尝试帮助受到虐待的儿童。

当时她不明白比利为什么愿意接近自己,但现在她知道,比利是将自己视为一个需要关心的对象。他不断地努力,想得到她的回应。她对他的回应就是望着他,听他说话,在最初的几个星期里一直没有开口和他说话。他对自己的吸引力令她感到害怕。

她觉得他不过是想为别人提供帮助,如果医生或社工有什么事情没有做好,他绝不会袖手旁观。比利还说他也想帮助其他病人。

他常常开导她,让她说出自己的感受。他告诉她自己在被捕后如何在哈丁医院学会了自我表达。他还说,只要你敞开心扉并且信任医生,他们就能治好你的病。把自己封闭起来不利于治疗。

事实上,他们在一起的时候,大部分时间都是比利在讲话。一天晚上,他用了两个小时教她如何克服抑郁症。她并不认为他对自己贸然下的结论是正确的,但又说不出来。

过了一会儿,他转变了话题,告诉她该如何鼓起勇气叫他闭嘴。他不断地指出她过于害羞和内向,乃至所有人都敢教训她,可她连让别人闭嘴的勇气都没有。

他说的一些话令她感到不快,但她还是为他所吸引。她知道自己属于那种喜欢在角落里观察、研究别人的人。她知道自己能够开口叫他闭嘴，只是不想那么做而已。

不过，她终于开口了："那好吧，你现在闭上嘴。"

他把头猛地仰向后方，有些伤心地望着她说："你也可以不这么说啊！"

从那以后，她开始试着和人交谈，因此在面对比利时也变得更加开放。她非常想和比利说话，然而却办不到，因为比利常常令她胆怯。他坚强、充满活力，而且又如此积极向上，令她觉得自己相形见绌。

此外，她还觉得比利非常温和、善解人意和安静。她之所以喜欢他，是因为她一向害怕与同年龄的男孩交往。她怕他，不是出于生理上的畏惧，而是因为他的聪明才智。

霍斯顿刚到阿森斯精神卫生中心来的那天，玛丽发现他和比利在少年监狱利巴农管教所时就相识了。看着他们坐在那儿聊监狱里的事，让人觉得他们现在还是关在监狱里。她不喜欢听比利谈狱中的痛苦往事和与罪犯在一起的生活。她更喜欢像艺术家一样感情充沛、温和的比利。

霍斯顿说自己是因为海洛因而被捕的。比利则说自己在17岁时就被关进监狱，是因为里根在公路休息站揍了那两个猥亵他的人，之后还抢劫了他们；兰开斯特"格雷药房"抢劫案也是里根干的。他告诉霍斯顿，那个药剂师后来承认他认错了人，还说："他不是挟持我的那个男孩。"

为了减轻罪刑，律师说服一个精神异常的男孩承认自己没有做过的事，并且尽管他当时根本不在场，法官还是判了他2至15年的徒刑，玛丽认为这实在是严重不公。

还有一件事令她不解。她听说比利每次出庭，阿森斯假释局都会派人拿着拘捕证等在那里，以防万一精神卫生局将他无罪释放。比利告诉她，他觉得成人假释局的休梅克局长一直在寻找机会把他重新送回监狱。

一天下午，玛丽听见比利和另一个女患者聊天。为了引起他的注意，她走出房门，一屁股坐在门外的椅子上。但他聊得实在太投入，她觉得他根本没有看见自己。后来比利回到自己房间拿来了一个素描本，然后继续和那个女患者谈话。玛丽发现比利一边和那个人说话，一边画她。比利曾经说过："当我无法理解一个人的时候，我就通过绘画来理解他。有时候，我甚至能靠想象力画出他们在不同年龄段的样子，以此来了解他们究竟是怎样的人。"

于是玛丽故意露出一脸愁容，想激他来画自己。后来，比利告诉她，她那向下撇着的嘴角和抑郁的表情从来没有改变过；那是一张绝望、毫无生气的脸。

当警察把比利像动物一样铐住送往利玛医院时，玛丽很清楚，他内心里那个冷酷无情的囚犯或许能够应付，但那个温柔的艺术家却无法承受。

看到考尔医生沮丧地走进大厅，她明白有关比利转院的传闻是真的。

考尔医生停下来低头望着她。她低声问道："比利还能回来吗？"

考尔悲伤地摇了摇头。她转身跑回自己的房里，因为她不想让他看到自己哭泣。

过了一会儿，她擦干眼泪，凝视窗外。不知道那些人是否让比利带走了他的画作，因为她知道恐怕再也看不到他为自己画的画了……

第三章
混乱时期

1

"混乱时期"的说法是阿瑟发明的,用来向那些年纪小的孩子解释他或里根无法控制由谁出现在光圈下的心理"混乱时期"。在这个时期,内在人格可以自由出入,而"不受欢迎的人"则会趁乱出现,导致灾难性的后果。

正是在这个所谓的"混乱时期"里,阿达拉娜在俄亥俄州立大学校区内"许愿"让里根离开光圈,并用他的枪劫持了年轻的学生。在哈丁医院,阿达拉娜和心理医生特纳在会客室谈话时,哭着承认了自己犯下的罪行。她说这样做是为了寻求关爱,而这种需求是那些男孩无法理解的。她在两周内做了三次错事,但并不知道这种事即使是发生在两个女人之间,也算是强奸罪。

哈丁医生帮助男孩们融合时,阿达拉娜在一旁默默地观望着,最后终于明白自己必须为侵犯那三位女性承担责任。

在利玛医院,阿达拉娜发现"混乱时期"再度来临,便又跑了出来。但她无法忍受房间里像厕所一般难闻的气味,只好躲在黑暗中听其他人说话。不过她不明白他们在谈论什么。除了里根外没有人发现她。里根骂她是个婊子，斥责她竟然做出那样的事，还说只要有机会一定杀了她。

阿达拉娜大叫着说，她会抢先自杀的。

阿瑟想和她谈谈但没有成功，因为此时拥有控制权的是里根，一切都乱了。阿瑟觉得自己就像是一个航空管制员，面对漆黑一片的雷达屏幕，明知所有飞机都在盲目飞行，却还努力避免飞机发生碰撞。

后来，戴维出来用头去撞监狱的墙，小克丽丝汀也大哭起来。只有小孩才能让里根平息怒火，尤其是克丽丝汀。里根认为"混乱时期"对那些闯进光圈的孩子来说太危险，并且会危害到大家。于是他宣布，虽然他在这个危险的监狱里拥有支配权，但愿意让阿瑟分担责任，由阿瑟来决定谁应当出现在光圈下。

阿瑟很快就让亚伦出现了。

亚伦一动不动地躺着，生怕身体会像易碎的饼干一样被压碎。在医生开的镇静剂中，有一种治疗精神分裂症的三氟拉嗪安定片（Stelazine），他吃后感到口干舌燥。他只觉得床在快速地打转，乃至于他不得不用手抓住塑料床垫才免于被甩出去。

他赤裸的上身盖着一条短毛毯，痒得连汗毛都竖起来了，却不敢伸手去抓。最令他不安的是，他必须强迫自己睁大眼睛，才能看到周围的环境。在"混乱时期"，他无法和任何人沟通，因而不知道自己身在何处，又为什么会来到这里。

他很快就被好奇心害惨了。

亚伦打了个呵欠，伸了伸懒腰，再用双手揉揉脸，总算恢复了知觉。他仔细地查看了这个新房间：土棕色的砖墙虽然擦过，但看起来仍然坑坑洼洼；一张凹凸不平的床，一个满是蟑螂的厕所；一个抽屉没有把手的生了锈的柜子；墙上挂着一面破损的镜子。他怒火中烧，真希望手边有个鼓能帮他排解焦虑的情绪。无奈之下，他只好用手指敲打着柜子。

这时，门外传来一阵金属相互碰撞的巨大声响。钥匙发出的咔嚓声打破了沉寂，令他的背脊冰凉。那是看守的钥匙。

他明白了，这里不是医院病房而是监狱！

他的喉咙发紧，浑身又湿又冷。他擦干因为恐惧而流出的泪水，以免被人发现，然后瞪着门口看是谁来了。

一个胖看守斜眼看着他，笑说："起来吧，疯子！吃饭啦！"

亚伦摇摇晃晃地站起来，凝视着镜子中的自己。看到自己的脸，他差点儿笑出来。他不再颤抖了。又不是第一次来到一个新环境，有什么可怕的？看到自己泪流满面的样子，他不禁来了情绪，就好像听到了比利生父讲的经典笑话——那个以说笑为主的喜剧演员莫里森，站在迈阿密的舞台上于关键时刻说的令人拍案叫绝的笑话。

他自杀前在便条上写道："最后的笑话。小孩：妈妈，狼人是什么？母亲：闭嘴，把你脸上的毛梳整齐！"

钟声敲响了。

"吃饭了！排队领饭，你们这些笨蛋！"

一个人回嘴说："去你的，死胖子！"

听到队伍行走的脚步声，亚伦朝门口走去。他看到长长的队伍从一个个走廊聚集到大厅中央，然后向栅栏门走去。他排到队伍后面，想起比利的继父卡尔莫经常命令他"眼睛不要看别的地方！"，于是低头盯着地板。他知道自己能够应付，既然没人吭声，就证明是做对了。

避免和他人的目光相遇，能够保障他的安全，这样既没有人会和他说话，也没有人会阻拦他。没有人认出他，也就没有人会记住他。

"吃饭了！"一个秃头看守叫道。

"是的，弗利克先生。"一位患者答道。

几个掉队的人跟了上来，患者都沿着墙壁站着。

"A病房！列队！"那名看守高声叫道。

到目前为止他还算安全。

队伍像只巨大的蜈蚣一样沿着大厅前行。亚伦一边盯着自己的脚，一边用眼睛的余光瞄着两旁，沿着一条长长的台阶走下去。过道两旁的排气管和煤气管也挤进了队伍的行列。排气管响亮的气流声和机器的叮当声令他的耳朵嗡嗡作响。他怀疑这条过道不安全。倘若头上的哪根管子承受不住高压发生爆炸，这里所有的人都会被烤焦。那么，墙上的涂鸦就会成为他们的最后遗嘱。他用手掌在大腿上敲着一首葬礼进行曲慢吞吞的鼓点。

当队伍走进餐厅时，亚伦听到自己在心里发问：我住的是什么病房？为什么让我住在那里？他们知道我是谁吗？他们叫我"疯子"，就是说他们知道。他必须保持清醒，绝不能因为恐惧而睡过去。只有找到阿瑟、里根或其他人，他才能知道究竟发生了什么事以及如何应对。由于"混乱时期"通常会导致内部纷争，他感觉自己体内马上就要爆发战争了。

他知道自己敏感的胃消化不了那些干豌豆、冷马铃薯和黏糊糊的通心粉，所以只吃了面包和奶油，喝了些饮料。

在回病房的路上，他突然意识到不知道自己住在哪个房间。他怎么这么笨，离开时竟然没看一眼房间的号码？上帝啊！他会不会露出马脚？会有人欺辱他，用怪胎或者其他什么伤人的字眼称呼他吗？

他一面沿着走廊慢慢地走着，一面掏着口袋，希望能找到什么线索。但除了半包香烟，里面空空如也。他走进摆着椅子和长凳的昏暗的活动室，仔细观察着。天花板上布满了嘶嘶发响的排气管，和其他房间一样，这里的墙壁也是土棕色的。长方形的窗户上钉着薄薄的纱窗和细铁条，上面布满了灰尘。灰白相间的瓷砖地板脏兮兮的，缝隙已经变成了黑色。角落里有个加了隔板的小房间把看守和患者区隔离开来，是防止攻击的前哨站。

亚伦坐在角落里的一张长凳上，用手抹着额头的汗水。该死，怎么才能找到自己的房间？

"嗨！你怎么啦！"

亚伦吓了一跳，他抬起头来，看见一个身材瘦削、留着胡子、长着一双深色眼睛的男人。

亚伦没有回答。

"哦……你就是出现在电视和报纸上的那个有多重人格的人？"

亚伦点点头，想转移话题。

"我住46号房，就在你隔壁。"那人说。

当那个人在亚伦身旁坐下来时，他脑海里蹦出了45和47这两个数字。

"我在杂志上看过你的作品，在电视里也见过，"那人说，"那些风景和静物画真的很棒。我也画，但没你画得好。如果你有时间，也许能指点我一下。"

亚伦一想到"有时间"就笑了，但他没有回答。那个男人望着他，等待他的回应。过了一会儿亚伦才开口道："行啊，不过我只画肖像画。"

那男人笑得更加友善："听着，你放松点儿，很快就能习惯这个地方了。你不用担心那个胖子，但千万别相信秃子弗利克，他就会讨好管理员。我叫梅森（Joey Mason），到这儿已经三年了，我当时才10岁。"他眨了眨眼转身离去，又耸耸肩表示不必紧张。

亚伦掐灭了烟，起身去找他的房间。47号房间里的东西他都不认得，于是又跑到45号。看到屋里的小柜子上贴着比利的母亲、妹妹凯西和哥哥吉姆的照片，才确定这就是自己的房间。

他打开行李，从纸袋里拿出一些个人用品塞到柜子和厕所之间的空当里。整理东西时，他发现了几封寄给"22号病房，威廉·米利根"的皱皱巴巴的信，才明白自己最近换过病房。梅森刚刚做过自我介绍，那就意味着他搬到A病房没多久。亚伦感觉轻松了一些，因为这里没有人认识自己。

传来一阵敲门声。亚伦小心翼翼地打开门，被堵在门口的身高两米多的巨人吓得退后了几步。这个人大概有280磅[1]重，手臂很长，简直像个丑陋的怪物。

他一只手握着装了冰茶的塑料奶瓶，另一只向亚伦伸过来。"嗨，我叫盖柏（Gabe）。"

"我是比利。"亚伦说，将自己的手放在巨人的掌心里。盖柏的声音听起来很耳熟。对，他就是吃饭时大喊"去你的，死胖子！"的那个人。病房里也只有他足够强壮敢于这样说。

---

[1] 1磅约合0.45千克。

盖柏宽大的下巴上留着胡子，看起来更像希腊神话中的巨人阿特拉斯而不是《圣经》中被大卫杀死的巨人歌利亚。然而，一头稀疏的金发和一双蓝色的眼睛令他显得十分友善。

"我希望你不是转来的刑事犯。"盖柏温和而友善地说。

亚伦耸了耸肩："我也不知道算不算。"

"不知道，那你就不是。我曾经担心你是刑事犯，A病房已经21个月没来新人了。就是说我们这些'阿瑟曼转来的刑事犯'很快就会被送回各自的牢狱了。"他好奇地望着亚伦，想要得到证实。

"我不是从监狱转送到这里来的。"亚伦说。

这位巨人说到"阿瑟曼"时，亚伦想起施韦卡特曾经说过，在俄亥俄州的刑事法中有一条短命的法规：准许将俄亥俄州各法庭和监狱里的性犯罪者送至利玛医院，以进行心理矫正。施韦卡特说，利玛医院大量使用电击治疗，导致众多患者变成植物人，有些人甚至上吊自杀。州政府已经废除了这条极不人道的法规。当局还下令将从阿瑟曼转来的刑事犯人送回原来的惩治教育机构，但精神卫生局一直拖拖拉拉地不执行。

"你为什么被送到利玛？"盖柏问。

"我因精神异常而获判无罪，"亚伦说，"但是因为几个政客施压，他们就把我从一个市立精神病医院转送到这儿来了。"

盖柏点点头，啜了一口瓶子里的冰茶。"大家都用杯子喝，不过杯子里的水不够我塞牙缝的。你喝吗？"

亚伦笑着拒绝了。

这个温和的巨人身后突然响起了一个尖尖的声音："看着点，你这只大驼鹿，把整扇门都堵住了！"一个小家伙从盖柏的胳肢窝下钻了出来说道:"嗨……"

"这讨厌鬼叫鲍比·斯蒂尔(Bobby Steel)。"盖柏说。

与盖柏这个大块头站在一起,斯蒂尔显得更加矮小了,像只小老鼠。他长着一双棕色的小眼睛,深色的卷发,牙齿整齐,但前面的门牙突了出来。

"你从哪儿来?"斯蒂尔问。

"哥伦布市。"亚伦说。

"我有个朋友也是从那儿来的,"他说,"你认识理查德·凯斯(Richard Case)吗?"

亚伦摇了摇头。

盖柏将斯蒂尔推出门外,"让比利喘口气吧!他不会走的。"他冲着亚伦意味深长地笑了笑:"住A病房的35个反社会者都能照顾自己,但22号病房的那帮家伙可办不到!"

他们两个人走后,亚伦坐在床上琢磨这对奇特的伙伴。就像隔壁的艺术家梅森一样,他们似乎很友善,都欢迎并且接受他。A病房的患者显然比22号病房的智商高出许多。但由于反社会者可能构成威胁,所以这里的保卫措施更加严格。

"我不是反社会者。"亚伦大声说。他很清楚这个词在法律中是指那些屡教不改、无可救药的罪犯。这个词经常出现在死刑案件检控双方的辩论中。由于此类犯人没有同情心、良知丧尽,亦无法从经验或惩处中吸取教训,因而被判处死刑,以确保他们永远不能返回社会。

考尔医生曾经向比利解释过,虽然他精神异常,但不同于这类反社会的罪犯,因为他不但有良知,而且对其他人也有感情。

他根本就不该来这里!他或者是汤姆必须想办法离开这里。

亚伦脱掉鞋子躺到床上。盯着天花板或许能放松,让他的头脑清醒一点。然而,外面实在太吵了。说话声、脚步声和挪动家具的声音在空气中汇集成一片低沉的嗡嗡声,就如同比赛过后在活动室响起的议论声一样。他敲了敲床头的铁栏杆。

听到钥匙的声响,他知道看守正朝这边走来,于是停止了敲打。人们发出的声响随着金属的碰撞声逐渐消失了。每当钥匙发出的声音在自己门前停止时,亚伦就知道一定是看守把钥匙握在了手里,所以他立即坐起来,好让来者知道他处于戒备状态。

走过来的人与亚伦个头差不多,大约有6英尺高,长着一双深色的眼睛,乌黑的头发垂在前额。他身上穿的米白色上衣整齐地塞在宽松的灰色长裤里,然而却无法掩盖凸出来的肚子。他穿着制服裤子和锃亮的皮鞋,一定是个警察。他大约40岁。

"比利,"他说,"我是山姆·罗斯利(Sam Rusoli),叫我罗斯利先生。我知道你是谁,也知道大家是怎么说你的。你要想在这里过得好点,就必须听我的,听懂了吗?"

罗斯利威胁的口吻令亚伦想起了过去那些丑恶、痛苦的往事。他努力不让自己的目光流露出恐惧。

"这儿归我管,我有自己的规矩。你只要听我的,还有我下属的话,我就不会为难你,"说完他威胁着笑了笑,"你不会想要敬酒不吃吃罚酒,对吧!"

这可不是在询问。

罗斯利向门口走了几步又转过身来,拍拍胸前的身份卡说:"别忘了这个名字。"

主管离开后,亚伦转身望着铁窗外灰蒙蒙的天空。想到自己要被这么个具有反社会倾向的人管束，感到十分沮丧。他记得哈丁医生曾经警告过："暴力只能导致暴力。"然而，在这里除了使用暴力，还能用什么来保护自己？

一边脸挨了打就马上送上另一边，只能让人打碎下巴。但此刻他决不能睡过去，否则里根就会出来掌控，给自己带来更多的麻烦。在从阿森斯精神卫生中心转走的几天前，考尔医生曾经警告过他这一点。考尔医生向他解释过什么是多重人格障碍，还说将他与世隔绝会令他陷入持久的危机之中。然而，在和蔼的考尔医生将他们彻底融合，并教会他如何进行防卫之前，他们就把他从阿森斯精神卫生中心转走了。这种感觉就如同他打鼓或是画人像正进行到一半之时，将他的双手切断一样。他们为什么不能等他痊愈，再把他关到这里来？他要记住哈丁和考尔医生告诉他的话，但他担心一切都为时已晚。

"我恨这个'混乱时期'，阿瑟！"他在心里大声叫道，"我的脑袋里塞满了东西，快要爆炸了。我必须离开，阿瑟，你听见了吗？我必须离开。我出来太久了，感觉糟糕透了。真的非常糟糕。还是让其他人站到光圈下吧！"

就在这个时候，感谢上帝，他的脚下裂开了一个洞。他立即滑进去，消失得无影无踪。

2

只有在"混乱时期"，未融合的比利（或称"分裂的比利"）才能意外地获得站在光圈下的机会。

当著名的心理学家科尼利亚·威尔伯（Cornelia Wilbur）在富兰克

林郡监狱第一次唤醒他时，比利才知道自1970年企图自杀之后，八年来其他人格一直让自己沉睡。这些都是科尼利亚博士告诉他的。

与此同时，科尼利亚还解释说，他才是那个从妈妈肚里生出来的真正的比利。他是所有人格的核心。

他起初不相信，以为这个心理学家疯了。比利苏醒后，在哈丁医院以及后来的阿森斯心理健康中心不时获准出现在光圈下接受治疗。

转送到利玛医院之后，他再次被其他人格禁锢起来，以免受到病房里那些危险人物的骚扰。

"分裂的比利"走出病房，环顾着周围陌生的环境。"我每次醒来都会遇到麻烦，马上就会有人告诉我，说我干了坏事。"

他真希望见到玛丽。她写信告诉他，她现在感觉好多了，考尔医生已经不再为她治疗了。他盼望她到这个新地方来探望，驱散自己心中的阴霾。

听到钥匙的撞击声越来越接近，他转过身去，看到两名看守走进了大厅。那个矮个对高个看守说："他在那儿，刘易斯。"

刘易斯说："你守在这儿。"

矮个点点头，站在通往活动室的门口守着，刘易斯向他走来。"分裂的比利"看到那个高个看守戴着一顶棒球帽，又长又卷的头发从下面露出来。他一只手搭在墙上，站在比利身旁，肮脏的衣服散发出一阵阵汗臭味。

上帝啊！别让他伤害我，比利心想。

"比利，我是来告诉你一件对你来说非常重要的事。"他咧开少了一颗门牙的嘴，邪恶地笑着。

"什么事？"比利极力掩饰着心中的恐惧。

高个子敛起笑容，怒声吼道："关于你的健康。"

"分裂的比利"退后几步："你什么意思？"

刘易斯从身后的裤兜里掏出一个锯短了的扫帚把，用它抵住比利的下巴，将他逼到墙角。"你这个怪胎在这里是活不长的，要想好好地活着，就得签一份卡尔·刘易斯《监狱人身及意外伤害保险》，"他放低扫帚柄，在自己手掌上敲了敲，"指不定什么时候就会有哪个看你不顺眼的人走到你背后，用椅子砸烂你的脑袋，或是用刀割开你的喉咙。你别不信，这些怪胎为了一根棒棒糖什么都做得出来。签了这个，我担保你没事。"

"怎么签？"

"你这个下贱的强奸犯，你的命对别人来说一钱不值。我知道你卖画赚了不少钱，所以我相信你会付钱的。星期五之前先给我50美元。我可没和你开玩笑。"他在比利的脚上吐了一口唾沫，然后和他的同伙扬长而去。

独自站在活动室里的"分裂的比利"滑倒在地上，双脚虚弱地颤抖着。他想自杀，就像从医生那儿得知他体内有人对那三个女人做了可怕的事时所想的一样。玛丽曾告诫过他："你要活下去，比利。有一天你得为这个社会做出补偿。你要接受治疗，然后才能健全而自由地开始一个全新的生活。"

考尔医生亦曾告诉他："要和他们斗争，比利，你一定要活下去。"他希望"老师"能回来。

他盼望着玛丽来看他。

"我没有神经病，"他低声自语，"我没有迷失自己，我还有斗志。"

第四章
布拉索先生的手

1

"你是我的太阳,这该死的地方……你是我的太阳……妈妈给了我好几张面孔……"

A病房的浴室里弥漫着蒸汽,及胸的隔板为患者保留了一点点个人隐私。与22号病房浴室里的水龙头不同,这里的天花板装着单独的水管,水就像霰弹一样透过喷头倾泻出来。虽然并不均匀,三条大水管分别喷进了三间浴室。

"费加罗……去他妈的……费加罗……"

斯蒂尔尖声地哼着歌,一头乱发又湿又亮,看起来比第一次和盖柏一起到亚伦房间来时更像只老鼠。他用一块破布堵住了浴室的排水孔,让地面积满了水,边笑边唱地在及踝的水中踩来踩去,像在雨中玩耍的小孩一样。

他抬起头正好看见亚伦进来,在自己的水上乐园里冷不丁地被撞了个正着,不禁红了脸。

"啊,比利……你……"他慌乱地说,"到目前为止,你觉得这个疯人院怎么样？"

"我想我应该到更好的地方去。"亚伦说。他走进隔壁的浴室，抹起了肥皂。

比利从及胸的隔板再望过去时，看到斯蒂尔的脸已不再泛红。"我看过不少有关你的报道。你怎会落到这个下场？"斯蒂尔问道。

"说来话长。"亚伦说。他知道斯蒂尔只是想找个话题。

斯蒂尔把双臂搭在隔板上，用下巴顶着："你以前在利巴农管教所待过吧？"

"没错。"亚伦说，知道接下来他会问什么。

"那里比这边好吗？"

"好多了，"亚伦说，"那里活动更多，也更自由。我宁愿在利巴农蹲两年，也不想在这儿住一年。"

斯蒂尔松了口气，笑着说："那太好了，我们这些反社会者最后都会被送到那里去。"

亚伦吃了一惊。斯蒂尔可不像是个性犯罪或反社会的人。

斯蒂尔问道："听说那边有不少犯人会强奸男人，是真的吗？"

亚伦知道斯蒂尔因为自己身材瘦小，所以担心。"嗯，是有这样的事，不过大多是因为他们自己不小心。有人警告过，他们年轻、瘦小容易成为别人攻击的目标，但他们不听劝告……"

斯蒂尔冲掉溅到眼睛里的肥皂沫，眯着眼睛问："什么劝告？"

"首先，要是有人跑来给你什么东西，千万别拿。看起来是友好的表示，但背后可能隐藏着不可告人的动机。"

"我不明白。"

"比如说，一个你不认识的家伙突然跑来和你聊天，他看起来挺友好，还可能给你几块糖或一包烟。如果你收下了，你就欠了他的，但欠的不仅仅是烟或糖。你欠他的是人情，一种私情，比如说'性'。或者，两个你并不太熟的家伙跑来找你，让你和他们一起溜出去抽大麻，等你神志不清的时候就无法控制自己了。"

斯蒂尔的眼睛睁得老大。

"其次，要远离人群。甚至在离警卫室20英尺远的地方，他们只要把你围起来就可能下手。"

亚伦想起了那两个让比利花50美元买保险的看守。"还有……如果有人把你扯进一场毫无意义、毫无理由的打斗，然后有人出面说能为你提供保护，你就叫他滚蛋。那是他在设计坑你。要想得到保护，你就得用性行为来报答。到了监狱你就会知道更多，什么该做，什么绝对不能做。"

斯蒂尔裹着毛巾走出浴室笑着说："我的保护在这儿。"弯身从肥皂盒底下抽出一把蓝色的牙刷。

亚伦看到里面藏着一个刮胡子刀片，吓了一跳，不禁想起自己第一次坐牢时做的铁棍。那是他的武器。

斯蒂尔脸上露出的狂笑，说明他觉得自己一定用得着它。他用舌头舔了舔刀片，转身离开前目不转睛地望着亚伦，眼中充满了期待。

亚伦困惑地想：是什么把一个人变成这样？冲到背上的热水令他感到一丝温暖。斯蒂尔刚才还是个戏水的男孩，可顷刻间就变成了一个冷酷的杀手。

他现在明白了斯蒂尔为什么会被视为反社会者。

亚伦皱起了眉头。从戴维、丹尼或"分裂的比利"转换成里根，他在别人眼中大概也是这个样子。

如果斯蒂尔……

亚伦不再想下去。斯蒂尔确实不正常,但他绝对不是个多重人格障碍患者。

2

吃过早饭,那些精神恍惚和性格内向的人漫无目的地来回走动着,其他人则坐在活动室的角落里。几个看守围坐在大厅中央的桌子旁,吹嘘他们昨晚喝了多少酒、玩了几个妓女。在胖子和秃子弗利克巡逻 A 病房大厅时,一个重病患者突然倒在墙角下,吃下的早饭吐了一地。

主管罗斯利让看守到病房里把接受专项治疗的患者集中起来。

斯蒂尔反戴着蓝色棒球帽,双脚搭在桌子上,正在翻看一本旧杂志。他嘴里嚼着口香糖,肚子上面放了一个手提收音机,耳朵里塞着白色的耳机线。

住在 45 号病房的那个留着胡子的艺术家梅森在和另一位患者下跳棋。

亚伦玩着单人纸牌游戏,刚才又输了第五盘。

巨人盖柏躺在地上,一个比斯蒂尔还瘦小的孩子坐在一张摇摇摆摆的椅子里,椅子则压在盖柏的胸口上。盖柏把他顶起,然后又放下,把他当成了哑铃,但他好像有点眩晕。

"让理查德下来吧,"斯蒂尔说,"他快受不住了。"

盖柏慢慢地放低椅子,理查德赶紧跳下来,一言不发地跑到斯蒂尔身边喘了几口气。

斯蒂尔说:"顺便帮我拿杯咖啡。"似乎是在回答理查德一个没问出口的问题。

理查德笑着跑出活动室。

亚伦看到这种心灵感应式的沟通方法,皱起眉头问:"他想干吗?"

"想喝饮料呗。"

"你怎么知道?他又没说。"

"不说我也知道,"斯蒂尔笑着说,"理查德怕羞、内向,又不自信,他怕别人讨厌,不理他。你能从他的表情中猜出他要干什么,不过我有时候还是尽量让他开口说话。"

"我注意到了。"亚伦说。

"理查德在帮盖柏锻炼,所以我要犒劳他。他需要和人互动。"

"你就像哥哥一样照顾他。不过,你觉得这样对他有好处吗?不久你就要转到其他监狱去了。"

"我知道,"斯蒂尔伤心地低下头,"我会想念这个小家伙的。等我走了,希望你能照顾他。比利,他好像挺喜欢你的……别让别人欺负他。"

"我会的。"亚伦说,开始玩第六盘单人纸牌游戏。

理查德令亚伦想起了安静、内向的玛丽。他还记得自己如何帮她开口说话以摆脱抑郁症的困扰。他多么希望她现在能来看他,但是利玛离阿森斯市那么远,她得换几次车,用一整天的时间才能来到这里。他知道如果自己要求,她一定会来的,但他不想让她那么辛苦。

他把在卧铺下发现的那些信拿出来。他不知道拆信的人是谁,但觉得自己同样有权看她的信。她的字写得很小,仿佛不想让这个龌龊的世界看到。从这里也可以看出她是何等内向。

他拿起铅笔和纸写道:"玛丽,我很想你,真希望你能来看我。

但我知道我再也见不到你了。你最好不要到这儿来。如果你来了，人们就会知道我是多么在意你。我害怕他们会利用你，还有我妹妹和妈妈来报复我。我不能让这种事发生。"

他刚把信装进信封，就听见胖子在外面大叫："洛根！比利！凯斯！梅森！斯蒂尔！霍威尔！布拉索！还有布拉德利！到中间来，中午的吃药时间到了！"

一般是普通患者先拿药，然后弗利克再挨个检查精神病和抑郁症患者。亚伦再也无法忍受三氟拉嗪安定片，决定尽快让别人站在光圈下来吃药。他眨了眨眼，退下了……

汤姆发现自己正站在队伍中缓慢地向大厅中央走去，斯蒂尔和理查德慢悠悠地跟在身后。

"真恨他们给我的这些废物，"斯蒂尔说，"吃了这些药，我的舌头就会肿起来，视线也变得模糊，简直无法想事。后来他们给我吃了苯甲托品（Cogentin）才解决了这种药造成的尿频问题。"斯蒂尔指指理查德："他吃的是那种好的旧安定（Valium），就是那种浅绿色的药片。"

汤姆才明白现在是吃药时间。我才不吃呢！他想离开光圈，却没有成功，因为没人想出来吃那些药。为什么让自己出来？

斯蒂尔和理查德走到中央，站在他身旁。三个人在护士站前排成一排。

55岁的格伦迪太太戴着一副泪滴型眼镜，镜框上镶嵌着亮片。她脖子上挂着一条眼镜链，不看东西的时候可以用来挂眼镜，不过她还是把眼镜半架在鼻梁上。两个看守把着半开的门站在她两侧。她不发一语地拿出药片和一小杯水递给病人，仿佛他们就是一堆垃圾。她的表情，在汤姆看来简直像是咬了一口烂三明治。

突然间，一个30多岁的瘦子大叫道："上帝啊！我再也无法忍受了，格伦迪太太！这药让我变得虚弱，我无法走动，无法思考，简直把我逼疯了！"

汤姆心想，这个流着口水的男子简直就是个行尸走肉，而且他们就是想让他一直这样下去。那个男子跪下去，孩子般地哭了起来。格伦迪太太向胖子使了个眼色，后者立刻走到那个男子身后拧住他的胳膊，然后又一把抓住他的头发。秃子弗利克站在他们和其他患者中间，用眼睛瞪着大家，看谁胆敢上前。

格伦迪太太走出来，但没有关上半开的门，就好像随时准备退回去。"布拉索先生，这药可以硬吃，也可以软吃，你想怎么吃？"

布拉索抬头望着她，两只眼睛周围都有一个黑眼圈。"格伦迪太太，你看不出那些药在残害我吗？"

"给你五秒钟做决定。"

布拉索慢慢地伸出手后，胖子才松开了他的头发，把他拉起来，检查他嘴里的药。

"他妈的贱女人。"斯蒂尔低语道。然而，格伦迪太太逼着布拉索吃完药后，斯蒂尔还是走过去领了药，将身体转向胖子。"张开嘴！"胖子命令道，"伸出舌头！"

凯斯也同样照办了。汤姆走过去看着他把纸杯压扁，然后扔进快满出来的绿色垃圾桶。汤姆突然想到一个办法。轮到他的时候，他把药片放进嘴里用舌头挤到一边，然后仰起杯子喝水。喝完水，他再用舌头把药片推回杯子里，趁胖子检查他嘴的时候立刻把杯子压扁。

他成功地骗过了这些人！

就在他为自己的成功暗自高兴、弯身去扔垃圾之际，一只手突然从后面抓住了他的手腕。

罗斯利咧着嘴对他笑了笑，打开了已经被压扁的纸杯。

该死的！

罗斯利把汤姆的头猛地推到一边，扯着他的头发，逼他吞下了湿乎乎的药片，连水都没给。

汤姆离开大厅时，舌头还能感到药片的刺激，耳朵里回荡着嗡嗡的声响。

斯蒂尔尴尬地笑着跟过来："我该提醒你的，罗斯利很清楚那些伎俩。只要他在，你根本逃不过。比利，他可不像看上去那么蠢。"

"等着瞧！"汤姆说，"我还有其他办法。"汤姆其实知道自己并没有什么办法，只是希望自己有罢了。

只有刷牙才能减轻药片黏在舌头上留下的苦味。汤姆握着挤满牙膏的牙刷，一边刷牙一边绕过正在晃悠的那个人从浴室走向洗漱室。

因为臼齿敏感，冷水总是令他的牙床刺痛不已。然而，水温很难调得适中，不是太凉就是太烫。热水甚至在他把牙刷放到嘴里之前，就把牙膏给融化掉。但为了清除那股可怕的味道，他还是用水刷了牙。

洗漱室里的镜子上不一会儿就布满了蒸汽，于是汤姆用袖子擦了擦镜子。当他看到镜子里出现另一张脸的时候，吓了一跳。布拉索先生站在他身后，两眼呆滞，胡子拉碴的下巴软弱无力地垂着，嘴角淌着口水。汤姆心想这个虚弱的男人在吃过药之后一定是精神失常了，也许根本没看到自己。这就是抗精神病药对患者造成的影响。他知道这男人已经丧失了心智，所以立刻站到一旁。

布拉索先生似乎是想好了似的，打开了滚烫的热水龙头。他连眼都不眨一下，毫不犹豫地把右手放到滚烫的热水下，好像全然没有知觉。

汤姆向后退了几步叫道："你会把手烫熟的！"

布拉索把烫坏的手放到嘴里，咬断了食指。鲜血喷了他一脸。

汤姆尖声喊叫着："救命啊！上帝啊！快来人啦！"

布拉索又咬了一口，这回咬到了食指的关节，骨头啪的一声断了，鲜血从他的下巴上淌下来。

汤姆觉得自己的膝盖像是被人捅了一刀，一堆污垢从鼻子和嘴里喷出来。看到一段裸露的手指掉到地上，汤姆的眼前一片漆黑……

他睁开双眼，发现理查德正用蘸了凉水的湿衣服给自己擦脸。理查德没有说话，但眼中充满了同情。斯蒂尔在清理沾满了血迹的墙壁和水池。布拉索先生已经不在了。斯蒂尔告诉他，盖柏听到他的呼救声就迅速跑过来。巨人迅速地握紧布拉索的手腕给他止了血，然后把他送到了护士站。汤姆的叫声救了布拉索先生一命，使他没有因流血过多而死亡。

罗斯利走进浴室，弗利克和胖子跟在他身旁。他看了一眼四周，咧嘴笑着问："米利根先生，你喜欢这个永久的家吗？"

3

几天后，活动室一片寂静。小理查德突然瞪着双眼冲进来，打破了平静。他慌乱地扯着盖柏的运动服，结巴着说不出话来。

斯蒂尔拿出他的刮胡子刀片，跳起来准备保护他。

"别急，理查德，"亚伦说，"放轻松点……"

斯蒂尔看到大厅里没有什么动静，便把刀片放回袜子里。"出了什么事，小家伙？慢慢说。"

理查德还是结巴着说不出来，直到亚伦大吼道："停！"理查德这才不再结巴，兴奋地喘着气。"现在你慢慢、慢慢地深呼吸。对……就这样……然后告诉我们出了什么事。"

"医……医生说……说我可……可以回……回家了！"

斯蒂尔和亚伦相视一笑。"真是……太棒了，理查德！"他们击掌庆贺。

"你什么时候走？"斯蒂尔就像个骄傲的父亲一样问道。

"我两……两周后去……去法院，米基（Milkie）医生说，他会告……告诉法……法官我对人没有威胁，然后我就可以回家了。"理查德合起双手，眼睛望着天花板。"感谢上帝，"他低声说，"我现在……没事了。"他看了看周围，感到有点不好意思，于是又退回到自己那个近乎无声的世界，脸上也恢复了麻木的表情。

斯蒂尔说："得庆祝一下。你去拿点饮料吧，还有我屋里的收音机。"

理查德高兴地点点头，跑开了。

"他为什么被送到这里？"亚伦问，"理查德不像是个会伤害人的孩子。"

"他对妈妈十分依赖，"斯蒂尔说，"爱妈妈甚于自己的生命。一天晚上他回到家，看到爸爸醉倒在地上，妈妈被榔头击中身亡。这件事令他崩溃了。他爸爸被关进了联合监狱，理查德脑子里一片混乱，一心想报仇。有一天，他跑进一家便利店，持枪抢劫了店里所有的钱，然后坐在店前的路边等着警察来。这个可怜的孩子以为他也会被送到那个关他爸爸的监狱，这样他就能杀了那个畜生。可是警察发现他精神不正常，就把他送到了这里。他才19岁啊……"

"那你为什么会到这儿来?"

斯蒂尔的目光变得冷酷起来,亚伦意识到自己不该问。

"我之所以被送到这里,是因为我星期天上教堂……"

看到理查德拿着饮料和手提收音机走过来,斯蒂尔停了下来。斯蒂尔伸手去拿收音机,理查德却收了回去,像是在保护收音机。

"你该先……先说什么?"理查德问。

"谢谢你,理查德。"斯蒂尔耐着性子说。理查德眉开眼笑地把收音机递给他。

"用饮料来庆祝一般的事还行,"斯蒂尔说,"不过,我希望能有更好的东西来庆祝你出狱。"

"要是能给我七天时间就没问题。"亚伦沉思着低语道。

"什么意思?"斯蒂尔问。

"酿酒。"

"酿什么?"

"让东西发酵,酿成酒。"亚伦说。

斯蒂尔还是一脸茫然。

"就是造酒,"亚伦说,"自己酿……劣质的酒……"

斯蒂尔恍然大悟,"你会酿吗?"

"我是在利巴农管教所里学的,"亚伦说,"囚犯们叫它'转酒'。我得先想想怎么搞到酿酒的东西,给我点时间。现在嘛,我要去拿些点心来配你的饮料,咱们一起为理查德庆祝。"

理查德笑了。他很容易取悦。

第五章
失落的时间

1

当天午后,大厅里响起了胖子的叫喊声:"米利根!到护士站报到!"

亚伦走到大厅中央,罗斯利指了指护士站。亚伦走进半掩的门。格伦迪太太正拿着放在金属夹板里的病房记录坐在里面,旁边的椅子上坐着一个胖男人。他的头发油亮,眉毛和头发一样黢黑,正在吃一份潜艇三明治,蛋黄酱从包装纸里流出来滴在双下巴上。

"这是米基医生,你的主治医生。"

米基医生翘着小指,用食指把最后一口三明治塞进嘴里,满足地抿抿嘴,然后又用小指头把配着塑料框的双光眼镜推上鼻梁。

"坐吧,米利根先生,"他一边嚼着嘴里塞满的食物,一边用手指了指桌旁的一张木凳子,"米利根先生,我想先告诉你,我是国内外最优秀的精神病医生。"

米基用一张棕色的纸巾擦了擦嘴:"不信?那去问问别人,他们会告诉你的。"

他摘下眼镜,用一张10美元的纸钞擦拭,然后低头看着放在桌上的病历。"嗯，米利根先生，你为什么到这儿来？哦，在这儿……"他大惑不解地问，"你1977年犯案，之后去过哈丁医院和阿森斯精神卫生中心。那他们为什么把你送到这儿来？"

亚伦不想解释，认为任何人都能从他的病历中找到原因。这个胖男人让他感到不耐烦。在利玛医院住三个星期，再加上不停服用三氟拉嗪安定片和阿米替林，他已经快变得和布拉索先生一样精神恍惚了，而这位世界上最优秀的精神病医生竟然还问他为什么会在这里。

当然，他不能任由这位医生摆布，得想办法尽快摆脱这个糟糕的处境。他有什么好怕的？他相信临床主任林德纳医生会想方设法把他永远留在这里的。

"我是从阿森斯精神卫生中心转过来的，"亚伦冷冷地说，"因为我对那里的病房服务不满意，所以要求转院。还有，我从小道消息得知你们这儿有个很棒的法餐厨师。"

米基咯咯地笑起来，身上的肥肉随着一起颤抖着。"米利根先生，我不明白他们为什么送你来这儿，也不想知道他们为什么说你具有多重人格。我的责任是判断你是否会伤害自己，或者对他人构成威胁。"

亚伦点点头。

米基医生的笑容消失了。"我得问你几个问题。今天的日期？"

"1979年10月30日。"

"说出20世纪中的五位总统。"

"卡特、福特、尼克松、肯尼迪和艾森豪威尔。"

"快速回答，"米基咄咄逼人地问，"希腊的首都？"

"雅典，"亚伦迅速答道，然后立即反问，"你说说印度的首都是哪儿？"

"新德里，"米基答道，"我为自己的地理常识感到骄傲。古巴的首都？"

"哈瓦那。我也是。那加拿大呢？"

"渥太华，"米基答道，然后接着问，"巴基斯坦？"

"伊斯兰堡。挪威的首都？"

"奥斯陆，"米基问，"尼泊尔？"

"加德满都。"亚伦答道。

又问了几个国家之后，亚伦终于用赞比亚首都难倒了这位号称国内外最优秀的精神病医生。

胖医生红着脸说："米利根先生，看来没必要再继续检查了。我没看出你有罹患精神病或丧失能力的迹象。我会告诉法院你不属于这里，那你就可以回阿森斯精神卫生中心去了。而且从现在开始，我会把你的药都停了。"

亚伦在凳子上兴奋地扭动着身体。今天对于他和理查德来说真是太美好了，他急于把这个好消息告诉那个小家伙，因而挤出一句话："这样就行了吗？"

"但是你得告诉我赞比亚的首都是哪儿。"

"抱歉，医生，我不知道。"亚伦说。他向门口走去，为难倒了医生而沾沾自喜。

"原来你是在诓骗我。"米基说。

亚伦转身说道："比赛就是有输有赢。"

"我不想扫你的兴，米利根先生。不过我可以告诉你，赞比亚的首都是卢萨卡。"

亚伦丧气地回到自己的房间。

063

不过，检查结果还是令他很兴奋。他的律师听到米基医生对他的诊断也会高兴的。

他找来戈尔兹伯里律师，请他在11月3日即将举行的听证会上传唤米基医生出庭。他已经让米基医生了解了自己的情况。

这的确值得庆祝一番，该好好想想酿酒的事了……

2

停止服三氟拉嗪安定片后，最初亚伦觉得身体疲倦虚弱，而且难以入睡，因为过去服的药导致了生理系统紊乱。然而几周后，他开始有了一种重生的感觉，恢复了知觉。他知道已经连续下了三天雨，但今天早晨他才第一次注意到雨水拍打在窗户上的声音竟然那么响。

透过铁窗凝视着雾茫茫的雨景，他感到一阵晕眩。从破损的铁窗吹来的空气是如此清新，令他的精神为之一振。自阿森斯精神卫生中心转到这里，他还是第一次感觉到真实的存在。

他用梳子整理了一下头发，趁早饭尚未开始，带着肥皂、牙刷和毛巾去洗漱室清洗。进入浴室，他听到斯蒂尔正在提醒理查德清洗耳朵背后。

"真早啊！"亚伦说。

斯蒂尔递给他一个刀片。"这是新的。在看守给患者刮胡子之前，你最好自己先刮一下。他们的刀片一般都会用20次以上！"

"我有个计划。"亚伦说。

"逃跑的？"

"不是，想弄点好东西喝。"

斯蒂尔四下看了看，以确定是否有人在偷听。"我们能帮什么忙？"

"首先我们需要搞到材料。先从面包开始。吃早饭的时候，你们要尽可能多偷点面包带回病房。"

"要面包干什么？"斯蒂尔问。

"为了制造酵母，朋友。做酒要发酵啊！把酵母和果汁、糖掺在一起，几天以后就能做成'转酒'了！就是联合监狱那些人所说的'劣等酒'。"

"吃饭了！出来排队！"看守喊道。

在通往厨房的过道里，等着领饭的队伍沿着嘶嘶作响的排气管缓缓前行。餐厅里有75张四人位的桌子和焊在地上的旋转椅。接了蒸汽的桌子可以保持食物的温度。一个肥胖的老女人用塑料餐盘端上食物。餐具只有勺子。

早饭有燕麦粥、煮鸡蛋、面包、奶油和牛奶，以及一杯橙汁。面包是不限量的，所以亚伦小声告诉斯蒂尔，并要他转告理查德，在不引起怀疑的情况下，尽可能多带些面包回去。

盖柏与他们三个人坐在一起，安心地享用着盘子里的双份食物。忽然，他的汤匙停在了半空，因为他看到那三个人正趁着看守不注意，偷偷地将面包塞到衣服里。他皱了皱眉，没有说话，继续吃他的早饭。

斯蒂尔低声说："比利，怎样把果汁带回病房？难道要倒进口袋里？"

"不要，这是橙汁。我想要中午的葡萄汁，我会想办法的。"

盖柏再次皱起眉头。"够了！"他不满地说，"藏面包，还计划偷果汁，你们到底想干吗？"

"哦，咱们的巨人朋友，"亚伦又撕了片面包塞到衣服里，"我们酿点酒。"

"你会用面包和果汁酿酒？"

"没错。只要偷些面包带回病房，运气好的话，周末之前我们就能喝上自己酿的酒了。"

"就像他们在联合监狱里弄的那种烈酒一样？"

"差不多。不是变魔术，只是一个小把戏。"

回到病房，他们把一堆面包藏到亚伦衣柜的底层。

盖柏坐在马桶上，双腿放在床的脚踏板上，两手紧抱在脑后。理查德安静地坐着喝饮料，斯蒂尔和亚伦则喝着咖啡。

"好了，专家，"斯蒂尔说，"我们怎么把果汁带回来？"

"噢，我们得先从护士站偷几个导管袋，用那个就行。"

盖柏茫然地问："导管袋是什么鬼东西？"

"就是尿袋，傻瓜，"斯蒂尔说，"就是门上挂着绿牌子的那个老家伙用的那个东西。"

盖柏似乎很担心，露出了恶心的表情。

"放心吧，"亚伦说，"这些袋子都消过毒，我不会拿用过的。"

"原来如此，"盖柏松了口气，"真聪明。可以把导管袋套在衣服里，再把果汁倒进袋子里。"

"现在得想办法去偷袋子。"亚伦说。

"交给我吧！"盖柏说。他起身向门口走去，"我午饭前会把袋子拿来。"

"那最困难的事就解决啦！"亚伦说。

理查德开心地笑了。

斯蒂尔挠了挠鼻子："希望这个办法能成功。过了这一关，我就有酒喝了。"

午饭前，斯蒂尔和亚伦在下棋。棋盘在床上摇摇晃晃，所以他们就想了个办法把棋盘固定住。理查德碰碰斯蒂尔的胳膊，要求再喝点饮料。斯蒂尔同意了。

理查德走远后，他们便聊起理查德出狱后，斯蒂尔便不能再陪伴他了，因而必须让他做好心理准备。亚伦说，应当让理查德学会独自处理问题。斯蒂尔认为他说的有道理，但是必须等待时机。他说再过几个星期，等理查德从法院回来后就比较好办了，因为那时候他的红牌就会被摘掉，就能回家了。知道马上就能回家，理查德的心理负担会小些。出狱后会有人照顾他的，斯蒂尔说，因为理查德很容易相处。

理查德拿着饮料回来，坐在斯蒂尔的脚旁，然后继续下棋。

午饭前10分钟，盖柏从走廊走过来说："快吃饭了，你们这帮家伙。"他顽皮地笑着从衣服里掏出三只导管袋。

"你怎么拿到的？"斯蒂尔问。

"别担心。我这不是弄到了吗？"

"足够了。"亚伦说。

"那么，他妈的，咱们动手吧！"盖柏说。

亚伦把袋子藏在衣服下面。斯蒂尔和盖柏照样藏好，理查德则在一旁开心地拍着手。

"吃饭啦！"叫声在活动室里回荡着。

排在队伍中，亚伦心头一紧，突然想起这么做会不会对自己要求法院举行的听证会产生影响。他并不确知自己为什么要冒这个险。阿森斯精神卫生中心的考尔医生总是说，他有冒险的习惯……

"首先，我们要将面包撕成碎片。"吃过午饭回到房间，亚伦说。

斯蒂尔帮忙撕面包，理查德在一旁仔细地看着，盖柏把风。

"然后把面包塞进牛奶瓶里，"亚伦说，"再加进一整盒的糖。面包含有酵母菌，所以糖、酵母与葡萄汁混和后就会发酵，产生压力。发酵得越好，转换成酒精的成分就越多。它就和乙醇一样。"

"压力？在容器里？"盖柏问，"那塑料牛奶瓶不会爆炸吗？"

"不用担心，"亚伦说着从衣柜里拿出一双橡皮手套，"我从垃圾堆里找到的，不过已经洗干净了。"他把手套包在瓶口上，又用一根橡皮筋绑住。"这个手套会充满气体，让液体保持足够的压力。"

斯蒂尔拉长手套的指部，把它们向后弯。"可以在里面多加点果汁吗？"

"当然，应当多加点，"亚伦说，"现在我们需要找个有利天然发酵的好地方把它藏起来。酿酒大概需要八天时间，在此期间，我们得轮流放手套里的空气。"

"把它藏在哪儿？"盖柏问。

亚伦眨了眨眼。"最安全的地方就在活动室南面的护栏上。我们等到晚上换班的时候再行动。"

斯蒂尔吹着口哨："就放在他们眼前。"

"纠正一下，"亚伦说，"是放在他们的上面。活动室的臭味不会让他们闻到半点酒香的。"

3

在比利从阿森斯精神卫生中心转到利玛医院的前一天,俄亥俄州立大学新闻系学生、校报《灯塔报》记者苏珊成功地避开了警卫,在开放病房和他见了面。当时正值"混乱时期",出面和她谈话的是"分裂的比利"。比利转院后,她曾给他写了封信。她说:人们之所以害怕他,是出于一种莫名的恐惧,因为他们不了解他。她还说,在与比利见面之前,自己也曾担惊受怕。但一见到他就改变了看法,她认为他是个温和而友善的人。她为自己先入为主的看法表示抱歉,并且说,记者通常都会为弱者说话,只是没有人知道该如何面对像他这样的人。

"分裂的比利"同意苏珊1979年10月23日再过来,但他并没有见到她,因为阿瑟不放心让他和记者谈话。阿瑟让亚伦出面见苏珊。"分裂的比利"再次出现时,苏珊正走出会客室,向他挥手道别。"分裂的比利"发现亚伦的嘴上仍然叼着一根香烟,差点儿被呛着。他不应当这么做。因为根据阿瑟的规定,亚伦在离开光圈前必须把烟灭掉。看着满满的烟灰缸,他知道亚伦和苏珊聊了很长时间。

"分裂的比利"回到自己的病房,惊讶地发现看守刘易斯站在病房的中央,衣服和厕所里的东西被扔了一地,床上洒满了爽身粉,牙膏也被挤了出来。

"欠我的钱呢?你这废物!"刘易斯张开缺了牙的嘴气呼呼地说。

"我说过会给你的,""分裂的比利"气愤地说,"你这是干什么!今天早上我骗律师,说我的旧收音机坏了,要求他给你100美元帮我买新收音机,当时你不是也听见了吗?"

"今天早上？放屁，那是三天前了。而且钱也没汇进西联银行。"

"那我再给他打电话。我的律师只是没有立即办，明天钱就能汇到。"

刘易斯走出房间冷笑道："最好是已经汇进去了，最好是。"

"分裂的比利"知道他是在威胁自己。他目睹过发生在其他患者身上的事，知道钱如果没有汇进去，他一定会遭到毒打。自从转到这个鬼地方后，他和阿瑟、里根或者亚伦虽然没有直接沟通过，但他知道他们又回来了。他看过记录，上面用不熟悉的笔迹记录着说过的话和做过的事，不过这些事他都不记得。他失落了时间，而且不是几分钟或几个小时。通过刘易斯刚才说的话，他才知道自己失落了几天的时间。他觉得很惭愧。

突然，他听到外面的人群发出一阵吼叫声。他跑到窗边，看到广场上挤满了几百个囚犯。他们挥舞着棍子，有些人还用面罩遮着脸。简直难以置信，比利跑到房外大叫道："暴动！外面暴动了！"

刘易斯厌恶地看着他："你这个白痴……"

"我看到他们在外面，已经占领广场了！你不能伤害我了！等到他们占领了这里，就轮到你倒霉了。"

刘易斯摇了摇头说："你想得美……他们是在拍电影，你不知道吗？"

"拍电影？"

"没错，电视剧。他们只是借用利玛医院的地方，因为这里看起来像古希腊的雅典城。"

"分裂的比利"失望地摇摇头，走回房间凝视着窗外。他应该想到哪儿有这么好的事，这个世界上没有正义。

第六章
狱中酒的声响

1

俄亥俄州立大学《灯塔报》将苏珊和亚伦会面后写的报道刊登在1979年11月6日的头版,抢了阿森斯市、哥伦布市以及戴顿市各家报纸的风头。

比利声称未接受足够的治疗

"我知道自己需要帮助。如果我想在重返社会后能做些于社会有益的事,就更需要帮助。"

曾经为他治疗过的多重人格障碍专家科尼利亚博士说:比利自10月4日从阿森斯精神卫生中心转院后,就未继续接受治疗……

科尼利亚博士说:林德纳医生诊断比利具有变态人格,并患有精神分裂症……

科尼利亚博士认为利玛医院是一个"人间地狱",比利在那里根本无法得到恰当的治疗……除非政客们不再将他视为谋取个人利益的工具。她表示希望看到比利转回阿森斯精神卫生中心接受治疗。

比利说:"我承认自己有罪。我现在明白了……觉得非常惭愧。我必须背负沉重的罪恶感生活很长时间,备受'是治好自己,还是什么也不做慢慢地等待死亡'这个问题的折磨……"

亚伦向媒体承认犯下所有罪行令里根十分气愤,但阿瑟认为这位年轻女士的文章具有非常正面的意义。亚伦则觉得苏珊不该引述他的话,"她让人们觉得我是个软弱无能的人,只知道自怜自艾。"不过,"分裂的比利"喜欢这篇报道,如果他有勇气并且像亚伦一样善于表达,也会这么说的。

这篇报道令利玛医院医疗小组和精神卫生局的主管十分恼火。

由于这篇爆炸性的报道,苏珊从俄亥俄州立大学毕业后,立即被《哥伦布市民报》聘为记者。其他记者得想方设法才能与比利建立联系,但她几乎随时可以直接探视他。"分裂的比利"还经常给苏珊打电话,告诉她自己在利玛的情况。

2

"分裂的比利"正在思索着在床头发现的剪报,忽然听到敲门声。他抬起头,看见斯蒂尔提着一个装了两只小沙鼠的笼子走进来,身后跟着理查德。

"去啊,去告诉他。"斯蒂尔劝理查德开口说话。但是理查德退缩着连连摇头,斯蒂尔只好替他说:"理查德几天后要去参加听证会,他的社工一会儿要过来把他的沙鼠送到宠物寄放处。如果你要去法院或离开病房几天,他们通常会把你的宠物寄放在那里。不过,你领回来的一般不是自己的宠物,因为他们会把你重新列入候领名单。我已经有四只宠物了,要是被发现超出了限额,他们就会把全部的宠物都拿走。理查德说他相信你会和沙鼠说话,好好喂它们,那样它们就不会闹情绪了。"

"分裂的比利"不太明白斯蒂尔的意思,但他知道斯蒂尔是想减轻理查德的忧虑,于是说:"我会用自己的生命来保护它们,让它们干干净净,吃得饱饱的。"

理查德指着体型较大的那一只:"这只叫西格蒙德,那只叫弗洛伊德。如果你和西格蒙德说话,它会回答你。""西格蒙德,这是比利。"

那只沙鼠用后腿站起来,吱吱地叫着。

"分裂的比利"大吃一惊。真是太神奇了,理查德好像能和这个小动物沟通。理查德小心地把沙鼠从笼子里拿出来,放到比利的肩膀上。"让它们熟悉一下你,闻一闻。它们不会咬你的。"

西格蒙德在比利的肩膀上爬来爬去,还嗅了嗅他的耳朵。然后它爬到比利肩膀的外侧,吱吱地叫着,仿佛是在表示认可。弗洛伊德的认可方式则更为含蓄。这一切既有趣又真实。

理查德轻轻地拍着它们说:"你俩要乖乖的,我明天再来看你们。"

斯蒂尔把他的朋友拉出门:"你别担心了,有比利在,它们不会有事的。"

3

在利玛的日子变得沉闷起来,生活也一成不变。在理查德参加法院听证会的前一天早上,活动室的气氛一如既往。盖柏正在做他的第

24个单手俯卧撑，理查德骑在他的身上，就像骑着一匹野马。斯蒂尔坐在他们面前的地板上，亚伦则坐在椅子上看一本旧《新闻周刊》。

斯蒂尔突然抬起头，兴奋地低声道："嘿，那瓶酒应该好了吧？"

盖柏一边继续运动一边说："咱们什么时候喝？"

斯蒂尔望着亚伦，等待回答。

"我们最好在第二次换班前把藏起来的罐子取出来，放到一个人的房间里，等吃过饭再喝，"亚伦说，"不能饭前喝，要不然走路摇摇晃晃，一定会被抓到。餐厅离大厅中央的桌子可是有900多米远呢……"

"你怎么知道？"

"我用脚步量的，你们这些家伙想稳稳地走完一半路都不容易。"

盖柏停止运动，让理查德从他背上爬下来坐好。"嗨，我们又没那么多酒，劲也没那么大！"

盖柏通常话不多，是个追随者而非领导者。除非他真的激动起来，否则没有人怕他。他的力气很大，曾经在腹部被击中两枪后还一拳击中对方，让对方撞到汽车丧了命。没有人问过他是为了什么入狱的。警察将盖柏从郡监狱转送到利玛医院时开的是装甲卡车，因为他们不敢用那些不够坚固的车。根据记录，盖柏曾一怒之下把一辆汽车的门拽下来。

"我能喝很多，走起路来也不会打晃。"盖柏夸口道。

亚伦笑了，"盖柏，你以前喝的都是从商店买的酒，杰克丹尼、黑天鹅绒、金馥力娇酒那些，喝起来挺冲，其实酒精浓度不过在6%—40%之间。我们按利巴农管教所的办法酿成的酒，酒精浓度有60%—80%，劲非常大，就像闪电一样强，只不过它是用水果而不是谷物酿的。这种酒都能发动汽车。"

大家听明白后，情绪更加高涨了。

"太棒了！太棒了！"斯蒂尔一边说一边和盖柏击掌，"咱们就这么办！"

交接班后，等所有看守都离开病房，他们顺利地走近了护士站南面的护栏。亚伦在一旁把风，盖柏从后面抓住斯蒂尔的皮带，不费吹灰之力就一把将他高举到天花板。

盖柏负责拿着塑料容器，因为看守和警卫都经常看到他拿塑料容器装冰茶。他把罐子藏在自己房里，然后和其他人一起排进了等待用餐的队伍。

吃过饭，四个人都来到盖柏的房间开始工作。斯蒂尔准备了一个空酸奶盒，还撕碎了一件背心。

"现在，"亚伦说，"我们把果肉和酒分开来，"他在盒子底部戳了个洞，把破布垫在盒子里，然后把它当作过滤器将酒倒进另一个塑料牛奶罐。"大家都退后，"亚伦说，"这东西的味道会钩起你们的馋虫。尝过之后，你就知道为什么把它叫烈酒了。要是你不怕浓烈的味道，还可以尝尝那些果肉。"

理查德好奇地抬头看着："如果那果……果肉味道那么冲，干吗还要吃呢？"

亚伦咧嘴一笑："和我们要喝它的理由一样。"

他们酿得了差一盎司就满一加仑[1]的酒。他们认为最好是尽快喝了它以销毁证据。亚伦往可口可乐杯里倒酒品尝时，斯蒂尔站在门口守着。那酒的味道就像是加了汽油的电池酸液，喝下去顿时觉得喉咙

---

[1] 1盎司约合28.34克；1加仑约合3.79升。

和胸口灼热难耐,胃里仿佛塞进了一块砖头。他喝的样子很痛苦,但还是强忍着说:"太棒了!"

斯蒂尔扬起眉毛看着理查德,理查德赶紧说:"我没……没……问题……"

他们迅速地喝光了酒。

证据销毁之后,几个人安安静静地坐了大约20分钟,听着收音机。亚伦全身麻木,声音也变了调,在感觉头晕脑涨和沮丧的同时,又感到茫然和开心。理查德很快就失去了知觉,头枕在盖柏的床上睡着了。斯蒂尔斜坐在马桶上,宣布10分钟前自己就不行了。仍然清醒着的盖柏和亚伦忽然发现他们忽略了一件事。

"我们怎么这么笨?"亚伦问,"理查德和斯蒂尔得经过走廊中央的圆桌子才能回到自己的房间啊!"

"那怎么办?"

盖柏挣扎着站起来,抓了抓自己的一头金发说:"你到桌子那儿去向看守要针线,他就得走到护士站到那个上了锁的柜子里去拿。这样我就有足够的时间把他们送回去。你别大喘气,走路尽量别摇晃。"

亚伦知道自己的意识已经没有盖柏清醒了,但感觉盖柏也喝醉了,浑身麻木。他只有提起精神才能完美地执行计划。"万一他问我要针线干什么,那我怎么办?"

"就说你的衣服破了,要补补。"

亚伦摇了摇头,想让自己清醒一点:"可是我的衣服没破啊!"

盖柏不耐烦地皱起眉头,一把撕下亚伦的上衣口袋放在他的手上:"现在破啦!"

亚伦按着盖柏的计划走到护士站。当看守进去拿针线之时，盖柏右手夹着斯蒂尔，左手提起理查德迅速地穿过走廊中央的圆桌。总算松了口气，亚伦缓慢地走回房间。

在头挨到枕头之前，他已经失去了意识。

4

第二天早晨，亚伦醒来时觉得头又沉又涨，鼻子疼得令他难以合上眼睛。在黑暗的脑海深处，他看到自己站在让人拥有意识的光圈下，面对着现实世界。可笑的是，在阿瑟向孩子们解释站在光圈下便能现身世界、面对世人并与他们沟通之前，他从来没有真正"看到"过这个光圈。然而，他现在清楚地看到了光圈，就如同一个喜剧演员独自站在舞台上面对着观众，而其他演员都隐匿在幕后或舞台两侧一样。他想鞠躬谢幕，但光圈却一直跟着他，令他无法摆脱。

他知道阿瑟和里根要自己承担醉酒的后果，因此不让其他人出来替换。他必须独自面对一切。"如果你想随乐起舞，"他听到阿瑟浓重的伦敦腔在空洞的脑海中回荡，"就必须付钱给吹笛手。"

亚伦感到口干舌燥，全身关节都僵硬了。昨晚醉得半死，清晨5点半却要爬起来，实在痛苦。他好不容易才挣扎着走出房间，到饮水机前猛喝了一通水。他的下眼睑就像挂上了一个塞满砂石的袋子。"上帝啊，帮我渡过这一关吧！"他呻吟着。

他看到斯蒂尔和理查德一言不发，痛苦地坐在活动室里。斯蒂尔抬起充满血丝的眼睛望着他："我就好像吞了一块炸药。"

理查德似乎没有大事，至少表面看起来如此。他换上了出庭穿的衣服，显得十分紧张。他转动着棕色的眼珠问："你能好好照顾西格蒙德和弗洛伊德吗？"

"当然，"亚伦说，"我会跟它们说话，不让它们闹情绪。"

理查德笑了，脸上的肌肉因为头痛而抽搐着。"如果我不能马上从法庭回来，希望它们别忘了我。他们可能会让我在郡监狱住几天。"

该动身去法院了，理查德站起来望着亚伦和斯蒂尔，强忍住泪水。斯蒂尔克制着自己的情绪，握住他的手说："冷静点，小伙子！"

就在这时，罗斯利提着喇叭走进活动室，打断了他们，刘易斯跟在他身后，把一群呆痴的患者推到一边："站到墙边去，你们这群狗娘养的！"罗斯利怒气冲冲地在面壁的患者眼前来回走动："听着，你们这帮畜生！"他带着浓重的鼻音叫道："要是没人承认在墙上写了脏话骂我，他妈的，我就让你们在这儿站一天！"

亚伦强忍着才没笑出来。就在这时，扩音器里传来叫理查德到大厅中央准备去法院的声音。

"他妈的，你给我滚回队伍里去！"罗斯利大叫。

理查德吓得脸色苍白："可是，长官，我要……要去法……法院了。"

斯蒂尔的目光变得冷酷起来。

罗斯利一把抓住理查德的上衣："听着，浑蛋，叫你干什么就干什么。我说'去你的'，你就得蹲下；我说'他妈的'，你就得跪下。听懂了吗，浑蛋？"他将理查德的头撞向墙壁，怒吼着："听懂了吗？听懂了吗？"

当罗斯利把理查德推回队伍时，斯蒂尔低声但带着威胁的口吻说："放开你的手。"

罗斯利冷酷地望着斯蒂尔，然后又转身看看理查德说道："你干过这小子，斯蒂尔？"

斯蒂尔站到罗斯利和理查德中间，从袜子里拔出刀片，挥起手来划向罗斯利的手腕。罗斯利被割开的手腕露出了骨头。还没等他做出反应，斯蒂尔又用刀片削向罗斯利的脸、喉咙和胸口。

鲜血从罗斯利的身上喷涌而出，溅到亚伦脸上。亚伦叫道："上帝啊！"他的双腿已无法移动，在他崩溃之前，里根出现了。里根冲上去拦住了斯蒂尔，刀片应声落在地上。

扩音器传出尖叫声："蓝色警报！A病房！蓝色警报！"警报器旋即放声大作。

刘易斯撕破自己的上衣，用它裹住罗斯利的脖子，阻止血液继续流出。"该死的，罗斯利，叫你别惹那些疯子！上帝啊，罗斯利，你可别死啊！上帝啊，罗斯利，千万不能死啊！"

因为亚伦被吓呆了才冲出来的里根，意识到危险已经来临。听到警卫正冲下楼来，他迅速地跑过去，与盖柏交换了一个眼神。里根用左脚将刀片踢到盖柏穿着网球鞋的脚边，后者立即将它塞进装着爽身粉的罐子里。

警卫把斯蒂尔拖进隔离室，将其他人锁在各自的房间里。

警报声终于停了下来，但病房里仍站满了警卫。安全部门的主管大声下令道："把这个地方给我掀了！"于是，警卫把患者一个个拉到病房外，剥光他们的衣服。"转过身，该死的人渣！手和鼻子贴在墙上！"

为了找出凶器，他们翻遍了病房——撕开裤子缝，划破枕头，挤光了洗发水和牙膏。一名警卫还戴上及肘的塑料手套检查了所有的厕所。

大厅里到处是从病房里扫出来的垃圾和光着身子面壁的患者。

然而，他们没有找到斯蒂尔的刀片。

第七章
宠物疗法

1

金沃希（David R. Kinworthy）法官下令，定于1979年11月30日举行的有关比利的听证会不对外开放。假释局的代表将列席听证会，以便在法官认定比利"对自己和他人不构成威胁"并判决他不再受精神卫生局监管时，立刻将他拘捕。

比利的律师戈尔兹伯里言语斯文，像个长着娃娃脸的足球运动员。坐在他身旁的是身材瘦长的汤普森律师。法警将戴着手铐的比利带进法庭后，两个律师便腾出空让他坐在中间。

一个月之前，也就是接受米基医生检查后不久，亚伦告诉戈尔兹伯里务必要传唤米基医生出庭："米基说，他会做证说我对他人不构成威胁。他还给我停用了三氟拉嗪安定片，让我转到A病房。他人不错，我相信他。记着提醒他带上10月30日的护士记录。"

然而，米基医生在证人席上向法庭表示，根据病历，他认为比利的问题是人格障碍，也就是说他具有反社会倾向，同时，由于神经官能症导致的情绪沮丧和精神分裂，令他痛苦不堪。他说，他曾经在医院为比利做过两次检查,最近一次是在10月30日。此外,今天在听证会开始之前,他还观察了比利半个小时。

当总检察长询问比利目前的状况是否与一个月前相同时,米基答道:"是的,他精神不正常。"

"他的症状是什么?"

"他的行为令人无法理解,"米基说,"他被控犯有强奸罪和抢劫罪,对社会不满,但惩罚对这类罪犯起不了什么作用。"

他认为比利有高度的自杀倾向,是个危险人物,俄亥俄州唯一能收容比利的地方就是安全防范设施最严格的利玛医院。

"你是如何治疗他的?"

"巧妙地回避。"

米基医生对此并未详细说明,在戈尔兹伯里的追问下,才傲慢地说自己并不认可第二版《精神障碍诊断与统计手册》(*Diagnostic and Statistical Manual of Mental Disorders, 2nd Edition, DSM-II*)中对多重人格的定义,"我不认为他是多重人格障碍患者,正如同我不认为他患有梅毒一样,因为他的血液化验报告表明梅毒并不存在。"

米基医生的证词与哈丁、考尔、卡洛琳医生以及心理专家特纳的证词互相抵触。

金沃希法官于是传唤威廉·米利根做证。

这是比利生平第一次获准站在证人席上为自己做证。

比利笔直地站在那儿,自信而轻松地微笑着向旁听席上的听众致意,吃力地将左手放在《圣经》上,然后再将右手举起。

比利宣誓时,那些曾经与他接触过的人都认出他是"老师",因为只有融合了所有人格的"老师"才了解所有的事实。

戈尔兹伯里开始直接询问他在利玛医院的治疗情况。

"你是否接受过催眠治疗？"

"没有。"

"集体治疗？"

"没有。"

"音乐治疗？"

"老师"笑了。"他们把我们带进一个房间，里面摆着一架钢琴，但没有医生。我们只是在那坐了几个小时。"

交叉询问时，总检察长问他："如果肯配合，你在利玛医院不是能得到更好的治疗吗？"

"老师"伤心地摇摇头："我无法自我治疗呀！那里的病房就像是个人来人往的菜市场。在阿森斯精神卫生中心，我的情况也曾恶化过，但我学会了如何自我调整，医院的工作人员也知道如何处理我的问题，而不是惩罚。他们重视的是治疗。"

金沃希法官宣布将在两周内做出判决。

10天后，1979年12月10日，金沃希判决比利继续留在州立利玛医院接受治疗，但医疗人员必须采取针对多重人格障碍的治疗方法。

在此之前，俄亥俄州法庭从未要求精神病医院的医生采取具体的心理治疗方法。

2

亚伦得知金沃希法官判决他继续留在利玛医院时，痛苦异常。他知道那些看守和警卫如今会认为，让他痛不欲生是再正常不过的事了。

法庭判决见报几天后，一位新的监护主管被派到 A 病房。他走进活动室，在患者中间来回走动着。新来的主管长着一双冷峻的棕色眼睛，胡子稀薄，双唇紧闭，防护背心下拴着的皮带上挂着一条带电的长绳——那是一条鞭子。

"我叫凯利，这儿的主管！你们的上帝！你们的主人！你们牢牢地记住，咱们就可以相安无事。要是谁早上醒来觉得自己屁股痒，想挨揍，就到我这儿来，我会给你一个意外的惊喜，"他停顿下来，盯着亚伦说，"我说的可是所有的人，比利。"

回到房间后，亚伦觉得自己必须远离凯利。他感到恐惧，但并不气愤，仿佛他再也愤怒不起来了。他猜想那是因为里根——充满仇恨的人，已经接近光圈了。

房间的金属门上突然传来一阵敲击声，门被猛地推开，盖柏探进头来。他脸色苍白、声音无力。

"斯蒂尔回来了，在他房间里……"

亚伦穿过大厅奔到斯蒂尔的房间，撞开了房门。里面的情景令他难以置信：斯蒂尔黑青的眼睛肿得老高，几乎无法睁开；被打断的鼻子仍在流血，嘴唇也肿了。

"那群该死的王八蛋！"亚伦大叫着。

斯蒂尔的胸口满是淤伤，双手被绷带缠着，只有黑青的手指露在外面，右手食指的指甲也脱落了。

"斯蒂尔，你没干掉那个罗斯利，他还活着，不过以后我们再也看不见那个浑蛋了，也算值了。"

第二天早上天还没亮,凯文发现自己站在洗漱室里。看到窗户上结的冰花,他不禁眨了眨眼睛,浑身发抖。他揉了揉被冻得刺痛的鼻子,向镜子望去。他看到镜子里的自己双眼布满了血丝,用水冲洗也无济于事。他情绪低落,双脚冰凉。往下一看,他才发现自己没有穿鞋,于是心想:不知道是谁干的,但至少得穿上袜子吧。他走出洗漱室回到自己的房间,却发现大家的房门都开着,只有他的被上了锁。

"见鬼……"他气愤地向大厅中央走去。他讨厌和新主管说话,但为了不给比利惹麻烦,觉得自己还是礼貌点好。他咳嗽了几声引起主管的注意:"凯利先生,我早上去洗漱室梳洗,回来发现我的房门被上了锁。"

凯利瞪了他一眼:"那怎么样?"

"我想在吃饭之前回去拿我的鞋子。"

"不行!"

"为什么?"

"我说'不行!'"

凯文这才意识到,一定是谁又给大家惹了麻烦。他猜想,一定是老师在法庭上说的话激怒了院方、看守、米基和林德纳医生。

"我又没做错事!我要向巡视官投诉!"

"不行!"凯利大吼,"给我滚蛋!"

"他妈的!"凯文喊道,"你这浑蛋,让我走,你动手吧!"

当弗利克和胖子抓住他的胳膊将他拖到护士站后面的隔离室时,他以为里根会出来帮忙。然而,这个保护人并未出现。金属门被关上了,留下凯文一个人独自站在光圈下。如果里根不出现,他就要挺身独自面对这帮浑蛋警卫。

凯文能独自面对如此困境，令阿瑟感到佩服。凯文证明了自己的价值。由于他勇气可嘉，阿瑟宣布不再将凯文列入"不受欢迎的人"，从现在起，他是10个主要人格之一了。

丹尼感到困惑和害怕，坐在隔离室的铁板床上，把脚高高地抬起来回晃动着。隔离室里的温度大概有40度。"到底出了什么事？"他大声问，"这次是谁干的？"

他必须勇敢地应对一切，已经快15岁了，他得让别人知道自己已经长大了。门外响起了拖沓的脚步声和嘈杂的说话声，这说明吃饭的时间已经到了，但丹尼不知道是吃早饭还是午饭。他已经很久没有出现在光圈下了。

皮靴发出的声响越来越大，凯利透过隔离室的门叫道："米利根！你的饭来了！"

丹尼走近门去拿食物，但门却被猛地推开了，凯利一把抓住他的头发，把他摁到地上。根本没有饭！新来的主管是在耍他。

凯利抽出电鞭，往丹尼的背上狠抽了三下，还用穿着厚重牛仔靴的脚使劲向丹尼的肋骨踢去。看着丹尼跌倒在马桶边，凯利关上门，迅速地上了锁。

丹尼躺在铁床上翻来覆去地转动着身体，浑身发抖。"为什么？我到底做了什么？大人为什么总要伤害小孩？"他觉得自己流下的不是泪而是血。"里根！"他哭喊着，"你在哪儿啊？"

半个小时后，负责检查隔离病房内的患者是否符合隔离标准的心理医生放出了丹尼，但没有将丹尼的状况告诉他人。

丹尼已经不觉得饿了，他擦干鼻子上的血，向自己的房间走去。

他看见主管凯利和胖子就站在他的门前，虽然害怕，但仍然继续前行。他发现西格蒙德和弗洛伊德的笼子被扔在门外。给它们用纸做的窝也被撕得粉碎，撒了一地。

丹尼走到护士站去找理查德的沙鼠。它们一定是藏在什么地方了。

凯利坏笑道："比利，不管法官怎么说，这儿的规矩都得变变了。告诉你，你已经'两好球'了。"他走出房间，走廊上响起皮靴的踢踏声。

丹尼慌忙在房里四下寻找，翻遍了床下和各个角落，呼唤着西格蒙德和弗洛伊德的名字。最后，他跪下来，在马桶里看到了躺在那儿的两只沙鼠。

他用颤抖的双手将它们拉出来，替它们取暖，盼望它们还活着。他多希望这不是真的，他不能让它们死，理查德相信它们会受到照顾，而且自己也已经喜欢上这两只沙鼠了。他把西格蒙德放到床边，用两根手指轻轻地摁它的背，想把它体内的水挤出来。但是，他挤出来的是血。他这才明白，在扔进马桶之前，它们已经被靴子踩烂了。

他必须把这件事告诉斯蒂尔。斯蒂尔知道该怎么办。他跑到亚伦朋友的房间，却看到里面没有人，而且东西都搬空了。

丹尼问梅森是否知道斯蒂尔去了哪里。

"今天早上被送到监狱去了。"梅森说。

丹尼无法想象，理查德从法院回来发现西格蒙德和弗洛伊德都死了，而斯蒂尔又不能在身边安慰他会是什么情景。他再也无法忍受这一切，于是闭上眼睛离去了。

第八章
电击车

1

戈尔兹伯里得知比利被打后，向法院提出了抗议。于是金沃希法官委派地方检察官乔治·奎特曼（George Quatmen）作为比利的临时监护人。奎特曼请联邦调查员安排比利到州立利玛医院之外的利玛纪念医院接受检查。利玛纪念医院是一个民办医院，其检查报告简单扼要："胸部和脸部严重淤血，背部有六道疑似鞭子造成的严重伤痕。"

1980年1月2日，亚伦地方检察官大卫·鲍尔斯（David Bowers）告知媒体，已证明利玛医院员工与虐待比利的指控无关，他身上的淤血和伤痕"并非由医院员工造成"。根据合众社新闻条例，鲍尔斯拒绝评论造成伤害的原因。

但有消息传出，比利脸上的伤痕是他自己意外造成的。

比利返回州立利玛医院后没有住回自己的病房，而是被安置在光线昏暗的"男子病房"，那里是利玛医院唯一实施24小时监控的地方。联邦调查员说他们会再来检查比利是否出现"意外"或"自我伤害"的情况，因此哈伯德便命令将比利安置到这个病房。

亚伦觉得这个房间就像个地窖，薄薄的墙上除了一个监视口外没有一扇窗户。天花板上的日光灯是坏的，监视口上方安着一只瓦数很低的灯泡。

他听到从隔帘后面的床上不断传出呼吸机发出的嘶嘶声，以及那个患者从喉咙里发出的深沉的呼噜声。心脏监测仪持续地跳动着，亚伦知道那个人病得很重，虽然好奇，却不敢下床去看帘子后面的情形，因为看守正从窗外观察着房间里的动静。他努力不去听那个令人毛骨悚然的声音，但直至黎明时分才睡着。

第二天早上，比利的母亲和她的新丈夫戴尔前来探视。在探视的几个小时里，他们一直在激烈地讨论米基医生怀有敌意的证词。

亚伦唯一想说的就是："米基，你真他妈的浑蛋！"

母亲离开后，比利在回监护室的途中碰到了扬布拉德（Yangblood）。他似乎比其他人都友善，要求看看比利身上的淤伤和鞭痕。

"我从报纸上得知你的事，今晚也看了电视报道，"扬布拉德说，"现在这里大概会出现点变化，不合法的事太多了，但糟糕的是大家都无可奈何。"

亚伦望了一眼低垂的帘子问："那家伙怎么了？机器发出的声响令我整晚都睡不着。"

"又一个上吊自杀的。他断气前被救下来，不过大脑因缺氧已完全损坏了。唉，他现在浑身上下有孔的地方都插着管子，成了植物人，只能靠机器维持生命。"

"上帝，他真惨。"

"他随时都可能断气，"扬布拉德说，"我得走了。你小心点，吃完饭我再来看你。"

亚伦点点头,想起帘子后面那个活死人就感到难过。他尽量不去想这些,试着看书,但机器和呼吸的声响令他难以专心。他把书扔到床头,用枕头盖住头睡了一会儿。

看守推着摇摇晃晃的餐车走进监护室时,比利被餐盘的碰撞声吵醒了。护士格伦迪走进来,带着一根干净的塑料管、一个冲洗用的注射针筒和一瓶绿色的看起来像石灰的东西。她戴上橡胶手套,消失在帘子后面。亚伦顿时没有了食欲。

比利听见格伦迪和帘子后面的那个植物人说话。"向我眨一下眼睛,能办到吗?我要喂你吃东西了。要是能听懂,就眨一下眼睛,理查德。"

亚伦大吃一惊,全身都僵住了。理查德就在那个帘子后面!他从床上跳起来冲向帘子,把看守推到一边,餐盘被碰落到地上。

"不!"亚伦尖叫道,不相信这是真的,"哦,上帝啊,不!"

他伸手把帘子从天花板上拽了下来。看见理查德就躺在那儿,他双腿一软,跌倒在地上,勉强拉着床栏撑住身体。理查德瘦弱的身体上插满了管子,就好似一个玩具机器人。他满身是汗,通过管子呼吸着空气,小眼睛瞪着天花板。

"一定得挺住,理查德!千万不能死!"

理查德以为米基会向法庭说明他已经可以离院回家了。然而,听证会的结果显然与理查德期望的大相径庭。他的希望破灭了。

亚伦挣扎着站起来,目光一直盯着理查德的身体。他觉得自己的心已经冰凉了。他用双手紧抓住床栏不放,想要止住身体的颤抖,然而床栏却随着他的身体剧烈地摇晃起来。

就在那一刻,他前所未有地感觉到了里根愤怒、仇恨和反抗的怒火。他大口喘着气,耳朵里回荡着他和里根对米基医生发出的愤怒的抗议声。

格伦迪把手放在嘴唇上转向他说道:"米利根先生,这和你毫无关系……"

里根咬牙切齿地怒吼道:"给我滚开,浑蛋!现在就滚!"

格伦迪吃惊地睁大眼睛,看着里根把理查德的床栏拽下来在空中挥舞着,不让她和陆续赶到的看守靠近。里根砸烂了一扇窗户,看守上前去阻止,却被他接连摔倒在地上。

"为什么?该死的!怎么会这样?"

几个看守抓住里根的手和脚,将他拖进浴室。一个看守在里根的脖子下面打了一针,里根退下了。

2

汤姆眨了眨眼,觉得有人把自己抬起,捆在一个轮床上。他刚挣脱了手铐,一个看守就过来给他重新紧紧地铐上,还绑住了他的脚踝。汤姆又挣脱了,于是他们不得不绑住了他的双手、双脚和腰,迅速地将他推出"男子病房"。

汤姆猜想他们要把自己送到9号重症病房(ITU)。那是医院管制最严的病房,除了坐在椅子上,在那里什么也做不了。他得想办法离开那里,必须逃走。

过了一会儿,他发现自己并没有被送到9号重症病房,而是被推向了通往装卸站的门。他突然明白了他们要干什么，他几次挣脱了手铐，但又被一次次地铐上，而且越来越紧。一个长相丑陋的高个女人往他嘴里塞了一片药，然后和一个看守将他推进装卸站，将架子固定到床上，又用东西堵住了他的嘴。他们把他推进一辆货车的后部。汤姆看到周围的电线，知道自己被推进了电击车。

他听其他患者说过，由于电击治疗在利玛医院不合法，所以他们就用货车来代替。这辆货车的电源接在医院外面，一旦出现问题或是有人前来调查，他们就马上切断电源，将车开走。

医院里的一些植物人就曾多次上过电击车，不过汤姆觉得里根绝不会让那些人烧坏他的脑子，变成行尸走肉。

他看不见是谁突然从身后走过来，用一本《圣经》使劲地敲他的前额，一下，两下，三下。每打一下，就听见一个声音说："我以上帝的名义惩罚你这个恶魔！离开这具身体和他的灵魂吧！"

那声音像是林德纳的。他觉得那个人就是林德纳，但无法确定。他们把电极垫啪的一声贴在他的头上，就像戴上了一副耳机。电极垫上涂着光滑的导电胶，然后他们按下了开关。汤姆听着机器发出的嗡嗡声响，心里唯一想到的就是：至少理查德现在可以安息了。

汤姆感觉到一阵疼痛，在跌入黑暗的深渊之前，大声呼叫里根请求帮助，然而没有得到回答。

脖子边上反复的规律震动令他恢复了意识。苏醒后，他发觉身边有几个模糊的人影，自己的手腕和脚踝都铐上了冰凉的手铐。他全身赤裸，只裹着一条床单。他感觉浑身酸疼，臀部两边都被注射了药剂，身体被那条床单紧紧地绑在铁板上。

有个声音说:"米利根先生,你真是丢人现眼。你多管闲事,不听命令,在法庭上侮辱医院,还唆使你的律师向法庭、州公路巡逻队和联邦调查局投诉,让大家难堪。那好吧,米利根先生,你就在这儿等死吧。为自己的死亡祈祷吧。没错,米利根先生,你完蛋了!"

第二天,林德纳医生在病历上记录了他让比利住进9号重症病房的原因。

医疗记录

林德纳,医学博士

1979年12月19日,下午9点30分

昨晚为该患者(米利根)检查,发现他有明显的精神病症状。所以我认为他的第二个紧迫需求就是拥有一个安全措施更为严格的环境。我建议医疗小组将他安置到一间封闭的大病房……

工作人员也提供了由一个看守写的报告,其中记载了比利以前的种种行为,以证明采取严格安全措施和隔离的必要性。

证人声明

所谓"男子病房",是为防范患者自我伤害而设。该患者曾试图逃脱,因而不得不将其转入9号病房。病人拒绝讲话,不服管束,所以用床单绑住他的胸部,并用皮带将其固定在床上。患者大约在凌晨2点才终于安静下来,意识清醒并开口说话。他要求喝水,并询问自己是否伤了什么人。在这次意外事件中,没有人员伤亡。

署名:乔治·纳什(George Nash)

重症病房被视为地狱，而9号则是医院中戒备最为森严的病房，如同人间地狱。比利被关在9号重症病房的一间幽深隐蔽的隔离房间里。在利玛医院，再也没有比那儿更与世隔绝、安全措施更严格和更隐蔽的地方了。

　　他们现在把比利关到了一个无法制造麻烦、完全被控制的地方，一个不见天日、令人丧失理智和希望的地方。

第九章
死亡之地

1

9号重症病房的公告栏里贴着一张告示:

不遵守规定,就等着挨揍!看守喊"抽烟!"时,患者可以离开房间到所谓的"吸烟室"去,但必须坐好,双脚放在地板上。想要上厕所、阅读或是提什么问题,必须先举手。获得准许才可以回自己的房间。

由警卫组成的病人监管小组掌控一切。他们对待所谓的危险人物和疯子,就好像如临大敌。

2

比利在9号重症病房的隔离室里睁开了眼睛。他不知道自己是谁,但发现双手和双脚都被绑在床上。有人给他服了可乐静,然后把他扔到这个阴冷的房间里，而且还敞开了窗户。

他身体里的其他人也不知道这是为什么。

"混乱时期"再度来临。

当偌大的房门终于被打开时，透进来的光线让肖恩感到刺眼。虚弱、饥饿再加上口渴，令肖恩根本说不出话来。一个模糊的人影从外面走进来给他打了最后一针。肖恩感到一阵刺痛。有人在说话，但他什么也听不见。

他们没有关门，但肖恩却无法起身走到门口。门是不会自己到他面前来的。那好！那就待在这儿，让门开着去吧！他才不在乎呢……就永远这么坐着，一言不发。

这里不像以前住的房间那么黑暗，他是怎么来到这个新地方的？算了，随他去吧……他的肩上披着一条毛毯，在这个肮脏灰暗的房间里还挤着很多人。他谁都不看，因为他知道自己不该看。还是什么声音都没有。他听不见，可那又怎样？没有人会在乎的。黄色的塑胶椅子很大，他想站起来，但一个手拿钥匙的人把他推了回去。

时钟、书籍和号角。逃跑。这是"老师"的命令。谁是"老师"？现在是谁在思考？管他呢，随便吧。时钟提醒你该出发了……该睡觉了。不拥有时间，也就不会失落时间。逃离了时间，才能摆脱当下。时间会把你转移到另一个空间。

"出了什么事？是谁在思考？"

"这有什么关系。"

"我想知道你是谁。"

"好吧，可以说我是这个家族的一个朋友。"

095

"我讨厌你。"

"我知道,我就是你。"

肖恩使劲敲打着金属镜子,想让心中的相机镜头聚焦。然后,他又从唇间发出嗡嗡声,以便感觉到脑中的震动。这样总比什么都没有强,但他依然听不见声音。

拿着钥匙的人离开后,杰森坐了起来,伸了个懒腰以缓解背部的疼痛。他挠着头,决定查看一下这个新的房间。

然而,当他站起来将全身重量压到地板上时,却发现自己正往下滑。他惊慌地认为整栋大楼正在塌陷,因而想抓住什么东西来稳住自己,但是什么也抓不着。

他尖叫起来。

这不会是真的。但他确实看到、闻到,而且感觉到了。

他触到地下室的地板,双脚感到一阵刺痛。但是这栋大楼并没有什么地下室。当他摔倒在地,双踝因为突如其来的震动而感到疼痛时,才明白这不是想象出来的情景。

他身处一个四方形的通道里。

在维修通道里?不对。

他身后的通道似乎看不到头,前方则是一扇巨大的、半掩着的橡木门。

杰森觉得自己没有失落时间,他仍然站在光圈下。难道他"正在"失落时间?难道这只是记忆?不对,这就是现在发生的。也许——仅仅是也许——他获得自由,出狱了?没有栅栏和上锁的门,这到底是哪儿?

他走过那扇半掩的大门，强烈的好奇心让他忘记了恐惧。

这里看起来像个巨大的八边形殡仪馆，地板上铺着厚厚的红色毛毯，空气中回荡着柔和的哀乐声。房间里摆着书架，他们所有的画作都被倒挂在墙上，此外还有许多时钟，全都没有指针，有的连数字都没有，他的生命时钟全部被毁了……

他彻底僵住了。

房间里令人毛骨悚然地摆着一圈棺材，他数了数，一共是24个。在棺材中央有一道光束。

这是光圈。

每个棺材都是独一无二的，上面挂着名字牌子。他看到了自己的棺材，上面写着"杰森"。直至看到一个小棺材，他才潸然泪下。小棺材里铺着粉红色的丝绒，里面摆着一个镶边的粉红缎子枕头，上面绣着克丽丝汀的名字。

杰森使劲地敲打着墙，直至拳头被弄得伤痕累累，但仍然没有一点声响。"我在哪里？"他大叫着，"这是什么地方？发生了什么事？"

没有人回答他，于是他离开了。

史蒂夫走过来，看到几个邻居睡在各自的棺材里：克里斯朵夫、阿达拉娜、阿普里尔和塞缪尔。史蒂夫知道他们没有死，因为他们还在呼吸。他想摇醒利伊和瓦尔特，搞清楚发生了什么事，然而他们都沉睡不醒。

他突然觉得有人在拍他的肩膀。原来是戴维。

"这是什么地方？"史蒂夫问道。

"我们得走出去站到光圈下才能讨论这个问题。"

史蒂夫摇摇头:"我们怎么出去?那个四方形的通道根本就没有尽头。"

戴维径自穿过墙去,没有回答。史蒂夫跟着他走出去,却发现房间里只有自己一个人。

"你在哪儿,戴维?"

史蒂夫听到他在脑海里说:"我在这儿。"

"那是什么地方?"

"那个地方是……"戴维说道。

"是哪儿?"

戴维叹了口气:"我只有八岁,还不到九岁。"

"可是你知道那个地方。你知道的比说出来的要多。"

"那是我创造出来的。"

史蒂夫迅速地旋转着身体,仿佛这样就能用眼睛的余光瞥见戴维。"你说是'你'创造的?什么时候创造的?"

"就在我们被送到这个可恶的医院的时候。"

"为谁创造的?为什么阿普里尔、瓦尔特还有其他人都睡在棺材里?"

"因为他们放弃了。他们不想进棺材,但是也不想抗争。"

"他们能离开那个地方吗?"

"他们来去自如,"戴维说,"但是,如果'大家'都放弃了,而最后一个人也心甘情愿地踏进自己的棺材,那么一切就都结束了。"

"什么叫作'结束了'?"

"我也不确定……"

"那你怎么知道'结束了'?"

"我能感觉到，"戴维说，"就是这样。"

"我一定是产生幻觉了，"史蒂夫说，"我才不相信什么多重人格的鬼话！"

戴维长长地叹了一口气。

"你是怎么创造的？"史蒂夫问。

"当我不再感到恐惧的时候，它就出现了。"

史蒂夫感到一股寒气向自己的心脏、喉咙和大脑袭去。他麻木了。

"那里叫什么名字？"

"我把它叫作'**死亡之地**'。"

这几个字就像一把大锤重重砸在冰雕上一样砸向了他。

史蒂夫疑惑地离开了。

3

阳光透过隔离室的铁窗缓缓地照射进来。尽管他的关节仍然僵硬、疼痛，但他知道汤姆已经设法关上了窗户，房间里不那么冷了。

门哐当一声被打开，地板上滑过来一个餐盘，溅出了一些燕麦粥。他看了一眼，便动手用塑料勺把食物扒进嘴里。勺子断了，他就改用手扒。吃饱了，他感觉全身暖和起来。他活过来了，但不知道为什么。

他跳起来，盯着肮脏的镜子。他大吃一惊，因为他从未想到在这个被上帝遗忘的角落里能看到自己。

他找到了自己。

"老师"回来挽救了他的生命。

在冒险和其他人沟通之前,他必须理清思路并找回记忆。这是一个最为艰难的时期。那23个代罪羔羊暂时隐退了,但这次融合就好像给他注射了一剂强心针。他想起了所有的事情,就好像那些都是自己一个人的经历。他决不会走进戴维创造出来的那个"死亡之地"。他已经足够坚强,一定能生存下去。

他要摧毁这个地狱,不仅为自己,也为了其他患者。

但必须有耐心,凡事都要慢慢来。他记得不久前自己曾尝试过融合体内的人格,但电击治疗令他的精神分裂了。

上帝啊,他真的非常想念阿森斯精神卫生中心和考尔医生。那里的工作人员让他对未来充满了希望,让他明白只要保持融合状态,生活就可以变得非常美好。他们是他生命中的贵人,但他如今面对的却是些截然不同的家伙。

考尔医生刚开始告诉他如何区分"好人"和"坏人",还有什么样的浑蛋必须留意提防。"千万不要轻易相信别人,比利,"考尔医生说,"对每个好人来说,总会有某个浑蛋想毁了你。提防这种人,一定要留意头号人物。你很善良,所以坏人就会集中对付你,随时设法打击你。"

"那我该怎么做?"

"生存下去,"考尔医生答道,"你会找到融合的办法,重获自由。"

所以,他不会让这个鬼地方毁了他,或是把他和那些行尸走肉般的患者一起埋葬在9号重症病房。

他会抗争到底,不论是作为已经融合的自己,还是那23个仍在寻找"老师",尚未融合的失落灵魂。

他恢复了记忆。往事纷纷呈现,清晰地留在他的脑海里。一连很多天,他没有开口说话,体内的其他人格也未发出一点声响。医院看守确实控制了他的身体,但是无法左右他的思想。

当获准走出隔离室时,他明白自己必须像病房里的那些语无伦次的患者一样行事。他下定决心让医护人员相信他们已经征服了自己,已经把他变成了一具行尸走肉。他们不是已经见识过他人格中的那个"僵尸"马克了吗,那么他们现在就会像对待一件破家具一样地对待自己。这样他们就会放松警惕,不会对他严加防范。

他挪动了一下身体,好让自己更舒服地坐在为吸烟者指定的凳子上。"老师"尽力让自己的双眼茫然地盯着对面的墙。他必须不动声色、面无表情,用一张死气沉沉的脸面对那些看守,让他们相信自己已经如其所愿变成了一个没有感觉的植物人。装成马克实在很困难,得让下巴显得松松垮垮,行为举止必须迟缓,还要表现得性格孤僻。不过,通过看守的对话,他知道这些人认为自己已经变成了他们这片不毛之地中一个又聋又哑的废物,成了他们的战利品。

通过倾听、观察和吸收,他在一片混乱中收集着各种信息。他不知道这些看守的名字(如果去问会暴露自己),于是就给他们编了号,取了名字,并牢牢地记在心里。

在活动时间结束后回到自己房间时,他已经完全记住了他们:

1号大个子:金发、奇丑;嚼烟草、爱打垒球。他说重症病房新的主管可能是凯利——头号敌人;还说他正和一个电话接线员搞在一起。

2号红萝卜:又傻又胖,红发,身高大约1.67米,任由其他看守嘲笑,显得很愚蠢。他提供的唯一信息就是他的保龄球纪录,以及3号看守的名字叫杰克。

3号杰克:只有一个耳朵,左手臂刺着一条黑色的蛇。从他那里得知医疗小组每两周在楼下开一次会，林德纳是医疗小组组长，格伦迪太太是护士长。此外还有，小组成员不断地相互攻击。这个信息倒是很有趣，而且很有用……

4号胖子：大胖子，戴一副可乐瓶底状的眼镜，经常坐在大厅中央的办公桌前吃垃圾食品。据他说，联邦法院修订了法规，新法规将张贴在病房里。这条法规与利玛医院有关，但这里的医护人员认为那是个笑话。"他们能证明什么？"他笑着说，"他们难道想听疯子的意见？嘿，搞不好他们还想听听那个比利怎么说呢！""那些药和电击把他制服了，"杰克说，"谁都知道他完全傻了，根本用不着担心他。"

哼，他们真是大错特错……

"老师"觉得自己的情绪现在调整得不错，然而这种感觉又让他有些担心。他为理查德感到痛心，更令他气愤的是，他不明白为什么理查德会上吊自杀。丹尼遭到工作人员的毒打和汤姆被电击的事也同样令他感到愤怒。

在他心目中，林德纳医生取代比利令人生畏的继父卡尔莫，已经成为自己最痛恨的人。

"老师"有一种奇怪的满足感，因为医院和管理当局都相信他已经变成了一具行尸走肉。从此他们就会掉以轻心，就会出错。他决不会让他们知道自己的真实身份，他会默默地观察，暗地里制订和实施计划。他知道，能这样想就意味着自己还没有放弃；开始计划，就说明他已经准备爬出深渊。他身体的各个部分都残存着生命力，把它们结合在一起，他就能获取力量。

他的生命不会在这里结束。他还有未来，还有由他自己创造的未来。

他突然想起了即将在1980年4月14日举行的下一次听证会。那时，如果他们无法证明他对自己或他人构成威胁，就不得不依法将他送往治疗人格分裂而且管制不严的医疗机构，或将他释放。

他知道有人会竭力反对，不允许他离开利玛医院。

正因为如此，他现在才会待在这个人间地狱里，任人摧残他的生命力。

他一定会让他们震惊的。

但他必须小心谨慎。要想保护好自己，对这个强大的机构形成有效的致命打击，他就必须理性地思考，并控制愤怒和复仇的欲望。他要对付的不仅仅是这些看守，还有管理当局、整个医院和狡猾的政客。他是一个政治囚犯，只要活下去，就能成为俄亥俄州精神卫生局最大的肉中刺。一根带毒的刺。

第十章
奸细

1

尽管利玛医院长期虐待病人，但是定期的调查并未让这种状况得以改善。在利玛医院声明其员工并未鞭打比利大约两个月后，州长詹姆斯·罗德（James Rhodes）于1980年2月28日下令俄亥俄州公路巡逻队调查"州立利玛医院虐待患者，以及使用非法药物、进行武器交易的指控"。

《哥伦布市快报》第二天报道说：

> 一位（电视台）高级职员指出，记者经过四个月的访查获悉，在利玛医院里能搞到大麻，而且至少有一名患者搞到一把刀而医院警卫未采取任何措施。医院里还存在性虐待的情况。

医院担心有人为媒体通风报信，因而禁止患者与外界联系；与此同时，还宣布比利继续接受观察，并采取严格措施防止他与记者见面。

每天之中有22小时都被关在9号重症病房里，没有挑战、没有感官刺激，"老师"变得神志不清。他最多做四个俯卧撑就会瘫倒在地，经过电击的手臂在不停地颤抖着。他趴在地上，筋疲力尽地喘着气。他凝视着水泥地板上肮脏的裂缝，发现一只蟑螂正像个弹子球似的沿着墙缝窜来窜去，似乎是在寻找空隙钻进去。

他起身的速度过快，因而感到一阵晕眩，但头脑却很清醒。在短暂的片刻，他感觉自己快要再度分裂成23个人格。他立即用催眠术克制自己，这是考尔医生教他控制融合与分裂的办法。不过，他必须谨慎地控制自己的意识，如果离开现实世界太久，就可能再也无法返回了。

他痛恨现实世界，但强烈地意识到自己的存在。他心脏的跳动声就和呼吸声一样清晰。血液在全身的静脉、动脉、肌腱和肌肉中涌动，令他感到自己完整地存在。

他必须保持融合状态，因为只有"老师"才能清醒地从暗中指挥那些隐匿在黑暗中的人格，聚集大家的能力，使大家不再失去自我，不再失落时间。只有这样才能让金沃希法官知道那些"医生"对他做了什么。为了保持融合状态，他必须避免服用治疗精神分裂症的药物，因为这些药会导致多重人格障碍患者精神分裂。

他自由活动的时间现在已经增加到一天八个小时，但每天的活动一成不变。他已经收集了很多信息，所以必须想办法拿到纸和笔把它们记录下来。按照新的病房规定，患者每天只有很短的时间能够使用纸和笔。如果他要求更长的使用时间，可能会暴露"老师"的存在。

最后他想出了一个方法：把被子里的棉花抽出来，用厕所里的水弄湿，然后用它在铁床下的地板上写字，等棉线干了，字就会定型。这样写出的字很难保存，但在弄到纸和笔给作家写信之前，他只能用这种方法将记忆保存下来。

他觉得自己的灵魂、大脑和身体都被禁锢着，有时候真想离开这个地方，让其他人格来体验这种真实的感受。然而，他知道自己不能再失败了。

在没人能看见自己的房间里，他已经一次能做25个俯卧撑了，身体变得更强壮，肺功能加强了，肩头的肌肉也结实了许多。他锻炼每一块肌肉，往往一口气连续弹跳500下。与离开阿森斯精神卫生中心之后的身体状况相比，他感觉自己强壮多了。然而，如何才能坚定自己摧毁这个地狱的信心呢？他需要有人陪伴，渴望有人能和自己促膝长谈。

一天下午，"老师"惊讶地看到刘易斯来到9号重症病房，坐在大厅中央的办公桌前检查患者。他猜想刘易斯被派到重症病房，大概是因为他用电鞭殴打丹尼之故。刘易斯起初愤怒地瞪着他，但眼神随后露出一丝轻蔑。"老师"知道，刘易斯很高兴看到自己胡子拉碴、眼睛铁青、软弱无力的模样。

他要把刘易斯留给里根对付。

放在刘易斯身后架子上的收音机，正播送着《时代周刊》选出伊朗宗教领袖霍梅尼为"年度风云人物"的新闻。

1号大个子手上绕着一根长皮带，一边嚼着烟草一边呃着嘴喊道："活动时间！"他像驯兽师一般地挥舞着皮带，一群服了药的患者就立刻站起来，漫无目的地在房间里走来走去。听到服药的命令，"老师"退缩了。他记得阿瑟曾经嘱咐汤姆再试试如何才能避免吃药,因为保持头脑清醒非常重要。只有恢复他那像小偷一样敏捷和伶俐的身手,才可能搞到纸笔。棉线快用完了,而且服药之后,他们共享意识的时间也很短暂,必须有人把所有的记忆都写下来,这样就可以把棉线回收起来,以防他再次被剥夺书写的权利。

"老师"认为"他"应该能做到。汤姆和阿瑟都是他创造出来的,所以他也应该拥有他们的能力。他曾经从什么地方看到过,人的整体表现应当强过身体各个部分的总和。

但是哈丁医生说过,他的情形恰好相反,各个部分的总和却强过整体。

"我能做得更好,"汤姆说,"让我试试。"

于是,"老师"退出了光圈。

阿瑟在床底下寻找棉线字时,发现了一支笔和几张留着汤姆潦草字迹的卡片。

"记录:大约早8点至11点45分。——汤姆。

"你大概纳闷我是从哪儿弄来的这些纸笔。看看纸边,就知道它是一张医疗记录卡。想知道我是怎么弄到的吗?慢慢猜吧!里根说过:'情出无奈,罪可赦免。'我认为当务之急就是不能再一天吃四次那些鬼药了,'老师'和我都被药搞得神志不清了。

"我曾经因为吐掉药片而被毒打,不过我现在想到了更好的办法。我把从红色警戒按钮上偷来的小套环藏在活动室厕所的马桶旁。那个套环与给我们吃的药片大小相同,我正在练习把它放到鼻孔里用来卡住药片。用这个办法,我应该能顺利通过他们的检查。我很快就会用药片来试试。

"猜我会怎么干？我看到一个病人经常把一个盒式录音机放在耳边听，还来来回回地摇摆、跺脚。但他从来没有换过带子，所以我想他大概只有一盘录音带。我们比他还需要那盘带，最好把它弄到手！"

阿瑟写道："记录：下午3点半。干得好，汤姆。每周二、三、五，林德纳医生和医疗小组成员要开15分钟的会，周一和周四则进行一小时的面谈。我想了解这方面更多的信息。不过，我可不想再听到什么偷东西的事了，我们不是小偷。——阿瑟"

按照里根的安排，马克走出病房，坐在活动室的椅子上。他听着那些无视自己存在的看守聊天，任由口水从嘴角淌下。他们聊到有人偷了一个患者的盒式录音机，但决定不向上面报告，因为他们觉得，在9号重症病房里大概只有看守才会想到偷东西。

马克举手指向厕所。看守点点头，晃晃大拇指准许他过去。

"别掉进马桶啊！比利，你会被淹死的。"

来到厕所后，里根让凯文站到了光圈下。凯文想搞清楚洗手池上方的通风装置为什么会传出怪声音。他不时能听到一个尖锐的嗡嗡声，就好像是拨打电话的声音。他爬到洗手池上，想听得更清楚一点。过了一会儿，他发现那是录音避震器发出的声响。那个声音停止后，从下面的地板传来了说话声："嗨，林德纳医生。"然后是林德纳的声音："我们现在开会，清场吧！"

该死的！凯文急于回到房间把这件事记录下来。原来医疗小组的会议室就在患者活动室厕所的正下方！

他听到让患者回中央大厅吃药的叫声，立刻想起汤姆练习把药片藏到鼻孔里的事。他犹疑了。如果汤姆失败了，他们就会受到严厉的惩罚，而且刘易斯正在盯着他，他们大难临头了。凯文本可以继续站在光圈下，由自己去吃药以避免发生不测。然而，他很快改变了主意。阿瑟正计划停止服用那些导致他们更严重分裂的药，而且大家都同意让汤姆显示一下他藏药的技巧。

如果汤姆被惩罚的话，戴维会出来承受痛苦的。

凯文回到房间查看是否有新的信息，顺便核对一下日期。但他却惊讶地发现了一个记事本和一支笔，还有一个四方形的银灰色小录音机。他打开记事本看上面的记录。最后的记录写着：

"早上5点55分。做了50个俯卧撑，拿到了录音机。一切顺利。——里根"

凯文心想，"老师"让大家坚持做记录真是个好主意，能避免很多让人不愉快的意外。大家都有工作要做，一切都缓慢地进行着。他想起汤姆还有要做的事，得让汤姆站到光圈下。于是，凯文退出了。

汗水从汤姆的额头淌到了右眼角。他看到铁门下有一枚看守失落的一角钱硬币，便使劲去够，结果弄得手指发疼。他在乎的不是钱，而是那一小块金属。它可是大有用处。里根偷来的收音机上系着一根硬邦邦的黑色花边腕带，他最后总算用这根带子钩住了硬币。他一个人玩猜硬币正反面的游戏，结果玩了100次却输了80次。他觉得很无聊，于是决定把自己的想法写到记录里。

"晚上9点。我弄到一枚硬币。这有什么用？明天，我就用它拧开活动室厕所通风口的螺丝。我用咱们用不着的棉线计算出应该把录音机放在离通风口多远的地方。下周一医疗小组开会的时候，我们就可以录音了。别客气。

"另：计划逃亡路线吧！——汤姆。"

"这是我在这儿的第四个月了。我的头脑一片混乱。我能得到需要的帮助吗？我还要被关多久？昨天听说米基医生已经交出了我的病历，我现在是林德纳医生的病人了。上帝，救救我吧！我会给玛丽打电话或写信的。"（未署名）

2

里根不清楚自己为什么能和马克共享意识，一起坐在9号病房的活动室里。当他看到坐在大厅中央办公桌后面的新主管时，不禁勃然大怒。阿瑟曾经埋怨他，没有在刘易斯在A病房揍丹尼时插手干预。现在这个浑蛋也转到这个管制最严的病房来了。里根觉得自己应该离开光圈，让亚伦和汤姆来接管，否则会惹麻烦。但他感觉到马克越来越害怕，然后出乎意外地发现自己一个人坐在椅子上，对面坐着一个大小便失禁的老年患者。

里根看着老人在椅子上扭动着身体，然后举起手来，可是当卡尔·刘易斯站起来从办公桌走过来的时候，老人又迅速地放下了手。刘易斯刚要向大厅外走去，老人又举手说："我有状况。"

刘易斯循着老人的声音转过身来回到活动室，一把提起老人摔到地上，用脚猛踹他的脸，鲜血溅到了墙上。"你这个半死不活的贱骨头！"刘易斯一边大吼，一边不停地把老人向厕所那边踢过去。

老人大声地尖叫着，抱着头哀求刘易斯住手。里根失去了控制，迅速从椅子上跳起来,几个大步就穿过活动室,重重地揍了刘易斯一拳,他的头朝后仰去。刘易斯用手抵挡的时候,里根看到他露出了惊恐的表情。里根要让他为打丹尼的事付出代价。刘易斯刚松开手,里根就猛踢他的肋骨。里根知道不能杀死这家伙,但无法控制自己的怒火,接连不断地用脚踢着。

其他患者都行动起来,扔椅子、砸架子上的电视机,还掀翻了办公桌。警铃大作,里根起初以为这铃声是自己想象的,直至看到刘易斯口吐鲜血,才明白这个浑蛋快死了。他不是有意为之,完全是自然反应。这个虐待小孩和老人的家伙快完蛋了。

阿瑟不得不出面制止里根,亚伦也帮忙让里根恢复常态。凯文看到警卫已经走到了活动室门口,立刻回到椅子上坐好,但浑身不停地颤抖。

凯文听到脑海里响起了亚伦的声音:"上帝啊,里根,你会让我们又增加一个罪名。我们得在这里待上一辈子了!"

里根没有回答。

凯文看到林德纳和另外几个人指着躺在地板上的刘易斯,心想他们可能会把这家伙带到"男子病房"去。不过他们去那里必须先经过他。过了一会,凯文发现其他患者都已经没有力气折腾了,慢慢靠拢过来保护自己。

真不可思议。那些患者的脸上露出愤怒和憎恶的表情,他们大多是连自己要做什么都搞不清楚的人,而现在却聚拢过来保护他。他们怎么想到,又是什么促使他们这么做的?

他听到林德纳的声音:"比利!别躲了!站起来!我知道你在里面!"

凯文站了起来。

"我们这儿可不允许捣乱，比利！"

"你是想进来告诉这些患者吗？"凯文大喊，"干吗不自己进来和他们说？"

"商量一下，"林德纳说，"我们想把刘易斯抬出去。"

"请便。"凯文说。

警卫小心翼翼地走进来，把刘易斯拖到活动室的走廊上。那些患者睁眼看着，但没有停止向凯文靠拢。

"医疗小组的人都来了，比利，"林德纳说，"我们想和你谈谈。"

凯文有点儿不知所措。他应当怎么说，怎么做呢？就在此时，他感觉亚伦出现了，于是退回到黑暗中。

"全看你的了，亚伦。里根闯祸了！"

亚伦知道这些患者的保护只是暂时的，必须用自己的技巧替代里根的暴力对抗方式。他得虚张声势、巧言相骗才能保护自己。他必须让医疗小组明白，如果他出了事，他们的日子也不会好过。

他随着医疗小组的人离开活动室，来到走廊外的另一个房间。

"你得回隔离室去，米利根！"有个人说。

"在我们把9号病房整理好，把那些玻璃和垃圾清理干净之前，必须把你关起来。"

亚伦听到有人在说，尽管不能确定，但觉得那是林德纳的声音："等事情过去之后，米利根，你也许会有机会和医生谈谈。"

亚伦安静地坐在那儿，听着他们的反复威胁。他摸了摸口袋里的录音机。他窃听医疗小组会议和一对一谈话的内容已经将近一周了，知道他们对一些事已产生了怀疑。他现在唯一的希望就是让这些人彼此怀疑，制造假象让他们误以为自己人当中有奸细。

亚伦温和地说："现在……听'我'说，'我'有话要说。"这是他自光圈被僵尸马克占据两周以来第一次开口说话。

他平和的声音和连贯的话语令那些人陷入了沉默。

他想起曾在电视上看过护士给病人过量服药的事，于是转身看着格伦迪护士，迅速地背出患者医疗记录的内容，然后平静地问："我说的没错吧？"格伦迪的脸变得煞白。亚伦笑了，他知道她正在寻思："他怎么知道医疗记录的内容？怎么知道我给他们吃了什么药？"

亚伦看着屋里的人说："你们以为我们全都跟僵尸一样，所以就肆无忌惮。"

他继续说出从录音机里偷听到的对话内容，心想他们一定都在琢磨：他怎么会知道我说过什么？

医疗小组成员带他离开房间时，亚伦知道他们肯定会互相指责一阵子，因而颇为得意。他已经搞得他们互相猜忌，无法很好地合作了。他极力让自己保持平静，他必须让他们觉得自己还知道很多别的事。只要提供一点线索，他们就会发挥自己的想象力，寻思他到底还知道多少破坏性的信息。

他们最后决定不把他关进隔离室，而是让他自己走回活动室。亚伦松了口气，双腿几乎无法站立。上帝啊……真是太险了……

他后来听说，一名社工抱怨在医院外被人跟踪。

有些人坚持认为米利根是被安插在利玛医院的一个奸细。

他深信，一旦他们觉得自己会构成威胁——即使是被关在戒备最森严的病房里，为了安抚就一定会给他更多的自由。情况也确实如此。几天后，比利被转到5/7号病房，那是一间半开放式的病房，管制没有9号病房那么严格。

至于里根痛打主管刘易斯的事，则没有任何余波。

亚伦打电话给比利的妹妹凯西，告诉她过来探视时带点咖啡和香烟来。

第十一章
壁画中的信息

1

5/7号病房是管制程度中等的病房,他们觉得让比利住在那里最合适。该病房比9号病房高一级,那里的医护人员和医疗小组也不会对比利严加看管。尽管如此,他们依然会把他当成精神分裂症患者治疗,让他服药,不理会外面的心理学家或法庭会有什么说法。

比利听医护人员说,6号病房相比之下才是最开放、最理想的病房,因为那里的患者很安静,都低头做自己的事,而且态度消极。病房的门不上锁,患者可以自由出入大厅,签到之后整幢大楼就归他们了。

经过精心策划,再由所有人格共同努力,他们一定能想办法转到6号病房去的。除了被送回阿森斯精神卫生中心之外,那是他最想去的地方。

亚伦开始想办法。

医疗小组规定,比利每天只能使用一小时纸笔,而且必须在活动室由看守监督,医护人员有权查看他写的信。他怀疑他们也会查看他收到的所有信件。

比利知道利玛医院的主管和警卫担心他把在医院里发生的事写下来，然后想办法寄出去，因而一定会全力阻止他把这些事公布于众。

他意识到，这正是他们的弱点所在。

亚伦向阿瑟建议，加强与有资质的心理健康医生戈尔曼（Ted Gorman）的沟通，让他确信我们的状况已经有所好转，不应再归刘易斯管辖，那么医疗小组就会放松对我们的管制，或许还能将我们转到6号病房呢！

但阿瑟认为，首先必须把持敌意的警卫人员与多疑的心理健康医生区分开来，让他们产生分歧。只要有这群没人性的看守在，我们就无法实现目标；他们人数太多，我们根本奈何不了他们。不过，如果我们能让专业医生相信比利的状况已经有所改善，他们就会警告那些看守，不要惹恼比利妨碍治疗。

亚伦认同阿瑟的看法，这样一来他们就不知道该如何彼此应对了。军队内部产生矛盾，便是最容易受到攻击之时。

在随后的几天里，只有阿瑟和亚伦拥有意识。阿瑟负责心理互动，亚伦负责与外界沟通。

阿瑟告诉亚伦，有我在一旁协助，你就可以扮演一个幡然悔过并认真改正的年轻人的形象。要让戈尔曼相信，你很愿意把他当作知心朋友。由于我们没有和医疗小组的人沟通过，所以他会认为这是他的功劳，他会觉得："比利想和我说话，表明他已经开始信任我了。他想正视自己的问题，即使不是多重人格的问题。"我建议你先从情绪问题入手，因为精神病医生都很乐意帮人解决情绪问题。

感觉已经做好了准备，亚伦便告诉新主管，他想和戈尔曼谈谈。

一小时后,他被叫到中央大厅,得知戈尔曼同意见他。主管打开了活动室通往"无尽大厅"(因厅内那条看似无穷尽的空荡荡的长廊而得名)的门,走廊的尽头就是心理健康医生的办公室。由于办公室在戒备森严的区域内,只有那些呆痴患者和精神病人才需要在别人的陪同下去就诊,其他人可以自行穿过走廊前往。

亚伦在途中发现,走廊的右侧有一道上下部分可以分别开关的门。他扭了一下门把,发现上了锁,于是失望地踢了一下门的下半部分,没想到门竟然打开了。他探头去看,发现里面空空如也,只有一张大桌子和几把破旧的椅子,上面布满了灰尘。满是尘埃的地板上没有脚印。他心想以后可以在这儿存放点东西,然后关上门,继续向戈尔曼的办公室走去。

一开始,戈尔曼说话很谨慎:"我能帮你什么忙,米利根先生?"

"我想找个人谈一谈。"亚伦说。

"谈什么?"

"不知道。就是想谈谈……一些让我伤心的事……我不知道该怎么做……"

"说下去……"

"我不知道从何说起……"

当然,亚伦根本没打算和那些不相信存在多重人格,或者会被叫到法庭为他的精神状况做证的人去倾诉什么想法。他这么做完全是按照阿瑟的计划,尽量拣这个人爱听的话去说。

"你心里显然是有些疑问,所以想要找人聊聊。"戈尔曼提示他。

"我想知道……"亚伦尽量装作很坦率,"我为什么会是一个令人厌恶的浑蛋。"

117

戈尔曼若有所思地点了点头。

"我很想知道,怎么和那些像你一样来帮助我的人相处。总是做些让你恨我的事,这使我真的很难过。"

"我不恨你呀!"戈尔曼说,"我只是想了解你,与你合作。"

亚伦强忍住笑意,差点咬破嘴唇。他说的话必须既恰到好处,又能引起戈尔曼的兴趣,而且还不能说出日后会于自己不利的话来。所以,他就准备聊聊自我。

"很高兴能帮你,"戈尔曼说,"我马上要休假三天,等我回来,我们可以好好谈谈。"

一周后戈尔曼回到医院,准备了一堆问题。亚伦猜想,这些问题的答案都是林德纳医生想知道的。阿瑟说这都是些毫无意义的问题,很容易应付,所以亚伦决定多给戈尔曼提供一些信息。

"我这一辈子都是在操纵别人,总是在想怎么利用别人。我不知道自己怎么会变成这个样子。我需要有人帮我改变……"

亚伦观察着戈尔曼的眼睛和肢体语言,知道自己抓住了重点。这正是戈尔曼想听到的。

阿瑟告诉亚伦下一次和戈尔曼谈话时,要比以前显得沉默,尽量表露出疲惫、绝望的心态。

"我不知道,"亚伦避开戈尔曼的视线说,"我就是难以忍受。对不起……我不应该信任你们,我应该闭上嘴。"

他垂下眼睛,想给对方留下这种印象:他想将内心深处的秘密说出来,但是退缩了。

"你怎么啦?"戈尔曼问。

"唉，那些看守对我充满敌意。我写的信，他们都要查看，甚至我在活动室里拿张纸写东西，他们都要盯着我。"

"这个我可以和医疗小组商量一下，我觉得你可以获得更多写信的自由。"

亚伦努力掩饰着自己的兴奋。这正是他所期望的，有了纸和笔，他就能将周围发生的一切和自己思考的事情记录下来，告诉大家利玛医院发生了什么。

之后一次医疗小组会议结束后，戈尔曼当着亚伦的面吩咐一位看守："给米利根先生纸和笔，谁都不要再干扰他写东西。"

"是吗，"那个看守冷笑道，"下次你是不是还要在沃尔多夫给他开个房间啊！"

"这是小组的决定，"戈尔曼说，"另外，不要偷看他写的东西。事实上那是违法的，他可以就此控告我们。我们准备允许他给家属写信。别把他看得太严。"

亚伦第一天在活动室里写东西的时候，出现了意想不到的效果。一个看守正要骂患者，但看到他在写东西，便突然停下来转身离开了。还有一个看守举起拳头刚要打患者，发现亚伦正看着自己，便立刻放下了手。几次之后那些看守便会围在大厅的办公桌旁盯着他，搞不清他在写什么，又为什么要写。他们眼睁睁地看着他拿着一张纸从自己的房间走出来写东西，转眼间纸用完了，又回房间拿一张纸继续写下去。

仅仅是看到看守们沮丧的表情，就足以鼓舞他继续将来到这儿以后的所见所闻全部记录下来：布拉索先生烫伤并咬伤了自己的手；私酿酒和醉酒；刘易斯杀死小沙鼠；理查德企图上吊自杀……

他每天要写八九个小时。

三天后，他把写完的纸从房间带到活动室，藏在书架顶层的一堆旧杂志里，就在他们的眼皮底下。

然而，鉴于形势越来越紧张，阿瑟认为把写好的东西藏在活动室里太危险，于是决定找一个更安全，没人想得到的地方。

在接下来的一周，亚伦从戈尔曼办公室往回走的时候，在经过"无尽大厅"那扇可以上下分别开合的门时，又朝下半部分踹了一脚。门再次打开了。他心想，一般人来检查这扇门的时候只会拧拧门把，确定打不开后，就会认为整道门都上了锁。

他弯身走进去，然后关上了门。

屋里仍然布满了灰尘，那些旧杂志还堆在角落里，地上没有脚印。

屋里的窗户大约有三米多高，外面钉着粗铁条，窗户上装着有机玻璃和金属框，还钉着厚厚的纱窗。混凝土窗台大概有七八厘米宽。

他靠着窗台向外面望去，双手漫不经心地敲着，却听到了一个奇怪、空洞的声音。他原以为整个窗台都是实心的水泥台，却发现那只是一个水泥板。他用铅笔戳开水泥板，看到了里面有垂直的铁条。他把手伸进去，又摸到了横着的铁条。下面这个平整、狭窄的台面，不就是藏笔记的绝佳之处吗。

重要的是，他可以自如地出入这个地方。对汤姆来说，打开这扇在活动室和"无尽大厅"之间的门毫不费力。亚伦心想，自己大概也能搞定：用不着信用卡，用一张对折的纸就行。

他恢复了水泥窗台的原状，把一张桌子推到门旁退了出去。在确定附近没人后，他伸手将桌子尽可能地拉近门，然后把门关上。如此，万一有人经过戈尔曼办公室时不经意踢了这扇门，门也只会稍微移动一下。

亚伦终于有一个避难所了。在前往医生办公室或从那里回来的路上，他可以在这里待上15到20分钟。重要的是，他找到可以藏笔记的地方了。

他把原来藏在活动室杂志里的纸夹在笔记本里，藏到水泥窗台下的墙壁里。然后从角落里抱了一堆杂志码在窗台上作为伪装。

完成之后，他若无其事地回到活动室，绕过看守在一张椅子上坐下来，拿出一张白纸开始奋笔疾书。

他间或抬起头来微笑地看着某个看守，然后迅速地记下这个人的表情和动作。自从上次作家在法庭做证后，医院里的人就都知道了他在外面有盟友，而且认为比利会让前来探视的人把消息带出去。他收集的信息包括医院里的情况和看守的行为，而这些正是他们害怕曝光的事实。

有人告诉他，看守们纷纷向哈伯德主管抱怨，还威胁说，要是再不阻止比利写东西，他们就罢工。有一天，三个看守同时请病假不上班，让医院感到左右为难。亚伦知道林德纳无法把自己送回重症病房，因为他既没打架也没惹麻烦，更何况他要是回去，很可能再去痛打刘易斯。

看守们打定主意要把比利赶出5/7号病房。

医疗小组提出了一个折中方案。他们通知看守，让比利白天离开病房去听职业教育课，晚上再回病房睡觉。这样他就没时间写东西了。

亚伦很清楚，医疗小组让他画壁画，不过是想向金沃希法官证明他们提供了艺术疗法。让比利装饰利玛医院的墙壁，管理当局将为此支付给他最低工资。征得比利同意后，医疗记录中便增加了一份备忘录：

治疗计划

存档时间 1980 年 3 月 17 日

《治疗计划补充说明》：1980 年 3 月 17 日（社工，杜莉）临床主任林德纳批准患者为 3 号病房的墙壁作画……患者请求立即开始。此外，患者需要的绘画用品（颜料、笔和刷、松节油等），出于安全考虑，如有必要将由适当人员陪同准备。患者于 1980 年 3 月 17 日由特雷维诺（Joseph Trevino）医生陪同准备了绘画用具。特雷维诺医生认为，这项工作不但可以美化医院，也可以取得治疗效果。

签名：特雷维诺，医学博士

林德纳，医学博士

杜莉，社工

距离 4 月 14 日听证会还有不到一个月的时间。

2

职业教育部主任爱德华兹（Bob Edwards）第二天早上把凯文带到职业教育部的商店，那里出售各种绘画颜料。

"这是……？"凯文问道，等待爱德华兹加以说明。

"你参加了职业教育计划。因此，除了支付你一点工资外，我们还为你提供绘画颜料，以及其他绘画用品。"

"那当然。"凯文说。

原来是这么回事……有人要去画画，但肯定不是自己。当然，他在住过的地方见过颜料、画笔和画布，也知道亚伦、丹尼和汤姆都擅长绘画，不过他从来没有碰过这些东西。他不会画画，也不会素描，甚至连最简单的人像都画不好。

在阿森斯精神卫生中心时，作为"老师"的一部分，他听"老师"告诉作家，阿瑟之所以把塞缪尔列入"不受欢迎的人"，是因为塞缪尔擅自卖了亚伦画的一幅裸体画。阿瑟规定"其他人"不得碰绘画用品，也不能碰亚伦的肖像画、丹尼的静物画，还有汤姆的风景画。还有，色盲的里根偶尔也会画炭笔素描。凯文记得里根画过一幅小克丽丝汀抱着碎布娃娃的画像，娃娃的脖子上套着一根绞刑用的绳子。这幅画把富兰克林郡监狱的看守吓得半死。

到底是谁要画画？

爱德华兹把一个购物车推到颜料架前："你需要什么颜料，比利？"

凯文知道他得独自应付了。他拿了蓝色、绿色和白色的颜料，又抓了一把画笔放到车里。他觉得应该够了。

"都齐了？"

凯文耸了耸肩："暂时够用了。"

爱德华兹带他离开商店，来到通往3号病房会客室的走廊。

"你想从哪儿开始？"爱德华兹问。

"给我几分钟想想，可以吗？"

凯文心想，只要拖下去，一定会有人出来作画。

他闭上眼睛，等待着。

亚伦看到绘画用具和会客室的墙壁，想起了医疗小组的会议，以及他同意以画壁画"美化医院"来换取白天离开病房机会的事。

亚伦打开白色颜料罐，爱德华兹问道："草图呢？"

"什么草图？"

"噢，你开始作画之前，我必须先看看草图。"

"为什么？"

"确定它是否适合。"

亚伦眨了眨眼问："适合什么？"

"这个画得赏心悦目，而不是你在自己房间墙上画的那些乱七八糟的东西。"

"你是想说，我要事先让你们知道我准备画什么，得到批准后才可以画吗？"

爱德华兹点点头。

"这不就是艺术审查嘛！"亚伦大吼道。

两个正在擦地的看守转过头来望着他们。

"这是州里的财产，"爱德华兹温和地说，"委托你画壁画，我得对画在墙上的东西负责。比如，墙上不可以画人物肖像。"

"不能画人？"亚伦感到很失望，但不准备告诉爱德华兹，他只会画人物和肖像。

"医院担心你会以真人作模特儿画在墙上，这样会侵犯他人的权利。画点美丽的风景吧！"

这家伙是不是也不让拉斐尔画人物和肖像？遗憾之余，亚伦决定让汤姆来完成这项工作。

"有纸笔吗？"亚伦问。

爱德华兹递给他一个素描本。

亚伦坐在一张桌子前信手抹了几笔，然后开始画自己"从未"画过的风景画，他觉得汤姆一定会因为好奇而站到光圈下。他一边画一边吹着口哨，希望爱德华兹不会发现他是吹给躲在黑暗中的自己人听的。

离开光圈前，他在纸上写道：在3号病房的墙上画一幅"漂亮的风景画"，大约10英尺高、5英尺长。

汤姆毫无准备地站到了光圈下。他迅速地瞟了一眼手上的铅笔和素描本上的留言，认出了亚伦的笔迹。至少这一次亚伦有意识地留下了线索，让他明白发生了什么，以及需要做什么。

这道墙有5英尺长、10英尺高。

他迅速地在素描本上画了一个耸立在岩石上的灯塔，背景是浪涛滚滚的大海和自由飞翔的海鸥。他的心随着画笔一同展翅高飞。

"这就对了。"爱德华兹说。

汤姆调好颜料，开始作画。

在随后的三天里，爱德华兹每天早晨8点半来接凯文、亚伦或者菲利普，但最后作画的人大部分时间都是汤姆。汤姆一直画到上午11点，然后去签到，回房间和吃午饭。爱德华兹会在下午1点再来接他去画画，一直到下午3点。

灯塔画好后，汤姆又在树枝上画了两只4英尺高的猫头鹰，在背景里加上了一个小小的月亮。整个画面色调柔和，以棕色和黄褐色为基调。

在对面的墙上，他画了一幅高12英尺、宽35英尺，以黄色和棕色为基调的风景画，令整个房间充满了秋天的色调。画面中，斜顶的谷仓前有一个池塘，池塘边是一条泥泞的小路，路的两旁是一排排的松树，野鸭则在池水上翱翔。

3号病房的入口在他的装饰下展现出一种幻象，让过往的人觉得

125

自己穿过的不是一道门，而是乡野间的一座拱桥。他还在墙的顶端画了一个黑灰色的木头谷仓，令两幅壁画形成了一个连贯的画面。

每当他走进会客室时，患者们都会微笑着向他招手。

"嘿！艺术家，现在这儿看起来真美！"

"加油，画家！这让人觉得像是走进了外面的树林。"

有一次汤姆消失了一会儿，但手中还握着画笔。当他再度站到光圈下时，却发现那幅画着灯塔的壁画被人涂改了，一小片海浪的浪花被人用水溶液抹去了。他用水去冲刷时，看到一个用油彩画的拳头和一个伸出的中指。他明白这个意思是"去你的"，而且认出那是亚伦的笔法。

汤姆四下望了望，确定没人看见后，立即怒冲冲地用油彩去涂掉那个拳头。亚伦篡改自己的作品令他非常气愤。他想向阿瑟抱怨，但仔细一想便明白了亚伦的用意。等到他们死了或是离开了这个地方，医院一定会把他画的壁画清理掉，那时他们就会发现这个手势。这个手势就是壁画作者对利玛医院的管理者做出的最后抗议。

汤姆赞同他的做法。几天后，他从爱德华兹那里得知了一个令人惊讶的消息。当局对他的作品十分满意，因而希望他在两道安全门之间的走廊上再画一幅壁画。那条走廊是大楼入口的一个通道，长101英尺、高12英尺，如果画上壁画，将是世界上最长的室内壁画之一。

汤姆决定用棕色、橙色和黄色作为基调。他每天都去作画，沉浸在静谧的时间和大自然之中。

每天早上和下午他都会被带到门前，门通电后便会自动开启让他进去。这对于他有极大的诱惑力，仿佛他们已准许他穿过第二道门走出去。当然，这只是他的想象。他推着装满绘画工具的手推车，拖着梯子和搭架的材料穿过通道后，大门就会在他身后关上，将他禁闭在精神病院和自由世界之间。

这正是他生活的真实写照。

大门的两边挤满了人，里面是囚犯，外面是来访者。他们都在看着他作画。

第三天，他听到一个奇怪的声响。地板上有个东西向他滚来，原来是一罐百事可乐。他抬头望去，只见一个患者正在向他招手。

"好好画，艺术家！"

接着又有一罐东西向他滚过来，还有人从地板上滑过来一包薄荷凉烟。他把烟放进口袋，向那人挥了挥手。看到这些精神异常的朋友都欣赏自己的作品，他很开心。

每天下午结束工作，放下画具后，汤姆就会疲惫不堪地离开光圈。亚伦随后就会出现，回到病房去梳洗，再抽一根在口袋里发现的烟。然后，他会去活动室坐下来写东西，直到熄灯。

这根本不是看守们希望看到的情景。

看守的再次投诉令戈尔曼承受了巨大的压力。他向亚伦抱怨说，长时间写作于治疗不利。"我同意你写作，但不是让你去写一本书。"

亚伦考虑了片刻，决定采取下一步行动。"戈尔曼先生，"他说，"你'知道'我在写书，也知道我和'谁'合作。你是打算破坏新闻自由，还是言论自由？"

"不是这样的，"戈尔曼赶紧回应，"你可以写你的书，但别花那么多时间。还有，看在上帝的分上，写东西的时候，你别再瞪着看守了。"

"不允许我们在自己房间里写，非得到活动室去拿着铅笔写。他们就坐在我身旁的办公桌前，我一抬头就能看见，那我有什么办法？"

"比利，你让这儿的人都变得神经质了。"

亚伦注视了他好一会儿才说："那你说怎么办？你知道我不应当受到严密的监控，但我竟然在这儿住了将近六个月。'你'知道我不该来这里，'林德纳医生'也同样知道。你们就是不愿承认罢了。"

"好吧！好吧！"他说，"你'不该'来5/7号病房。"

亚伦强忍住笑意。他知道那些看守又要为他的事准备罢工了。

在接下来的一周，他被转到了开放病房。

3

亚伦走进他在6号病房里的新房间。他看见窗户上钉着铁条，但没有纱窗。他望了一下两层楼下面的院子，惊讶地张大了嘴："看啊！下面有只动物！"

一个陌生的声音说："你连鹿都没见过？"

亚伦四下寻找："谁在说话？"

那声音道："是我，在另一个房间。"

亚伦跑到角落里，看见一个非洲裔美国人正在做俯卧撑。

"怎么啦？"那人说。

"我是刚搬来的。"亚伦道。

"嗨，我是扎克·格林（Zack Green）。"

"那下面有只鹿！"

"是啊，那边还有一只！我到这儿也不过一个星期左右，但看见过。那边还有一只鹅和一窝兔子。它们现在都躲起来了，等太阳下山，它们就会跑到院子里。"

亚伦打开窗户，扔下去一个小圆面包。那只鹿嚼着面包，抬起头来用一种令人难以置信的温柔眼神望着他。

"它有名字吗？"亚伦问。

"我怎么知道？"

"我叫它苏茜吧。"亚伦说。当苏茜自由自在地跑开时，他才意识到自己是被囚禁在这里的。他一边在房间里来回踱步，一边喊道："上帝啊，真希望能像它一样自由地跑动。"

"又没人拦着你。"

"你说什么？"

"6号病房是半开放的。你可以到大厅去，签个名还可以到院子去活动，绕着楼跑都没问题。他们还鼓励我们运动呢。"

亚伦简直不敢相信自己的耳朵："你是说，我可以自由出入这个病房？"

"随时都行。"

亚伦小心翼翼地走到走廊上，左顾右盼，紧张得心跳都加快了。被囚禁了这么长时间，他都不知道如何是好了。后来，他发现自己越走越快，几乎要跑起来。但是他没有，因为周围都是散步的人。他不停地走着。流汗的感觉真好。他走了一圈又一圈，最后终于鼓起勇气打开门，走到院子里。

他先是漫步，然后变成小跑，最后绕着大楼奔跑起来。他的双脚重重地踏在地上，风吹拂着他的头发，清新的空气扑面而来。他感到泪水流淌到了脸上，便气喘吁吁地停下来，开心地甩着头，享受着这久违的自由。

突然，他脑海中传来一个声音："白痴，你还被关在监狱里啊！"

第十二章
米利根法

1

在1980年4月14日听证会之前，俄亥俄州哥伦布市围绕法律和政治问题展开了激烈的争论。

比利被迅速地从戒备森严的9号病房转到控制较松的5/7号病房，然后又转到半开放的6号病房，让一些人认为他的精神状况已经有了极大的改善。但哥伦布市媒体和几位州议员的言论却引起了公众的恐慌，担心法院可能会（依法）将比利转送到像阿森斯精神卫生中心这样的开放机构，甚至将他释放。

在1979年11月30日之前举行的第一次听证会上，将米利根突然强制转往利玛医院的判决被宣告违法。该听证会有两个议题：戈尔兹伯里律师请求将比利转到民办精神医院，因而法庭需要确认他的精神状况是否需要受到最为严格的监控。与此同时，戈尔兹伯里要求法院判决利玛医院安全主管哈伯德、临床主任林德纳"蔑视法庭"，因为他们拒不执行金沃希法官1979年12月10日做出的判决：

本庭判决被告在利玛市的州立利玛医院接受治疗，治疗的病症为多重人格障碍，此前的所有病历和材料均应转至利玛医院。

有关精神卫生局可能被要求将米利根转往开放医院或阿森斯精神卫生中心，甚至将他释放的消息传开后，几位州议员在当地媒体的支持下展开了行动。为了阻止比利转院，他们引用了《参议院第297号修正案》作为"紧急措施"……以确保潜在威胁者不会在脱离法院监控下（从精神病医院）被释放。

1980年3月19日，在距听证会召开不足一个月时间之前，《哥伦布市快报》公布了新的法律提案，并将米利根案与其联系在一起。

选举年预计采取措施
精神病患者案激怒选民

罗伯特·鲁斯（Robert Ruth）报道

经过数月讨论之后，俄亥俄州议会似乎已准备通过议员的有关提案，禁止精神异常罪犯被迅速地从州立医院释放。

这个颇具争议的提案，关系到患有多重人格障碍的强奸犯威廉·米利根以及一名克里夫兰杀人犯，并为法律制定（参议院第297号法案）提供了推动力……

许多俄亥俄州以及美国其他州的居民均认为，以精神异常为由而要求无罪释放，已成为罪犯逃避监禁的方法之一。

批评者援引米利根一案作为案例……

必须迅速通过《参议院第297号法案》的另一个原因是1980年正值选举年。在参议院中占据席位较少的共和党议员希望通过此法案,并将其作为一个重要的竞选议题。

其结果是,只要提及米利根的名字,公众就会愤怒地抨击给予他的所谓特殊待遇,以及"因精神异常而获判无罪"的危险性。

随着4月14日听证会的临近,双方律师都为传唤专家出庭为米利根的精神状态、诊断结果和治疗方法做证做好了准备。

林德纳医生在听证会举行的前两天宣布禁止作家与比利见面或通电话。

就在金沃希法官即将开庭时,玛丽在作家的身旁坐了下来,拿过他的笔记本,并用纤细的字体写下:"警卫人员有一本按姓氏字母编排的患者名单,在'M'开头的这一页,左边贴着一张用打字机打的备注,上面写着'不准许丹尼尔·凯斯先生探视威廉·米利根或进入医院'。"

林德纳医生并未在法庭上露面。

检方传唤的第一位证人是医学博士特雷维诺。这位矮小、敦实的医生长着灰色的头发和胡须,戴着厚厚的眼镜。他已接替米基成为比利的主治医生。特雷维诺做证说,他第一次见到比利是在重症病房里,当时他已看过院方提供的医疗记录。尽管没有和患者讨论过情绪和心理问题,但根据比利直到15岁时的医疗记录,以及对其进行的四五次观察,他可以对比利的心理健康状况提出看法。

当被问及利玛医院是否是针对比利的多重人格障碍进行治疗时,特雷维诺说,由于多重人格障碍是一种罕见的疾病,所以很难找到专家来为其治疗。他最后承认,从未有人告诉他法官在12月10日就治疗做出的裁决。

戈尔兹伯里问道："病历中没有法院裁决的副本吗？"

"我不清楚。"特雷维诺答道。

"你是说，你们从未讨论过应采取什么方法治疗比利的特殊病症吗？"

"我没有发现多重人格，"特雷维诺辩解道，"米利根并未出现这种病征。"

回想了一下医疗记录，特雷维诺承认，尽管比利并非精神病患者，但在1979年12月还是让他服用了几次抗精神病药物，包括可乐静在内。当被问及原因时，他回答道："因为患者精神高度焦虑，我们需要让他镇静下来。"特雷维诺还做证说，临床主任从未特别嘱咐过，直到这次听证会他才知道，考尔医生曾在信中建议，按照治疗多重人格障碍的基本规定治疗患者。

特雷维诺对目前的治疗状况表示不满，但不仅是因为他不赞同考尔医生建议的治疗方法。事实上，他认为考尔医生的建议不符合治疗规则。他指着那份建议说："如果我按照他说的去做，那就得搭上我所有的时间。"

考尔医生认为必须相信存在多重人格障碍才能成功治疗患者，但特雷维诺对这个说法不以为然。"我并不认为必须相信存在多重人格障碍才能进行治疗，"他说，"就如同我不相信精神分裂症，也照样可以为精神分裂症患者治疗。"

法医精神病学室主任约翰·弗米利恩（John Vermeulin）医生在11

点05分休庭后出庭做证。这位秃头、在荷兰受过训练的心理学家用粗哑的声音承认，他确实知道法官于12月10日就治疗问题做出的裁决。

"那你是怎么做的呢？"戈尔兹伯里问。

"我对病历记录的情况颇感困惑，"他说，"我知道对治疗方法存在争议，也了解比利在利玛的表现。我想先加强对多重人格障碍的了解，然后再考虑该如何去做。"

弗米利恩说曾与俄亥俄州立大学的几位顾问联系过，他们把他介绍给年轻的澳大利亚心理学家朱迪斯·伯克斯（Judyth Box）医生。伯克斯曾经在俄亥俄州奇利科西监狱治疗过多重人格障碍患者。他请她到利玛医院探视比利，并告知她的发现。与此同时，他请教了考尔、哈丁和林德纳医生，并倾听了其他人的意见。

当被要求概述伯克斯医生的发现时，他说伯克斯认为利玛医院不适合治疗多重人格障碍患者，还列举了俄亥俄州内以及其他州能够为比利提供治疗的几家医院。

下午1点半休庭后，利玛医院的安全主管哈伯德（Ronald Hubbard）拿着档案夹走上了证人席。他身材肥硕，双下巴不停地颤抖着。当戈尔兹伯里的助手瘦削的汤普森律师询问是否带来了比利的病历和医疗记录时，他打开档案夹迅速地瞄了一眼便合上说："是的，都在这儿。"

他做证说，直至这次开庭前10分钟才知道12月10日法庭判决的内容："那种东西太多了，而且看起来都差不多。如果你们说我收到过，那也没错。但我确实不记得了。"

汤普森问及比利在利玛医院第一个月的医疗记录时，哈伯德显得十分困惑尴尬。他慢慢地翻着带来的档案，最后承认虽然米利根在

1979年10月5日就已经被转送到了利玛医院，但他没有11月30日以前的记录。

汤普森显然感到惊讶，加强语气追问道："这些敏感的医疗记录平常都存在哪里？"

"在病房里。锁在医疗室的金属盒子里。"

"哪些人能看到这些记录？"

"医生、社工、教育专家和看守，还有护士。"

当被问及现存医疗记录的日期时，哈伯德露出不安的神情，来回翻了一阵才承认米利根的许多医疗记录都遗失了。除了10月至11月30日的记录外，12月至1980年1月的记录也不见了。他现在只有1980年1月底至2月初的记录。

法庭内响起一阵窃窃私语。

"米利根先生的医疗记录是否有可能被存放在别处呢？"汤普森问。

哈伯德涨红了脸，啪的一声合上档案夹答道："全部记录都在这里了。"

在4月14日的听证会上，戈尔兹伯里也传唤了伯克斯医生出庭做证。在法医精神病学室主任弗米利恩请她到利玛医院评估比利的精神状态之前，伯克斯从未见过比利。她觉得他们是想让自己出面驳斥"多重人格障碍"的诊断结果。有一位官员甚至暗示她，他们需要她帮忙摆脱这个"麻烦"。她十分气愤，于是打电话给戈尔兹伯里："我觉得要是我证明比利不是多重人格障碍患者，那么整个州都可以摆脱困境了。"

"令我感到震惊的是利玛医院对比利的限制，他们甚至不让他用笔，"她说，"我认为在任何地方限制人用笔都是件很荒谬的事。从这个小事就可以清楚地看出，利玛医院的员工是在想方设法害死比利！我想告诉你，只要我能帮得上忙，尽管开口。"

伯克斯宣誓后，戈尔兹伯里请她简略介绍自己的专业背景，以证明她是多重人格障碍的专家。伯克斯介绍说，她在澳大利亚获得医学博士学位，1979年受雇于俄亥俄州精神卫生局后，便被派到利玛医院去观察比利，并评估他的治疗状况。她曾经接触过多重人格障碍患者，为一名患者治疗过14个月，认识或接触过的患者多达30多名。她曾与考尔医生，以及《人格裂变姑娘》一书中提到的心理专家科尼利亚博士交换过意见。他们支持她的看法，恰当的治疗能够改善比利的状况，但利玛医院并未提供这样的治疗。

当被问及是否能根据与比利的谈话做出诊断时，她做出了肯定的回答。

"事实上，这个沉睡的人每天只有两三个小时是清醒的，其他时间都处于人格转换状态。"

她表示治疗确实能够改善比利的状况，但只有具备相应设备的医院才能提供这样的治疗。她说自己曾看过考尔医生有关治疗多重人格障碍患者的基本规定，而且也赞同他的意见。她建议按照考尔医生的方法来治疗比利。

在接下来的休庭时间，比利递给自己的律师一张纸条，上面写着他现在是史蒂夫，里根让分裂的比利睡觉了，他有一个信息要让史蒂夫带着出庭。

史蒂夫站在证人席上，挑衅地望着下面坐着的人："你们为什么不能让他安静一会儿？比利已经昏睡很长时间了。等他出狱后，就可以去看考尔医生了。"

他要说的就这么多。

在双方律师总结陈词之后,金沃希法官宣布将在两周后做出判决——4月28日当天或者之前。

2

林德纳仍在想方设法阻止作家和比利联系,但由于戈尔兹伯里向总检察长提出了抗议,医院不得不取消了对比利的所有限制。听证会后数日,助理检察官贝林基(A.G.Belinky)给作家打电话,告诉他林德纳对比利的限制已全部取消,他可以在会客时间随时去探视比利。同时,医院安全部亦通知他可以将录音机带进医院。

1980年4月25日,作家带着《24个比利》的完整手稿到利玛医院探视比利。他穿过暗门,在两道电动门之间的走廊上行走着。等待第二道门开启的时候,作家打量从其他访客那里得知的那幅几百英尺长的壁画。这是一幅描绘茂密树林的巨幅风景画,寓意丰富。

白雪皑皑的山脉旁是一片大湖和几个长满了树木的小岛,岛上一派秋意盎然的景象。一座拱形木桥将观众的视线引向了小木屋前的一条泥泞小路。木屋的后方是一个搭乘上山缆车的码头,在湖的对岸,一个渔夫正在船上垂钓。

作者的署名是"比利",但作家知道只有汤姆才画风景画。汤姆能够获准离开病房去做自己喜欢的事,让作家十分高兴。因为,只要这个年轻的逃跑艺术家能获准走出病房去画画,那么他就有可能让自己获得自由。

第二道门打开，作家走了过去。

在3号病房前的走廊上，患者们排着队请看守为他们和来访者在壁画的灯塔前拍照留念。

会客室中挂的一幅画让作家想起了比利的妹妹凯西给他描述过的一个地方。那里有一座带顶棚的桥，还有一条通往不来梅农场的小路。那座农场就是比利的养父卡尔莫（根据其他人在法庭的证词）虐待并强奸八岁大的比利的地方。

看守把比利带进了会客室。从脸部表情、冷漠的态度、缓慢的语调和软弱无力的手势，作家立刻就判断出眼前这个一脸茫然的年轻人不是"老师"。比利的人格并未全部融合。

"我现在是在和谁说话？"作家望着看守走远便低声问道。

"我没有名字。"

"'老师'呢？"

他耸了耸肩："我不知道。"

"'老师'为什么不出来见我？"

"里根不想卷进来，这是个危险的地方。"

作家明白了。玛琳娜医生在哈丁医院曾说过，如果里根和其他人格融合了，他作为"保护者"的能力就会减弱。因而，在这个像监狱一样的医院里，里根必须置身事外才能控制光圈。

作家猜想，在这次会面之前，他们一定给比利服用了大量镇静剂，以防止他向外界透露信息以及他的治疗情况。

然而，医疗小组所不知道的是，每次在阿森斯精神卫生中心探视时，最开始出现的人格（不论是否服过药）随着谈话内容的深入，通常会融合成为"老师"。既然这个"没有名字"的人格也是"老师"

的一部分，那么他就一定知道关于写作这本书的事。

"里根可能想知道我是否信守了承诺，不将其他可能会遭到起诉的犯罪行为牵连进来，"作家说，"如果里根也融合了，那么'老师'出现的时候请告诉我一声。"

比利点点头，开始翻看手稿。

过了一会，作家起身去洗手间。当他返回时，比利微笑着抬头望着他，用手指着手稿第27页上作家写着"老师"的地方。

"老师"确实回来了。

他和作家打了招呼。他们谈起"老师"自金沃希法官第一次开庭前短暂露面后就再没有出现的事。他短暂露面是为了让米基医生做检查。

"老师"一贯讲求准确，对手稿提出了许多修改建议：

"你这里写着：'亚伦走进卧室时，玛琳正在抽烟。'但她是不抽烟的。"

"在旁边做个记号。我会修改的。"

几分钟后，"老师"又摇摇头说："这里写着'他在公路休息站抢劫同性恋，开的是他母亲的车'。准确地说，虽然购买那辆庞蒂克时用的是我母亲的名字，但其实是我的车。你可以把这句改成'使用的是他母亲名下的车'。"

"你写下来。"作家说。

"老师"还修改了有关在圣诞节发生事情的描述。当时比利的妹妹凯西和哥哥吉姆拿着他的犯罪证据，询问他"公路休息站抢劫案"的事。比利后来因此案入狱服刑。

他建议作家加上："'而且你离开家已经很久了'，你知道，吉姆离家远去，就得由比利来保护母亲。他觉得吉姆一个人离开，就把责任都留给了自己。吉姆离家的那天晚上,凯文抓起各种东西向吉姆砸去,觉得吉姆遗弃了小凯西和妈妈。吉姆17岁就展翅高飞了,上大学,报考空军,把我一个人扔在那儿,变成家里唯一的男人。我必须担当起保护妈妈和小妹的责任,我那时才15岁半。可吉姆是哥哥啊!我觉得他遗弃了整个家庭。"

"这些非常重要,"作家说,"当时我只能通过电话向吉姆了解情况,现在你正好有机会来修正。不过,这是你'当时'说过的话,还是你回想起当时的情景才这么说的?"

"不是,我'当时'就是这么对他说的。我一直怨恨吉姆,因为他遗弃了我们这个家。"

"凯文也这么想?"

"是的。凯文知道吉姆遗弃了我们。其实并不需要他去承担这个责任,但是他很担心凯西和妈妈,他要确保她们不受伤害。"

"老师"继续看,又摇了摇头说:"你描述道'你真是个优秀的策划者'。但他不会这样说的,他会说'是啊,你了得啊'。你得表现出这两个家伙的粗俗和愚蠢,就是恶棍。他们就是这样的,智商很低,满口脏话。不论你怎样写,都要切记他们根本不懂正确的文法。"

"在旁边做个记号。"作家应道。

"老师"写下:"更多脏话。"

"老师"看到一章的结尾处写着:里根因认罪而获判减刑,到利巴农管教所服刑2至15年,于是说道:"你可以把我当时的心情加上去,'当身后的铁门哐当一声关上时,里根听到一阵沉重的轰隆声'。因为我刚到监狱的时候,那个声音一连几夜都在我脑海中回荡。我一听到那个声音,就会全身冒着冷汗惊醒过来。即使在这里,每当我听到哐当的关门声,都会想起走进利巴农管教所时的情景。

"我一直都非常恨卡尔莫,但直至入狱,我才真正懂得了什么叫'恨'。这种感受出于切肤之痛。阿普里尔知道如何去恨。她希望看到卡尔莫遭受严刑拷打,甚至就在她眼前被烧成灰烬。但我们其他人从来没有这么想过,虽然气愤,但没有想过要这样惩罚他,直至我遭遇不公审判而入狱。我在利巴农管教所的经历是别人无法想象的。"

第五天见面时,比利一走进会客室,作家便立刻感到出了问题。"上帝啊,你怎么了?"

"他们给我停药了。"

"他们这么做是为了阻止你与我合作吗?"

比利耸耸肩:"我不知道……"声音有气无力,语速缓慢。"我觉得很虚弱,头晕。昨天晚上的室温是54 ℉(约合12℃),但我却热得浑身冒汗。我不得不换上新床单,因为我全身都湿透了。我现在已经不像昨天晚上颤抖得那么厉害了。我告诉林德纳'不要再给我吃药了……'但是他说必须分三个阶段逐渐减少我的药量,这样我才不会出现脱瘾症状……"

"你现在是谁?"

"嗯……有些不对劲……有些事我记不得了。从昨天晚上开始的,情况越来越糟。"

"你还可以看下去吗?"

他点点头。

"你不是'老师',对吗?"

"我不知道。有些事情我不记得了。我可能是"老师",但我的记忆力没那么好了。"

"没关系,也许你读的时候'老师'就会回来。"

他继续看下去,声音随之变得越来越坚强,表情也越来越愤怒。读到里根闯进一家医疗用品仓库给小南希偷儿童轮椅时,他点了点头:"这样写不会给里根惹麻烦,因为他们无法证明里根与这件盗窃案有关,除非你把里根感到害怕写进去。"

"里根也会害怕?"

"那当然,他也会害怕的。去那种地方偷东西是最愚蠢的事,因为你无法预料等待你的是什么,那儿可能有狗或防盗铃之类的东西。而且你也不知道出来以后会遇见什么,那是令人最为担心的。"

快接近手稿结尾处时,作家发现比利脸上的表情变了。"老师"点了点头,身体倾向后方,热泪盈眶地说:"你办到了,正如同我期待的那样。你替我完成了。"

"真高兴你在我离开之前回来了。"作家说。

"我也是。我想向你说再见。这个……请交给戈尔兹伯里。他们想用支付最低工资的方式让我用画来装饰这个地方,但这点钱不足以买下我的全部作品。"

握手道别时,作家感觉手里被塞进了一张纸。远离医院后,他才敢打开来看。

账单明细

委托俄亥俄州政府转交俄亥俄州立利玛医院

(1)安全门之间的壁画(入口处)　　　　　$25 000

(2)3号病房会客室中的壁画(猫头鹰)　　　$1 525

(3)3号病房外的壁画(灯塔)　　　　　　　$3 500

（4）3号病房外的壁画（风景画） $15 250

（5）3号病房门口的壁画（带顶棚的桥） $3 500

（6）牙医办公室内的壁画（街景） $3 000

（7）陶瓷工艺室内的壁画（旧仓库和拖拉机） $5 000

（8）金色墙框 免费

总计（税前） $56 775

3

返回阿森斯市途经哥伦布市时，作家拿了一份4月29日的《哥伦布市民报》，只见头条新闻写道：

米利根将继续留在利玛医院

亚伦郡地方法官金沃希于周一判决，26岁的多重人格强奸犯威廉·米利根将继续留在收治精神病罪犯的州立利玛医院。米利根在阿森斯市的律师戈尔兹伯里声称，他的当事人并未获得应有的精神治疗……

戈尔兹伯里对利玛医院安全主管哈伯德以及米利根的主治医生林德纳蔑视法庭的指控，亦于周一被金沃希法官驳回……

法官在俄亥俄州是由民众选出的，所以既没有人对金沃希法官的判决提出质疑，也没有人对州议会迅速通过《参议院第297号修正案》，以及罗德州长于开庭后两天同意支付比利工资的事感到惊讶。

弗洛尔法官和几位州检察官（包括1979年起诉米利根的亚维奇）后来向作家承认，该法案之所以能在参议院迅速通过并由州长立即签署，是因为比利一案引发了巨大争议。通过修正案，就可以让比利继续留在安全措施严格的医院接受治疗，而精神卫生局也无法在不知会法院的情况下将他转送到管制较松的医院，特别是阿森斯精神卫生中心。此外，这也会引起媒体的高度关注，并使检察官以及社区反对团体有机会抵制比利转院。

该项法案通常被称为"哥伦布快报法"或"米利根法"。

《哥伦布市快报》还轻描淡写地提醒州议员和法官，今年是选举年。

第十三章
盗门

1

5月中的一天，亚伦在吃早饭的时候宣布他准备去探查一下6号病房，扎克表示愿意和他同去。他们在走廊上查看各个出口时，发现有扇门通向一个室内通道，通道内有一个螺旋形的楼梯。他们爬上去，推开了一扇挂着"操作疗法"牌子的门。一个秃头、蓝眼睛的年轻人正在一边喝咖啡一边抽烟，他惊讶地站起来说："我是莱尼·坎贝尔（Lenny Campbell），请进。"

亚伦看到几箱制陶工具，就和他两年前在哈丁医院时见过的一样。扎克走进一间挂着"木工房"牌子的房间，亚伦也跟了过去。屋里整齐地摆放着制作木器的工具，很干净，也没有人。

屋子的角落里放着一张刚刚做好的咖啡桌。"真漂亮，"亚伦说，"谁做的？"

"是我。"坎贝尔说。

"你用了多长时间？"扎克问。

"大概三个星期。"

"你是准备把它放在自己房间里吗？"亚伦问。

"啊，不是，"坎贝尔说，"是准备卖给工作人员或来访客人的。"

"他们付你多少钱？"扎克问。

"有人出20美元买它。"

"才20美元？"亚伦惊叫道，"上帝啊，就算他是你最好的朋友也太离谱了。我要是花50美元买下它都会觉得自己是从你那儿偷来的！"

"那卖给你吧。"

"可惜我现在没有钱。"

坎贝尔抓抓秃脑袋："要是这样的话，那我就20美元卖给那个人，那可是我一个月的烟钱啊。"

"是吗，"亚伦说，"不过你得干三个星期才能挣到。"

"真希望我也能做出这样的东西。"扎克说。

坎贝尔指指电锯："去试试！"

扎克笑了："我大概会锯断自己的手。"

"这些工具为什么没人用？"亚伦问。

"因为从来没有人到这儿来，"坎贝尔说，"我到这里已经三年了，只有两年前有一个家伙上来待过几天。他只是坐在那儿闲聊，仅此而已。要是店长鲍勃（David Bob）过来，我们就玩会儿牌消磨时间。除此之外，我就在这里干自己的活儿。"

"老兄，那这些工具不是都白瞎了？"扎克说。

亚伦点点头说："咱们干吗不做点东西？"他靠在一张铁桌子上，伸手去摁墙上的一个开关，"这是干什么的？"

"千万别碰，"坎贝尔说，"那底下有个刀片。"

亚伦弯身查看桌子底下："它是干什么用的？"

"我让你看看,"坎贝尔说,从墙角捡起一块木板,"这是我最后一块木板了,原来想刻点什么,不过现在……"

他把木板放到桌上,打开开关后,木板上立刻出现了刨花。

"是刨床!"扎克大叫着。

"劲真大,而且够锋利,"亚伦说,"什么木头都对付得了。"

坎贝尔笑着说:"什么木头?你看看这有木头吗?"

的确,这里除了水泥地、铁架子和机器外,一无所有。一个设备完善的木工房,却没有木头。

扎克指着挂着"烘干室"牌子的一扇门说:"木头在那儿。"

大家都笑了。

"对啊,"亚伦沉思道,"这里的门大部分都是木头的……"

扎克笑着说:"这个楼里有的是木头。"

"我可不想知道你在打什么主意。"坎贝尔说。

亚伦和扎克离开木工房回到6号病房的房间后,隔着挡板聊起了如何搞点木材做木器的事。扎克说可以把木工房和烘干室之间的那道门拆下来,趁人没发现把它切割成块。

"我们可以用它做两张咖啡桌,"亚伦说,"但是20美元可不卖。那个坎贝尔真是个傻瓜。"

"要是没钱买烟,那笔钱就用得上了。"

"那种桌子至少能卖四五十美元。"

"就这样!"扎克说,"咱们明天再去一趟。"

第二天一大早,他们来到"操作疗法"办公室,报名去做木工活。

看守魏德默(Harry Widmer)留着一把像圣诞老人一样的红胡子,隔着办公室的窗户看着他们问:"你们想干什么?"

147

"我们想去木工房，"扎克说，"看看能不能学习做点东西。"

"你们会玩尤克牌吗？"

"会啊。"亚伦答道。

"那好，看完那些机器，你们就过来玩牌吧！别给我找麻烦，也别问我什么问题，我可是一窍不通。那里有各种工具，需要就拿去用。去看看吧，不过别切坏什么东西。"

亚伦和扎克仔细地查看了那些机器，才发现有些工具连坎贝尔都没见过。坎贝尔会用台锯、带锯、钻孔机、刨床和磨砂机，但不会操作车床和曲线锯。

"这个东西应该插在某个地方。"扎克说。

"我看过，"坎贝尔道，"但找不到。"

三个人在工作台下翻来覆去地寻找插座，最后扎克找到了。他把插头插进去后，机器立刻嗡嗡地转动起来。三个人都吓了一跳，头都撞上了工作台。

"它能动了。"扎克说。

"现在得琢磨一下怎么用它。"坎贝尔挠着头皮说。

亚伦想不出头绪："也许到图书馆能找到答案。"

他们到图书馆查阅了如何使用工具的有关书籍，然后小心翼翼地开始练习操作。但是，他们无法就做什么最赚钱达成一致，咖啡桌、领带架，还是报刊架？

扎克翻看墙角的厚纸箱，从里面发现了一个咔咔作响的箱子。

"你发现了什么？"亚伦问。

扎克掏出几个轮子、齿轮和几个铜配件摊在桌上说："不知道是干什么用的。"

坎贝尔摇了摇头："这些是钟表零件，但我对它们一无所知。"

"让我看看，"亚伦触摸这些小小的金属零件时，感觉到汤姆在体内来回摇动，看来这家伙对这些东西感兴趣，于是说："大概我有办法把它们攒在一起。"

"那有什么用，"坎贝尔说，"我们可没有做外壳用的木材。"

扎克看了看烘干室的橡木门，拿起一把螺丝刀拧下了门上的锁链。他把拆下的门靠在墙上，笑着说："现在有啦。"

"至少够我们做三个钟的外壳。"亚伦说。

"他妈的！"坎贝尔边说边按下台锯的开关，扎克和亚伦把门举起来放到桌面上。三个人锯木门的时候不禁哼起了《吹起口哨干起活》。

2

5月底至6月初，亚伦和汤姆一直轮流站在光圈下。汤姆在陶瓷工艺室画壁画，亚伦则到木工房做钟：钻孔、做钟盘、打磨、黏合，然后上漆。

三个人的钟都完成之后，亚伦对坎贝尔说："你的钟最棒，设计新颖，最少能卖30美元。"

"给钱我就卖，"坎贝尔说，"我的烟快抽完了。"

那个买下坎贝尔制作的咖啡桌的看守走进来，看到墙边的桌上整齐地摆着三个钟，于是指着坎贝尔的钟说："我喜欢那一个，我出五块钱买。"

坎贝尔走过去拿下钟。

"等等！"亚伦说，"坎贝尔，我有话和你说。"

看守转过身来问:"你是谁?"

"他是比利,"坎贝尔说,"这些钟是我们三个人一起做的。"

"哦,是吗?"看守瞥了亚伦一眼说,"我听说过你的事。"

亚伦把坎贝尔拉到一旁,小声说:"别那么傻。让我来对付他,保证不止卖五块钱。"

"好吧,不过他要是打退堂鼓,我只好五块钱卖给他。"

那个看守叫道:"我是真的想要,坎贝尔。我现在就去给你的社工付钱。"

亚伦说:"低于30美元,坎贝尔不卖。"

"你疯啦!"

亚伦耸耸肩:"要是真想要,就这个价。"

"去你妈的!"看守骂着转身离开。

一小时后,他拿着一张写着30美元的粉红色纸条进来交给坎贝尔,走出去的时候回头瞪了比利一眼,"你最好少管我的事。"

看守离开后,坎贝尔兴奋地在房间里跳来跳去:"上帝,我真不知道拿这30美元干什么好。"

亚伦把一只手放在他肩膀上:"其中的15美元钱我们要拿来用。"

"嘿,那可是我的钟!"坎贝尔说。

"可是你当初是想卖5块钱啊,"扎克说,"你有什么主意,比利?"

"买木材!我们可以用这15美元买到一些优质的白松木。"

坎贝尔同意了。于是,亚伦用活动室的电话下了订单。不过,那些木材至少要等两个星期才能经过复杂的程序送到医院的木工房来。

坎贝尔叹口气说:"守着这些机器,我们又有大把的时间,真是浪费。"

"谁有好主意?"扎克问。

"我们已经弄到了一扇门,"亚伦说,"可以再来一扇呀。"

"这太冒险了。"坎贝尔说。

"想要木材的话,"亚伦说,"只能这么办。"

最先失踪的是餐厅的门。

拆除15号病房和服务站之间的门比较麻烦。三个人在门外摆了张桌子卖起了茶点,一边卖一边偷偷地卸下门上的铁链。坎贝尔负责掩护,亚伦和扎克把门平放到桌上带回了操作疗法室。到了木工房,他们立刻把这个"证据"切割成了木板。

在随后的几个星期里,医院员工和访客很快就把座钟和咖啡桌抢购一空。他们急需更多的木材,于是便仔细策划、测试和分工。储藏室里丢了四张橡木桌和两张野餐桌。会客室、护士站和办公室里的几把木椅子也不见了踪影。

亚伦用两张旧桌子设计、制作了一个落地座钟。这是他的杰作。他在钟摆的绳结上写下了"比利"的名字。

"我们会惹上麻烦的。"坎贝尔说。

扎克不以为然地说:"那又怎么样?把我们关进监狱?我们不过是想弄点好木材罢了。"

"可惜这里没有。"坎贝尔说。

"我倒有个主意,"扎克说,"音乐治疗室里的那台破立式钢琴从来没有人用过,一时半会儿不会有人发现它不见了。"

坎贝尔和亚伦都哼了一声。

搬钢琴的那天,他们带了拆卸工具、一个老式手推车的把手和四个滚轮走进音乐治疗室,迅速地将滚轮固定在钢琴顶上,然后把钢琴倒过来,再把琴凳塞到琴架中间。他们带来的那个手推车把手正好能装在上面。

坎贝尔和扎克把钢琴推出门的时候,亚伦走在前面把风。没有人留意到这三个推着手推车的患者。

订的木材终于到了,于是他们又做了不少座钟和咖啡桌。在允许患者打电话的那天,亚伦给当地一家邮购折扣店的买主打了一个电话,告诉他可以提供优惠价格。买主来到医院,看到这些木制品质量不错,便订了100个座钟。

他们以周薪30美元招募开放病房的患者来做工,木工房立即变成了利玛医院有史以来最繁忙的操作疗法室。

汤姆设计了一道装配线,很快就制造出足以支付保护费用的钟,因为几乎每个看守都想要一个。

"三剑客"(他们现在这么自称)又找到了制鞋和制革的工具,于是皮革工艺治疗室也重新开张了。

坎贝尔想出了一个主意,将一面墙拆掉,然后用那些砖砌一个烧陶器的窑。后来,他们用卖陶器赚来的钱又买了三个窑。

一个周六下午,魏德默趁休假跑过来观看。他把亚伦带到楼上,打开一间房子的门锁说:"比利,看来你懂的不少。这里有一些机器,我也不知道有什么用。我一直想把它们扔了,但又没办法把它们弄出去。你用得着吗?"

汤姆盯着眼前摆放的戴维森5000、铅板、印刷模版和印刷机,看起来已经很长时间没有用过了。"应该用得着。"

"那好,你拿去用吧,不过别忘了我那一份。"

在钟表装配工的帮助下，三剑客将那些设备搬到楼下一个与木工房相通的空房里。既然做木器已不再需要他们操心，坎贝尔、扎克和亚伦便开始琢磨印刷的事。

坎贝尔说那个因伪造罪蹲过利巴农管教所的塔尼（Gus Tunny）大概能帮得上忙。塔尼不但教会了他们使用印刷机，在尝试了几次之后，还仿造出了员工证件和通行证。这些东西简直可以以假乱真。

"他妈的，他们还花大把钞票到城里去印刷，"扎克说，"我们在这里就能印刷，而且还便宜很多！我们就缺机器润滑油和清理铁锈的工具。"

亚伦心想，医院管理当局要是用了他们制作的廉价印刷品，原来用来购买文具和材料的钱就会不留痕迹地被贪污掉。

与此同时，参加宠物疗法的胖子贝克尔（Becker）被洛根（Arnie Logan）说服准备合伙将宠物疗法室扩建成一个宠物饲养厂。贝克尔原来是个律师，而年轻的商人洛根曾因枪杀竞争对手入狱，后因精神异常而获判无罪。

洛根提供资金，贝克尔则充当法律顾问，教洛根填写治疗用品购物单，与附近的宠物店签订销售协议——要求他们提供干净、健康和受过训练的动物。贝克尔草拟了一份合同，要求底特律一家宠物批发商每个月提供50只仓鼠。

木工房为贝克尔和洛根的宠物做了笼子。为了表示友好，贝克尔和洛根将宠物送给那些需要宠物的患者，包括两只大白鹦鹉、一只黑鹦鹉（嘴巴是彩色的）和一只蜘蛛猴。这些宠物原本是得花钱买的。

作为患者工会（木工房24人、印刷房3人、陶瓷房16人）的发起者，亚伦说服参加宠物疗法的27名患者一同加盟进来。

扎克申请了一些资金组织了一个棒球队，还用卖货赚的钱购买了棒球器材和运动服。

3

操作疗法室手工艺品生产的日益扩大起初并未引起医院当局的注意，但三剑客很快就发现，装配线及其获得的利润很明显已经令低收入的看守和职工产生了嫉妒。亚伦知道，在此之前，看守和警卫可以在这个设备良好、安静的精神病医院里随心所欲地虐待病人，所以这些人对现在发生的变化感到不满。

亚伦感到，医院员工开始担心让患者控制操作疗法室有潜在的危险。过了不久，看守们显然是受到了鼓励，又开始使用以前那些恐吓和虐待的手段。那些长期以来向患者勒索保护费和贩毒的看守，更开始加倍虐待患者，一个看守甚至刺伤了一名患者。操作疗法室的患者工人身上也开始出现了鞭痕和淤血。

大家派扎克去向医院巡视官投诉，但毫无作用。

患者只有待在操作疗法室里才有安全感。曾有几名看守在这些陌生机器附近行走时发生了无法解释的"意外"，因而医院员工便彼此相告：最好不要单独进入这片区域；通往疗法室和木工房的走廊也在患者的控制之下；在没有患者陪同时，尽量不要冒险进入"患者区"；在那里行走时被割伤或者被掉下来的东西砸伤，都很难怪罪患者，因为他们是在操作大型机器。于是，那些凶狠的看守等患者单独出来的时候，就会伺机把他们围到角落里狠揍一顿。

医院管理当局否认存在虐待的情况。他们掐断了煤气，迫使三剑客关闭了陶瓷窑。他们的借口是，煤气管道正在施工，所以必须关掉煤气。但一个星期过后，事实证明这显然是在蓄意破坏。于是，汤姆和坎贝尔决定将陶瓷窑改为电力发动。但他们得到的回应是：为满足视察工作的需要，停电三天。

他们的工作在7月份不断受到阻挠。三剑客发现工人流失的速度与新成员加入的速度一样快。而且许多新加入的患者都曾被拖到角落询问或殴打。

医院管理当局下令禁止操作疗法室购买木材，但没有说明原因。病房的情况每况愈下，三剑客知道他们必须做好自卫的准备。

在酷热的7月中旬，情况变得更糟。水被停了，患者们逐渐失控。在室内夜间温度超过100 ℉（约合38℃）且没有电扇可用的情况下，哈伯德主管要求罗德州长派遣警察进驻医院。

亚伦知道安全部门会借机将三剑客关进隔离室，只是迟早的问题。

7月14日，亚伦给戈尔兹伯里打电话，请律师找人到医院来拍下他绘制的壁画，并向俄亥俄州提出控告，说明他账单上列举的画作，其"艺术价值"远高于他被迫接受的最低工资。此外，他还表示希望对林德纳和哈伯德提出控告。

亚伦说，他这样做并非只是为了金钱或者胜诉。而胖子贝克尔则认为，只要把他提出控告的消息传出去，医院的那些人就不敢谋害他。

第十四章
战斗武器

1

患抑郁症的女孩玛丽，在比利第一次来到阿森斯精神卫生中心时就被他深深吸引。比利转到利玛医院后，九个月来她一直关注着有关比利的消息。

她无法和比利直接联系的时候，经常打电话给他的母亲（及她新婚的丈夫）、妹妹和律师，借此了解比利的情况。每当得知有人要从阿森斯市前往利玛医院，她都会要求同行。

暑假期间，玛丽终于在利玛市中心租了一间带家具的房子，住得离医院近，她就能经常去探望比利了。她变成了比利与外界取得联系的中间人和信使。她帮比利打信，还将他的笔记偷偷带出医院。

看守和医院员工监视着他们的谈话，又开始担心比利把医院里的信息传递出去，揭露在病房里发生的事情。他们向林德纳和哈伯德提出抗议，但没有结果。

玛丽认为应当从旁观者的角度将比利在医院的生活记录下来，于是利用自己学到的科学方法对他做近距离的观察，并记录下了他的想法和行为。她决定将去医院探视作为实地社会考察,并将心得写到日记里。

2

* 玛丽日记 *

1980年7月23日(星期三)：今天早上,比利设法回到了操作疗法室。下午1点,他到会客室和我见面时,手里拿了几张从杂志上撕下来的家具图片。他在着手准备修建更大的厂房。他请我帮他订购20个钟表机芯和表盘。能够回到操作疗法室并开始筹划厂房建设使得他今天情绪非常兴奋,是我见过他心情最好的一次。

我提醒他在地面建窑很危险,因为我不希望他被坍塌下来的东西砸伤。

他说:"如果我不能鼓起勇气带领大家重建我们被破坏了的陶瓷窑,那活着也没有什么意思。"

他要我今后将下午1点的探视时间改到3点,这样他就可以到操作疗法室去工作了。

1980年7月24日(星期四)：今天早上比利在操作疗法室干活的时候,他病房的几名看守过来告诉他,上面命令将他转到22号病房的隔离室。鉴于他们没有任何合理的理由,职业教育部主任爱德华兹拒绝让他们带走比利。大家都站出来帮比利说话,因而导致患者与看守发生了长达一个半小时的争执,包括林德纳和哈伯德在内的医院工作人员也参与其中。

其后,操作疗法室的其他患者被带到另一个房间,留下比利一个人蜷缩在房间的角落里。事情终于有了结果,比利没有被关进隔离室。

他后来没有告诉我究竟是谁想把他关起来,也不愿过多谈论此事。我猜测,这是曾经被比利举报过的看守,或是某个不希望看到比利回操作疗法室的人搞的鬼。

1980年7月30日(星期三):今天早上,比利在操作疗法室时,哈伯德的助手跑来给比利和他的合伙人坎贝尔、扎克捣乱。他们刚把产品装配线安装好,该助手就前去阻止,理由是他们没有纳税,医院会为此惹上麻烦。

于是比利决定,让工人们每人每月从"扶贫基金"中拿出10美元纳税。比利最终说服了大家,但因此引起的争论和打斗令他十分难过。他告诉我,他希望那些人不要如此粗暴地反对他,因为这样做会令他不得不自我防卫……

几个星期前,比利他们和医院签订了合同,由院方提供木材,他们负责为医院建造一个露天看台。木材运来后,他们就把工人派过去干活;但大约两小时后,大队人马又跑了回来,因为他们得知这个活根本没有酬劳,所以罢工不干了。

工人要求院方按照惯例支付与木材价格(1 200美元)相等的工资。过去,患者每做一个钟就为院方也做一个供其销售,以此支付材料费。这次院方强硬地拒绝了工人们的要求,但最终还是让步了。

今天,这1 200美元送到了三剑客手上。比利把钱带回了操作疗法室,然后派工人去修建露天看台。下午比利在操作疗法室里作画,但他记不清这是否是自己搬回A病房后第一次作画。

他口述了三封信,我把信带回家并用打字机打好。

1980年8月3日

寄件人：州立利玛医院 A 病房

利玛市，俄亥俄州

邮编 45802

收件人：哈伯德主管和临床主任林德纳医生

州立利玛医院，利玛市，俄亥俄州

邮编 45802

亲爱的哈伯德先生和林德纳医生：

我注意到，在不久的未来，将有特殊成员参与审理我的案子。基于我的律师的建议，我特此通知两位，如果我的律师和我私人聘请的心理专家不在场，我不会与州精神卫生局合作进行任何心理测试或回答"特殊"成员提出的任何问题。

同时我有权将全部过程录音，以便将来作为证词。此外，我的律师认为，我有权选择在场的媒体成员。最后，我相信州政府会同意我的上述要求，以维护我的公民权利，否则我将不会合作。

威廉·米利根

抄送：戈尔兹伯里和汤普森律师；韦尔默伦博士；莫里茨博士

1980年8月4日

亲爱的阿伦：

比利已经拟订了计划去塑造自己的未来。他认为目前最为重要的，是搞清楚"何时"才能从这个被无限期监禁的地方释放出去。

如果出不去，他宁愿待在监狱里，因为在那里他至少知道还有多久就可以出狱。尽管如此，他知道如果入狱，在整个服刑期间他"一定"会被单独监禁……

祝好。

玛丽

1980年8月9日

亲爱的阿伦：

很久以来，我一直想给你写信，但不知道该从何谈起。你大概会说我不得不追赶时间——在适当的时间抓住自己……如果我选错了时机，那就得靠你全力相助了。我想我们又回到了事情的起点。有时候我想，我们早该杀死比利。

如果做了，那么一切就不会像现在这么糟糕。我想我们永远无法得到帮助，但我觉得这是我或者我们命里注定的。凯西、摩尔太太和我，多年来一直都是卡尔莫的囚犯。大概正因为如此，我才不可能将监禁我的人视为医生。经年累月的抗争已令我筋疲力尽，该发生的事终将发生。我知道麻烦是我们自己招惹的，当然，俄亥俄州议员也在其中出了一份力。他们终将笑到最后，知道这个结局实在令人痛心。

比利

3

在接下来的周一,宠物疗法室患者的头头胖子贝克尔和洛根来到木工房开会,讨论如何应对突如其来的压制。

"我们有要事商量,"扎克对老马辛格(Pop Massinger)说,"别让人过来。"

于是老马辛格让两个助手拿着木板守候在门口。

在烘干室里,几个头头各自倒了咖啡,立刻开始讨论看守捣乱的事。

"宠物疗法室的情况越来越糟,"洛根说,"我们那儿有很多人平白无故就被他们揍了。"

"我们什么办法都想了,"贝克尔补充道,"我试着去沟通,联系了法院和联邦法官,但他们不愿意理我们,毫无结果。"

"我们还是得用老办法,"扎克说,"给他们点厉害看看,让他们明白患者也是人。"

"我们得立即行动,"胖子贝克尔说,"要不然他们就会像过去那样挑动大家互相猜疑。把我们分化了,他们就能控制我们。我觉得,我们必须趁着还有力气的时候采取行动保护自己。"

坎贝尔建议组织集体逃亡,但亚伦认为那样做于事无补,留下来的患者还会和以前一样受到虐待。扎克则主张举行全面暴动,接管整个医院。

"怎样才能让他们明白我们的态度是坚决的?"坎贝尔问。

"我在外面有朋友,"洛根说,"我可以让他们一起出手。"

坎贝尔表示赞同:"攻击就是最好的防卫。"

亚伦从他们的面部表情可以看出,为了反抗虐待,这几个头头已经准备豁出去了。"如果不得不干,"亚伦说,"那就得选择正确的办法,要干得值得。让一群毫无组织的患者一哄而上,砸烂几扇窗户,会有什么好结果吗?这样干只能给安全部门留下时间来镇压我们,从此我们再也出不去了。我不赞成使用暴力,但如果迫于无奈,我们也要干得漂亮。"

"你说得有道理。"扎克说。

"那你想怎么干?"胖子问。

"要干,我们就得计划好,做好准备,"亚伦说,"来一次大规模进攻。"

"我们可以发动各方面的力量来一场大突袭。"坎贝尔提议。

"要是这样的话,"亚伦说,"警卫就有了镇压我们的借口,那我们就什么都干不成了。他们会把我们抓起来关进隔离室,然后再用老方法来对付我们,一切都会恢复原来的样子。"

"我们已经挣了不少钱,"扎克补充道,"而且还有权力,真没必要为了一次愚蠢的行动牺牲这一切。"

"但我们必须有所行动。"坎贝尔坚持自己的意见。

"我同意,"凯文说,"不过行动的规模要大。"

"我们投票表决吧!"胖子说。

投票的结果是一致同意开战。

"这样的话,"扎克说,"我们要在这里部署一个奇袭队,宠物疗法室从侧翼进攻,为我们掩护。"

"先想好怎么干,"洛根说,"把武器准备好,然后把情况告诉我们,这样大家才能协调策略。"

胖子贝克尔向木工房那边点点头:"你们得帮我们制造武器。不过我们还需要其他东西。有些东西你们找不到，我们去找。你们准备长木把，比如双截棍，然后我们缠上带刺的铁丝。"

扎克表示赞同。"我们打他们个措手不及，然后就立刻撤退，让留下的那些人去通知公路警卫队或警察什么的吧。为了防止出现肯特郡事件或者更糟的情况，我们就必须做好准备。"

"我们可以抓几个人质。"坎贝尔说。

"这不行，"亚伦说，"如果像伊斯兰什叶派霍梅尼那帮家伙那么干，我们就无法获得公众的支持。还记得'阿提卡监狱暴动'事件吗？媒体将被抓作人质的官员的死怪罪到患者身上，但后来调查证实，这些官员其实是被他们自己人杀害的。"

"但是可以抓几个看守或者工作人员当人质啊。"扎克坚持己见。

"我们怎么保证人质的安全？"亚伦说，"别忘了，我们这儿有那么几个疯子是会强奸、杀人的。我们不需要人质。如果我们的要求得到了满足，在我们被转送出去以后，他们又发现有人遭到了强奸或伤害，那岂不糟糕？以后还会有人相信我们吗？他们永远都不会信守承诺了。我不同意抓人质。"

"那你说怎么办？"坎贝尔问。

"我们在下手前必须决定哪些人是不能伤害的，包括患者和工作人员。"

其他人不再反对。

他们决定立刻制作武器。大部分工作都在操作疗法室里进行，然后把做好的武器藏到宠物疗法室里。

"我们这里原来有31个人，但现在只剩下26个人了。宠物疗法室大概有22个人，烘干室有14个人，"亚伦说，"另外还有棒球队，我们把消息告诉大家，看看能不能说服其他人参加。"

亚伦建议把所有的证据都收集起来，包括纸张、文件和录音带，然后将这些证据存放到坚硬的箱子里，用铁链绑在侧翼大门的铁栏杆上。如果大家都死了，外界也能知道发生了什么事。

暴动发起人自称为"自由之子"，他们决定在1980年9月8日星期一开始行动，行动代号为"黑色星期一"。暴动的消息已经在患者中传播开来。

4

医院管理层和许多看守颇以棒球队为荣，比赛时还押了不少注，因而很容易说服他们让球员锻炼腕力以加强攻击能力。球员们说击打沙袋是必不可少的锻炼，但那些人不知道球员的击球、传递和慢跑练习其实都是在为战斗做准备。

坎贝尔提醒棒球队员随时准备好球棒。由于球棒都被锁在一个有三道锁的柜子里，所以他们得把柜子背面的铁链弄松，这样就能从后面打开柜子。

他们还从客队那儿偷了一些球棒。

棒球可以当作子弹，钉鞋的铁钉在短兵相接时也能派上用场。扎克用三根铁钉把球棒的尾部固定在自制的木板上，做成了攻城用的槌子。

一些球员的身体已经锻炼得十分强壮，击打沙袋的时候甚至把球棒都挥断了。因而医院不得不准许他们购买铝质球棒来代替。

出人意料的是，在医院、看守和工作人员的鼓励下，利玛医院这支弱小的棒球队居然打赢了好几场比赛。

但最为重要的是控制那条绘有101英尺长壁画的主要安全通道。汤姆很快就发现，坎贝尔的电子知识比自己还丰富。坎贝尔告诉他如何利用电动门的电源来控制这扇门。

电源箱的供电压为2 300伏，天花板上的电线经过大厅直通警卫站，然后向下连接到安全门的电子锁上。警卫就是通过这个锁来控制安全门。坎贝尔和汤姆假借修理窗台找到了电源箱，将一对跨接电缆挂在断路器上，测试电压后，又把剩下的电缆线绕在上面，关上了电源箱。

坎贝尔把它叫作"电鳗行动"。

警卫进攻大厅时，两名患者可以同时向对面的大厅发动第一轮反击。只要关闭大门，就没有人能进入走廊，这时坎贝尔就会开始"电鳗行动"。他会把手伸进电源箱，抓住跨接电缆将其与电门和监视屏连接到一起。

"谁碰到这两边的门都会被电死。"坎贝尔说。

"要是他们关了总电源怎么办？"汤姆问。

"那也没用，因为备用的紧急发电机会立刻启用。这个动作至关重要，把敌人关在外面，我们就有时间把武器安置好。"

为了阻止警卫使用炸药，扎克准备在大厅和台阶上倒上汽油和松节油混合剂，这样那些人就得小心翼翼地走动以免引着火。

他们还制订了"酸雨行动"计划。汤姆在操作疗法室的水泥板底下找到了自动喷水系统，于是，他们就在机器噪声的掩护下凿穿了水泥板，切断了水源，把从印刷室弄来的硫酸倒在洒水器里。

里根需要在肉搏时使用小刀,于是扎克用从油桶上剥下来的金属片做成了小刀。他们又用喷灯(以制造棒球看台隔板为借口争取到的)把油桶上的金属片割成条状,然后用金刚石钻孔机的钻头(一位合伙人趁探视时偷偷带进来的)把金属片磨成小刀的形状。

里根教大家在肉搏时如何使用小刀。他把皮带(皮革小组提供)的一头缠在刀把上,另一头绕在手腕上,这样刀子就不会掉下来,也不会掷出去。

里根还用粗麻布和帆布做成了沙袋,在里面装满了稻草和沙子。在操作疗法室的楼上,他找了一个警卫不常去的地方,把沙袋挂在墙上。他知道那些性情温和的患者不是冷血杀手,但认为可以让这些人接受肉搏训练。他教他们如何从后面攻击看守和警卫,以及握刀、肩刺、横刺、挥刀和直刺的技巧。

尽管大家都在努力加强战斗力,忙着制订计划,但是亚伦内心还是希望这些不会派上用场。只要胖子贝克尔和洛根能够通过与外界的联系,控诉他们受到的严酷和不人道待遇,只要存在改变环境的希望,那么"自由之子"就只是备用的力量。亚伦说服大家同意,"黑色星期一"只是最后的手段。

5

医院下令操作疗法室不得再向木材厂订购木料,于是三剑客开始寻求其他办法。

扎克记得在音乐治疗室里曾看到过一些镶板,但他们去找时,却发现门被上了锁。

"我们走吧！"坎贝尔说，"有人发现了我们的行动。"

"知道和证明是两回事，"扎克说，"那些证据早变成嘀嗒作响的座钟和咖啡桌，遍布在俄亥俄州和西弗吉尼亚州了。"

楼梯下到一半，亚伦无意中碰到一扇双开门，门突然打开了。

"嗨，快来看……"他说。

"这是个小礼拜堂，"扎克说，"哪能偷礼拜堂的门啊。"

"怎么不能？"坎贝尔问。

扎克耸了耸肩，开始动手卸铁链。

"等一下，"亚伦说，"这门太大了。"

坎贝尔抬头看了看说："比利说得对。我们可以把铁链卸下来，但这个门实在太大了，根本无法穿过其他的门。我们得用锯在这里把它锯开。"

"那得花多少时间啊，"坎贝尔说，"不能等着人家来抓我们。"

他们走进去察看。长凳子看起来能搬走，但匆匆检查后却发现它们都被用木栓固定在地上，必须用特殊工具才能卸下来。用手锯锯断木栓太费时间了。

亚伦去查看钢琴，发现这架琴比音乐治疗室里的那架还要难搬，得冒更大的风险。他望着圣餐台后面那个18英尺高的橡木十字架。

扎克和坎贝尔随着他的视线望过去，但亚伦却犹豫了。

"拜托，比利，"扎克道，"别在这个时候和我们说什么宗教信仰。"

"也是……"坎贝尔叹了口气，"我们需要它。"

亚伦端详着这块精美的木材。这个十字架不是拼接的，而是从一棵树上锯下的整块木材，然后在它的两侧装上6英尺长的横梁。

扎克站到圣餐台上，晃了晃后面的十字架："该死，它被固定在墙上了。"

"我们可以卸下螺丝。"坎贝尔说。

"它至少有350磅重,"亚伦说,"它倒下来肯定会砸烂大理石圣餐台,那声音可能会引起别人的注意。"

他们最后决定卸下两张长凳的木栓,用它们撑住十字架,然后用窗帘上的绳子把凳子和十字架的横梁绑在一起,这样就能把十字架放下来,靠在圣餐台和讲坛上。他们折腾了将近一小时,才把十字架和讲坛移出礼拜堂,然后搬出大厅拖回木工房。

他们迅速地将十字架和讲坛锯成块,坎贝尔估计这些木材够他们做一个瓷器柜、一张咖啡桌和七个座钟。

"你们必须答应我一件事,"亚伦坚持道,"等我们从木材商那里搞到足够的木材,就给礼拜堂做一个新的十字架。"

"我还以为你不信教呢!"扎克说。

"我是不信,但是这里有不少人要用那个礼拜堂。说好了我们只是暂时借用,我心里才能好过一点儿。"

"好吧,"坎贝尔说,"我们做个更棒的十字架,找机会把它放回去,我决不食言。"

精神卫生局把州内各监狱和精神病院里的反社会者全部集中到利玛医院的做法犯了一个严重的错误。这些人确实精神异常,但比那些管理他们的人都聪明,也更有能力。

第十五章
临界点

1

* 玛丽日记 *

1980年8月12日（星期二）：比利、扎克和坎贝尔今天早上把医院礼拜堂里的十字架和讲坛偷出来了……

1980年8月13日（星期三）：比利和坎贝尔今天偷了体育馆篮球架上的背板……

1980年8月14日（星期四）：比利、洛根、胖子贝克尔（监狱律师）、坎贝尔以及另外两名患者今天早上被叫到哈伯德的办公室。据比利说，联邦政府显然是怀疑有人盗用了利玛医院的资金。比利听说联邦政府的官员带着法院的搜查令，检查了医院的所有建筑以及医院高级主管的私人产业，还查了他们的账。

（比利觉得）哈伯德非常气愤，认为政府官员来检查一定是因为有患者告状。比利知道这件事与他们毫无关系，所以坐在那儿一言不发，暗自高兴地观察着事态的发展。

哈伯德还说，法院关于比利绘制壁画的判决也下来了，因为医院

"来不及清除壁画！"，有个探员已经把壁画拍下来了。

1980年8月16日：比利说，他今天没吃早饭和午饭，因为他忘了怎么吃饭……

1980年8月17日：今天早上，比利无法打开他的储物柜，因为他个子太矮，够不着柜子的把手。他年纪太小，不会阅读。

他神情沮丧地走进来，脾气"异常"急躁，因为他觉得什么都不对劲。我觉得他可能是转换了人格。情况也确实如此。几分钟后，他说昨天下午1点以后发生的一些事他已经记不得了。后来他脸上露出了一丝微笑，心情好了一些。

比利说他在我来前一个小时就开始焦急，令我感到很高兴。他不安地来回踱步，在操作疗法室里也是如此。我很抱歉让他焦急地等待，但这让我觉得自己是被需要的。

2

与此同时，利玛医院的患者正在谋划一场对抗医院管理当局的暴动。《明报》刊登了题为"重访利玛医院"的系列报道。1980年8月17日刊登了第一篇报道，标题是：

美国联邦法院的判决无法改变虐待精神异常犯人的现状

斯特罗齐尔（Geraldine M. Strozier）报道

利玛是负责治疗全州最具危险性居民的医院，但是却让患者在里面备受摧残，对他们的心理问题亦不予重视。

其结果是，一些患者出院回到社区后，他们的问题仍然存在。

……曾经在利玛医院的患者和医院看守向本报透露,许多患者只是接受了医院的常规治疗,不堪重负的医生对他们漠不关心,往往忽视他们的心理问题。

他们给患者大量服药,据称是为了缓和患者的情绪……

医院联合评审委员会——国家医院监察组织,认为利玛医院治疗患者的方式极不恰当。去年8月,该委员会拒绝继续给利玛医院颁发于一年前勉强获得的短期认证资格。拒绝颁发的主要原因是,利玛医院的员工不足,无法为90%以上的患者提供个性化服务……

1974年,当时被视为州内最残暴、最具危险性的一群患者向法院控诉利玛医院,要求为他们提供更人性化的精神病治疗环境和治疗方法。因利玛医院忽视并残忍对待患者的证据确凿,瓦林斯基(Walinski)法官迅速判决该医院立即着手改善,并委派来自托莱多的约翰·扎奈克基(John Czarnecki)律师作为特别督查,确保医院进行彻底整顿……

利玛医院安全主管哈伯德说,他的上级指示他不要与扎奈克基直接接触,"所有事宜都须经由我们的律师来处理"。

第二天刊登了第二篇报道:

患者抱怨经常得不到需要的帮助

……哈伯德主管驳斥了患者的说法。他说他查看了病人的病历,记录显示他们每天都接受单独治疗。但是许多病历并未显示专家用了多少时间和这些患者相处,而且许多方法虽然有益但都不属于心理治疗。例如大卫·史密斯(David Smith)在宠物疗法——照顾小动物——上花了不少时间。

《明报》掌握的证据显示,即使医生在患者的病历上做了记录,也不一定意味着他为该患者提供了治疗⋯⋯

《明报》于8月19日刊登了第三篇,也是最后一篇报道,披露了造成患者被虐待的一些原因。

州立利玛医院声称问题是由地理位置造成的

州政府官员承认州立利玛医院存在很多问题,但将这些问题归因于地理位置⋯⋯

精神卫生局局长莫里茨指出,许多患者抱怨利玛医院没有提供恰当的精神治疗。情况可能确实如此,因为受到地理位置的限制,利玛医院没有足够的合格工作人员⋯⋯

他还承认,医院现有的一些工作人员不具备州政府要求的资质,例如:临床主任林德纳虽然是医生,但并不具备精神病医生的资格⋯⋯

莫里茨认为林德纳是一名好医生,并为聘用他辩护说:"只能聘用林德纳医生,因为我们根本没有其他选择⋯⋯"

莫里茨指出,州政府提供的工资无法吸引既优秀又合格的医生。他解释说,该医院精神病医生不超过55 000美元的年薪远低于其他医院。

因此,利玛医院的合格专业人员远不能满足需要。其结果是,未受过良好专业训练的病房看守便拥有了相当大的权力。

就在同一天，警卫带着利玛医院的患者进城参加高等中学同等学力考试，中午12点半，其中一名患者持枪挟持警卫，强迫他把车开往戴顿，成功逃亡。

事后一位管理人员宣布："今后所有刑事犯均不准离开医院。过去三个月来已有七人逃亡。"

根据《哥伦布市快报》周日的报道，警卫罗伯特·里德（Robert Reed）向记者透露："在医院里，我们面对的其实是一群聪明人。大家都说他们是疯子，但他们可不傻。他们就喜欢坐在一起策划和琢磨事情。"

哈伯德下令进一步加强管制措施，从现在起，病人出入病房必须接受检查。

3

* 玛丽日记 *

1980年8月24日（星期日）：今天早上比利给我打电话，声音听起来沮丧而且软弱无力。我强烈地感到，他的声音里失去了什么东西。不过比利出来和我见面时已经基本恢复，也显得很高兴。我们聊得很好。比利说自去年12月（他转入利玛医院）以来，他体内发生了很大变化。

我一直想让比利解释清楚，但是他拒绝了。

1980年8月26日（星期二）：比利开始和其他人谈论医院虐待患者的情况，并录了音。他今天有些烦躁不安。

1980年8月29日（星期五）：我知道比利体内的小孩在这里没有

东西可玩，特别是那个矮小、够不着储物柜把手的孩子，所以我周一探视时带去了一个与垒球差不多大的塑料球。我得找一些不会引起太多注意和麻烦的玩具。比利说今天有人（在他体内的）玩过这个球，因为他在地上发现了它。

1980年8月30日（星期六）：整个星期都是同一个人出现，我没有发现比利经历过人格转换。周日和周一他的心情都很好，但周二情绪有些烦躁不安。今天，他说他已经三天没有睡着了。我不清楚他是否知道原因，他什么都没有说。

比利告诉我，上星期他和坎贝尔做了一个假炸弹。他们用碎火柴头做成导火线，点燃后扔进了一个坐满了警卫的房间，把那些人吓得争先恐后地冲出了房间。

1980年8月31日（星期日）：比利昨晚像往常一样睡了四个小时，感觉好多了。他说，他和凯西因为过去受过伤害，所以如果有人无意间说了卡尔莫过去常对他们说的话，他们就会发火。

1980年9月1日（星期一）：真让人沮丧！只剩下七天了（返回阿森斯市的俄亥俄州立大学）。

比利告诉我，他觉得不需要融合成一个人的地方，才是多重人格障碍患者最理想的生存环境。因为融合会让他失去很多，有些人格的能力比融合起来的人格还要强。总之，需要有一个简单的控制系统决定由谁站到光圈下，以及一套防止出现混乱的措施。失落时间的问题也必须解决。比利认为建立一个控制系统是可能的，这样就可以理性地解决欲望与兴趣之间的矛盾。

我也认为这是多重人格障碍患者最理想的状态。最近我也在考虑这个问题。我不希望比利在融合的过程中失去任何一个人格。

比利说，尽管他容易受到伤害，但当他因为个子矮够不着储物柜时，却发现从那个角度来看这个世界有很多益处。因为眼前的一切都是全新的，有很多复杂的事物等着他去发现。那个年纪的他觉得一切都不是理所当然的，所以第一次遇到都会仔细地观察，而其他人因为习以为常，往往忽略了其中的各种细节。他会把自己的发现运用到生活之中。

他的新球上有牙印，说明有人咬过。我问他，谁够不着储物柜的把手？他只回答说："谁四岁？但不是克丽丝汀。"

1980年9月4日（星期四）：我下午3点抵达时，比利说他遇到了麻烦，让我给公路巡逻队打电话。今天早上，医院进行全面搜查，因为星期三晚上有人发现了一把小刀。A病房的患者知道早晚会出事，所以比利和其他患者都把他们的东西从储物柜里拿出来，整整齐齐地摆在外面，这样搜查时不至于搞得太乱。

但看守还是撕烂了他们的东西。他们撕破了比利的衣服，还踩烂了他掉在地上的表。万幸的是，他们没有碰他的文件。令人心痛的是，他们破坏了他画的两幅精美的儿童肖像，素描也被撕成了碎片。比利异常气愤……

比利说，医院里就要发生暴动了。搜查结束后，哈伯德往大楼新病房走的时候，患者都围在窗户前高声喊叫："狗娘养的死胖子，有种给我过来。"他们就是想看看哈伯德敢不敢走到他们伸手可及的地方。但是哈伯德没有走进那栋楼。

吃过午饭，比利来到操作疗法室才得知，由于他给公路巡逻队打了电话，所以他们禁止他碰自己制作的落地大钟。他和坎贝尔怒不可遏，撕毁了一些文件泄愤。他们还在水管里塞了一撮头发。今天的大搜查令比利失去了信心,只想听天由命了……

是否自杀一直让他纠结,但这个念头现在变得更加强烈。今天,他反复盘算着如何自杀,如果能让他人相信自己是被看守杀害的,那么这个事件就会震惊社会,这个鬼地方的状况就可能因此而改变。

我告诉他,他们会掩盖他的死因,而且会以此证明他确实疯了。若想改变这个鬼地方,最好的办法就是活下去、抗争下去。但我知道,他在这里感受到的前所未有的痛苦,是他人难以想象的。如果他确实无法忍受了,我只能希望他平和地离去。

一个巡警在下午7点抵达,于是我离开了。

4

据《明报》报道,犯人逃跑事件令医院备感压力,因此加强了监控,各项规定更加严格,处罚也更加严厉。不断的搜查和日益紧张的气氛让亚伦感到,医院已经知道会有事情发生。他们把主导宠物疗法室活动的几个患者抓走了。

为了获得相关计划的信息,警卫拷打了几名患者,还毫无理由地监禁了几名工人。有消息说,医院不久将关闭操作疗法室。

亚伦从一名医院工作人员那里得知,转来的所有刑事犯都将被送回各自的监狱。他猜想,哈伯德是想将那些具有潜在威胁的患者扫地出门,因为这些人控制了操作疗法室,而且在患者和一些看守中具有影响力。

患者的头头一致认为,再拖下去会削弱他们的战斗力,危及整个行动。

"就这么决定了，"扎克说，"下周一开始'黑色星期一'行动。"

亚伦没有告诉玛丽准备暴动的事，但建议她退掉租住的房间，星期二就回阿森斯市去。他知道，等她星期一下午3点前来探望时，医院附近一定会设下路障，她根本无法进来。然而，他还是希望她能从旁看到一切，告诉大家利玛医院究竟发生了什么。

他告诉玛丽，洛根准备把患者有关受虐事件的证词和联署的宣誓书封到金属箱子里，但没有说明原因。他们把排气管里的石棉拆下来铺在箱子里防火，然后用四条铁链把箱子绑起来。亚伦在箱子外面写上：

公路巡警和联邦调查局开启

他还说，箱子里的东西必须公布于众，医院里的真实情况远比《明报》报道的糟糕。

"万一我和其他患者出了事，"他说，"如果你星期一来访时无法进来，我希望你把这些事告诉记者。不管这里发生了什么，都要请他们查看那个金属箱。"

第十六章
黑色星期一

1

星期五是不同寻常的一天。

上午,大家的心情都很平静,仿佛经过几个月的策划和准备,已经接受了即将战死的事实。然而,随着暴动日期的临近,大家的情绪开始亢奋,因而不得不采取措施防止某些患者提前行动。

几个患者头头最终确定了行动计划。亚伦用象棋术语作为暗号。"吃掉一子"指大门已成功通电,"王车易位"指"黑车"扎克与宠物疗法室的"黑国王"交换位置。走廊的各个角落都通过哨声传递信息。大门得手后,亚伦会吹哨通知把守在健身房门口的人,然后再由后者将信息传给看守22号病房的人,接下来依次传给看守操作疗法室、楼梯顶和其他地方的患者。

传递消息后,大家都要回到自己被分配的防守位置。

星期五晚上,三剑客关闭了木工房。他们在关印刷室前毁掉了全部活字模板。9月8日,"黑色星期一"的清晨,亚伦和坎贝尔走进办公室。亚伦拿起电话打到宠物疗法室:"'皇后的士兵'准备好了吗?"

"就位了。"

攻击目标主要集中在走廊上。他们把小刀握在背后，图书馆里的人则把小刀藏在书里。所有人都做好了进攻准备。

这时，亚伦听到走廊里传来一声大吼，一个工人跑过来抓住他的胳膊说："快来！出事了，真出事了！"

坎贝尔和扎克随着大家回到了印刷室。那人拿出当天的印刷工作单，其中包括一份州长罗德分阶段撤销利玛医院的命令。利玛医院即将关闭，移交给俄亥俄州劳改局作为监狱。

"等等，"亚伦说，"如果这是今天早上才到的，可能是因为他们已经知道了'黑色星期一'的事。这是个骗局，他们想骗我们取消行动。如果我们相信利玛医院即将撤销，就不会冒着生命危险发动一场毫无必要的暴动。"

亚伦找到洛根，让他通知胖子贝克尔尽快过来。辨别官方文件的真伪，非这个前律师莫属。

走廊里一片静寂，只有几个社工向管理中心走去的脚步声。他们警觉地并肩行走着，仿佛知道即将发生什么。没有人说话。

胖子贝克尔夹着公文包沿着走廊跑过来："出了什么事？"

亚伦把文件交给他："这是什么意思？"

贝克尔边看边挠着头："显然是罗德下令关闭这个医院。"

"我不相信，"亚伦说，"傻子才信呢。"

"只有一个办法可以查证。咱们到楼下去打电话。"

贝克尔假冒工作人员拨通了电话。他挂上电话时一脸茫然："他们说，医院的管理人员现在都在哥伦布市。不知道是否真是这样，不过我们最迟在今天下午就会接到通知。如果到晚饭时间还没有消息，那这就是个骗局。"

亚伦四下察看。他看到宠物疗法室的患者们已经准备好了灭火器，鞋子上装了靴刺，手中握着小刀。他停下来告诉大家，行动等下午才能开始，只能这样了。

没有看守回到病房来安排午饭，甚至连电话都没响过。哈伯德和林德纳显然已经知道黑色星期一的事了。

下午2点40分，林德纳医生在走廊的另一头高声吼着，要求见比利。

"你他妈的想干吗？"扎克回应道，"比利哪儿都不去。你谁也骗不了。"

"等等，"亚伦说，"什么事？"

"我们想见你。"林德纳说。

"那好，到大厅走廊里见！要是你们想动我，我得让大家看到发生了什么。"

三名患者把武器塞到裤腿后面，护送着亚伦向走廊走去。林德纳和哈伯德在安全门的另一头等着。

"用得着这样吗？米利根先生！"哈伯德叫道，"你把一些人惹恼了，他们今天下午不想来上班。我们谈谈吧？"

亚伦叫道："才不和你谈呢，死猪！"

护送亚伦的一名患者抽出小刀迅速地藏到背后。亚伦知道林德纳看见了。但林德纳没有吭声，因为他知道那个患者会面不改色地宰了自己。

林德纳说："州长命令莫里茨局长关闭利玛医院，交由劳改局管理。这个结果你满意了吧。"

"你骗人。"亚伦说。

林德纳回头瞥了他一眼:"我也希望这不是真的。"说完便和哈伯德一起离开了大厅。四名警卫仍然守在安全门后面。

亚伦不知道是否应该相信,不禁感到害怕。

这时,坎贝尔拿着一台手提收音机冲下楼来:"快来听,该死的!快听!"

精神卫生局局长莫里茨宣布利玛医院即将关闭。

他们惊讶得说不出话来,互相望着对方。

"就是说我们都要被转走了。"坎贝尔说。

扎克笑着说:"我去哪儿都一样。"

"他们一定听说了暴动的事。肯定是有人把消息透露给了医院办公室。"坎贝尔说。

"不对,"亚伦说,"我们有麻烦了。"

"什么意思?"扎克问。

"我是说,'我们必须停止攻击!'事情到了这个地步,我不能保证说服那些人撤退。"

三剑客散播消息要求患者都撤离走廊。

"听着,把你们的小刀扔了,"坎贝尔说,"扔到操作疗法室去,我们会处理的。"

患者们大吃一惊。

"等一等!"

"嘿!到底发生了什么?"

"我不会扔掉武器!我要用你教我的方法杀了那些警卫。"

"大家都听着,"亚伦恳求道,"上帝啊,你们用不着去'送死'!"

说服这些患者非常困难,因为他们对暴动期待已久。

181

"结束了！"亚伦坚持道，"听我说，一切都结束了！他们要关闭利玛医院。我们胜利了！"

"就是说会来一批新的工作人员，"扎克说，"而且，监狱都比利玛医院强！"

消息传开后，先是一阵短暂的沉默，然后所有的患者都欢呼起来。他们又叫又跳，把能拿得动的东西都拿起来抛向空中。欢呼声夹杂着玻璃碎裂的声响。

再没有镇压，没有盖世太保的残酷虐待了。

大家都知道监狱已经住满了人，哪儿都没有能力接收这么多犯人，于是便有了各种传言。有人说假释程序会加快，有人说大家会被转到民办精神医院，甚至还有人说，那些被认为没有威胁性的人会被提前释放。

随着各种消息的传播，患者们脸上的表情从愁苦变为震惊，最后露出了释怀的笑容。

扩音器里突然传出了哈伯德的声音，通知所有患者回到各自的病房。亚伦看了看表，是下午4点整，晚了一个小时。但是没有警卫前来监护。

三剑客下楼向病房走去时看到了"皇后的士兵"。只有他一个人还在那里整装待发，手里握着当盾牌用的垃圾桶盖，虽然害怕，却已做好了战斗准备。

知道事情真相后，他发起火来："该死的！怎么没人告诉我！"

患者都向病房走去。

到处都是静悄悄的。警卫不会知道他们准备销毁武器，因为他们没有进行彻底的搜查。

亚伦回到病房时，一名看守正好从他身旁经过："下午好，米利根先生，你今天好吗？"

2

1980年9月18日《明报》报道说，美国联邦地方法官瓦林斯基判决州立利玛医院的患者有权拒绝被迫服药。

亚伦认为林德纳会把自己转回阿森斯精神卫生中心，所以在这段"等候期"里，他每天都去叫醒患者，让他们去吃早饭。要是等看守来叫，吃早饭的时间会晚，这样就耽误了去操作疗法室工作的时间。

9月22日星期一早上，他穿好衣服，刷完牙，便走到大厅里大声喊："吃饭啦！"

现在，很多患者已经被他训练得一听到叫声就立即起床。亚伦还会到病房里把那些起不来的人挨个拉到走廊上。他知道他们自己可以找到前往活动室的路。

做完这些，亚伦就会到操作疗法室去。

他看到老马辛格一个人坐在那儿喝咖啡。这个老人动作迟缓，也不识字。

"你怎么啦？"亚伦问。

"在州政府给我找到住所之前，他们要把我送回鲁卡维尔监狱。医生说我照顾不了自己。"

"你当然可以啦！"亚伦说。他在老人身旁坐下，"你和我们一起做了很多好东西，是个值得信赖的好木匠。"

"他们真要关闭这家医院吗？"

"他们是这么说的。"

"我会想念它的。"

"你是说这个鬼地方？"

"不是这个地方，是这里的人。我从来没有遇见过像你们这么好的人。没有人关心我、帮助我。我的生活没有盼头，"他向四周看了看，用手指着装配线，"再没有人会像你们一样对待我了。"

亚伦拍拍他的肩膀："别这样，你会找到新朋友的，老头。到处走走，和人聊聊天，你会发现有很多人都愿意帮助你。"

话虽如此，但亚伦知道自己不过是在安慰这个老人而已。当他们有共同的目标和敌人，准备誓死来改变这个地方的时候，大家确实是团结一致的。然而现在暴动取消了，武器都变成了金属碎片和木屑，大家就都各自散去了。操作疗法室里的活力和热情已经消失了。

亚伦操作着砂轮，脑海里激烈地斗争着。既然几个月后就会被送进监狱，他便能忍受从一个鬼地方被转到另一个鬼地方去。但现在有转回阿森斯精神卫生中心的可能，他又很难否认，因此而苦恼不已。

像往常一样，下午3点坎贝尔准备关门了，他把头探进办公室说："少了一个人。"

"什么意思？"亚伦问。

"人数不对。少了一个工人。"

亚伦有种不祥的预感，于是问道："算上老马辛格了吗？"

"我最后一次看到老头时他正在喝咖啡，你还和他聊天来着。"

"后来我看到他在装配线上操作带锯，"扎克说，"他嘴里还念叨着，这世上以后再没有人关心他了。"

"上帝!"亚伦跳起来向带锯奔去。他看到桌子下面有一只手,血迹一直淌到烘干室。"别让他死!"他乞求着,"求求你……"

但他望向烘干室,只见老马辛格倒在地上,工作服上满是鲜血。

第二天早上,操作疗法室里的人都在议论老马辛格自杀的事。

"他的葬礼会是什么样的?"坎贝尔问。

"他自杀是因为觉得没有人关心他,他绝望了。"亚伦说。

扎克说:"要是有音乐就好了。会给他奏哀乐吗?"

亚伦摇摇头说:"他们只会把他埋到一个穷人的墓地里。他没有亲戚,不会有人给他放哀乐的。"

"真希望我们能去参加他的葬礼。"坎贝尔说。

"想得倒美。"扎克说。

亚伦道:"哀乐有很多种,得看那个人生前最喜欢什么音乐。"

"谁知道老头喜欢什么?"扎克说。

亚伦考虑了一下说:"有个声音是他最爱听的。"他伸手打开了带锯的开关,锯子随着机器摆动起来,发出高高低低的声响。扎克打开了磨砂机。然后,操作疗法室的患者把14部机器一个接一个全部打开,为老人致哀。他们站在那儿,机器在他们周围轰鸣,地板也随之颤动。

3

坎贝尔告诉亚伦,在被送回监狱之前,他在操作疗法室还有一件事要做:"我得摧毁那台电击车。"

"你想怎么干?"

"你对电器很在行,一定能猜到。"

"我过去还行,"亚伦说,"可现在忘得差不多了。"他想起了汤姆。汤姆因无法摆脱电击车而一直感到内疚,从那以后就再也不愿碰任何与电子有关的东西。亚伦向窗外望去,电击车就停在楼下,车尾紧贴着墙。

"根本没办法治这台死机器,"扎克说,"他们早安排好了,如果有人投诉,在上面派人来调查的时候,他们就把车开走,这样就没有证据了。他们给梅森做了电击,可他的律师向联邦法院投诉后,调查人员却什么也没找到。有人把电击车开进城停在商场里了。"

"要是让它出故障,让他们没法开走呢?"坎贝尔问。

"好主意,我赞成,"亚伦说,"我们可以给它安个点火装置,用绳子吊下去。"

"那没用。我考虑了很久,但是比利,直到你被电击后,我才决心无论如何也要毁了这台机器。我已经想好办法了。"

"是吗?愿意让我们参加吗?"

坎贝尔指着窗户:"你们看窗户外面的墙上有什么?"

"没东西啊。"扎克说。

"有根排水管。"亚伦道。

"它是什么做的?"

"这些老建筑的排水管都是铜的。"

"电击车紧靠着墙,就停在排水管旁边!"扎克说。

亚伦皱起眉头。也许汤姆能猜出坎贝尔要干什么,但亚伦不行。

坎贝尔看了看表:"快到宠物疗法室洛根那帮人倒垃圾的时间

了！比利，帮我盯着他好吗？"

亚伦站到窗户旁向外张望着。坎贝尔从工作室的柜子里拿了两根绝缘线，交给戴上塑胶手套的扎克。然后，他打开电源开关的盖子，把一根缆线钩在保险盒上。

"洛根的人出来了。"亚伦说，盯着那个推着垃圾桶到院子里倒垃圾的患者。他看到那人走向电击车，便说："他正往电击车那儿走。"

亚伦看到那个人溜到车子后面，以免被别人看见，然后卷起袖子卸下腰上缠的一团黑线。

"上帝！他拿的是我们准备用来给闸门通电的电缆线！"亚伦继续描述着。只见那个人迅速地把电缆线的一端接在车子后面的保险杆上，另一端接到铜制排水管的开口处。

坎贝尔将一把榔头从窗口扔下去，然后抓起钩在电源箱里的两根绝缘线。他爬过栏杆，用手去够排水管。

"退后！"他大叫道，"要爆炸了！"

汹涌的电流从屋顶的排水管进了电击车。整栋大楼里的电都被导入了电击车，电流随着排水管传到了屋顶，变得昏暗的灯光一闪一闪地发出滋滋的响声。这时，坎贝尔摘下排水管上的电线，收回房里。

电击车下面蹿出一股黑烟。

"老天！"亚伦开心地叫道，"好浓的橡胶味！四个轮胎都烧焦了。电击车肯定黢黑一片了！"

患者们都挤到窗边向外张望，兴奋不已。病房里传出砸碎玻璃的声响和欢呼声。

"糟糕的副作用只有一个，"亚伦惋惜地指着从屋顶上飘落下来的羽毛说，"你电死了不少鸽子。"

第十七章
利玛的最后时光

现在暴动取消了,尽管玛丽的父母催她回俄亥俄州立大学继续上课,但她决定不回阿森斯市了。

她不能回去。除非把比利的事情揭发出来,解除了自己的忧虑,否则她是无法回去的。她决心在比利转院之前一直留在利玛,然后随着他到下一个地方去。只要她能提供帮助,就不会离开他。她从来不说自己这样做是出于爱,因为她不敢为自己对他的感情下定义。

＊ 玛丽日记 ＊

10月7日(星期二):"记下来,"亚伦对我说,"我们交还了'他的'面包,但却是浸湿的。"

"除了《圣经》典故之外,它还有什么含义?"

"我们用松木和红木给教堂做了一个新的十字架,比我们当时为了获得木材而拆下来的那个橡木十字架好多了。"

10月10日(星期五):牧师说出现奇迹了,上帝在教堂里放了一个美丽的新十字架。

10月11日(星期六):我接到戈尔兹伯里的电话,他说收到了俄亥俄州寄来的一份账单，要求比利用卖画所得支付医疗费用（在阿森斯精神卫生中心和利玛医院接受的治疗）。

比利给他的律师写了信，以下是部分内容，由他口述，我打字：

1980年10月11日

亲爱的阿伦（戈尔兹伯里）：

你在电话里告诉玛丽的事，我们讨论过了。我想最好还是亲自说明我的财务状况，以免再出这样的错误。

有件事我想澄清。在我支付州政府的账单之前，想必我的钱早已被冻结了。我被从阿森斯精神卫生中心（不应受到上诉法院的谴责）绑架到这里关进地牢，既无治疗，也无心理帮助，让我自生自灭。我对州政府不满是理所当然的。

因此，我没有理由对那些除了卡尔莫之外给予我更大伤害的人表示"善意"。我认为，他们要我付钱无非是合法的勒索罢了。我不会再退缩了。不断地威胁把我关进监狱再也吓不倒我了。

我被人敲诈、欺骗，身心都遭受了虐待；人们讥讽我，向我吐口水，还想给我洗脑；他们折磨我，让我失去尊严、受尽屈辱；他们威胁我、逼我支付保护费。我的家人和朋友也都受到了骚扰。玛丽在3月份还被人敲诈过。

如果你有什么理由让我对他们表示"善意"，那就请告诉我。阿伦，他们对我的伤害已无法挽回。你知道晚上不敢入睡是什么感觉吗？你不知道自己是否会从此再也醒不来，不知道你睡着的时候，身体里的某个人是否会自杀，也不知道是否还能相信自己，即使仅仅需要做个简单的决定。你唯一知道的就是，自己痊愈的机会微乎其微。

  我甚至不知道自己是否真的希望痊愈……

  阿伦，我厌倦了这些永远打不赢的诉讼战。与这个世界对抗只能令我们损失金钱和受到心理的伤害。我把这次当作最后一战，如果我们输了，一切就此结束。

  我最后的一线希望也是最渺茫的。

比利

  10月12日（星期日）：比利与值第一班的看守达成了协议，他们四天不进入活动室，而比利则不说出他们的私下交易和参与的非法活动。也就是说，在这四天里不会有负面报道，不会有惩罚和限制，也不会有人监视。

  患者们充分利用了这几天的自由。三名患者在接受比利的指导后开始造酒——用导尿袋和其他的材料，但比利没有参与。他让我下次带象棋来，这样他就能教我下棋了。

  10月16日（星期四）：操作疗法室的工作人员今天要去哥伦布市，所以那里休息一天。我下午1点半来到医院后，比利马上摆好棋盘教我下棋。

  "我可不好教啊！"我说。

  "听着，"他说，"我教过我身体里的很多人，我们经常在脑海里下棋。象棋是一种很好的心理训练。让大脑活动非常重要。"

  "什么意思？"

  "因为懒汉的头脑是魔鬼的工厂。"

  "别指望我能走得很快，我得想清楚才走。"

"没关系。我喜欢下慢棋。"

我每走一步都要想好久。

"想好了吗?"他问道,开始不耐烦了。

"我以为你喜欢下慢棋呢。"

"没错,大概一两个小时吧。"他说。

"这还叫慢棋?"

第五步棋,我整整想了45分钟,最终还是决定哪个子都不动,以防我阻止比利进攻时要用。

"怎么啦?"

"我不想动。"我说。

"什么意思?"

"我没有动的理由。"

"但根据规则,你必须走一步棋啊!"他坚持道。

"我没必要做自己不想做的事,我拒绝动。"

他笑得眼泪都流出来了。到下午4点15分的时候,他实在无法忍受了,便开始自己下起两方的棋。他每走一步棋都不超过两分钟,在换边时,常常会不屑一顾地批评对方的棋路。

我在想,他是否就是用这种方式在脑子里下棋的。

过了一会儿,他又让我接着下棋。我用了很长时间考虑怎么走第二步棋,这时他推倒了自己的国王说:"你赢了,我认输。"

"我早就在等你认输了。"

他嘟囔了几句,但我没有听清楚。

"玛丽,帮我给戈尔兹伯里打个电话,问他能否查出我何时能被送到富兰克林郡(出席听证会),以及谁送我过去。我得替那些小孩做好准备，这样他们在富兰克林郡监狱醒来的时候就不会感到害怕或者发生意外。"

10月27日（星期一）：根据过去两周的观察，我感到比利在努力抵抗因等候而产生的压力，但因此却分裂得更厉害，大部分时候出现的都是不同的人格，很少融合。今天的情况就是最明显的例子，"分裂的比利"至少在一段时间里失去了与其他伙伴的联系。接下来出现了更令人震惊的变化，他先是从"老师"变得非常孩子气，然后又变成那个知道即将前往阿森斯市的亚伦，最后又变成了茫然不知所措的比利。

当"老师"再度出现时，我决定问他，在分裂后又重新融合有什么感觉。

"就好像你终于从一辆长途旅游大巴上下来，摆脱了上面一群烦躁不安的乘客。"

"那你为什么还要这么做呢？为什么不保持融合呢？"

"你得明白，多重人格障碍是无法治愈的。医生最好告诉患者如何应对。"

"从心里接受这种缺陷，"我说，"你太悲观了。"

"被人们视为累赘的东西，事实上有可能是无价之宝。"

"我从没这么想过。"

"破坏了人体自身的精巧防御能力，就使他丧失了抵抗力，无法应对发生的一切……他会变得非常沮丧，因为他不知道该怎么办。医生不应该试图减弱多重人格障碍患者的防御能力，而应帮助他们获得更容易控制、更有效的防御能力。不过目前而言，这些都仅仅是可能而已，多重人格障碍尚无法治愈。"

"悲观论调！"我说。

"那也未必。这么说吧，多重人格障碍患者要想痊愈，必须得靠自己。"

今天晚上，我按照比利的要求给戈尔兹伯里打了电话。他还没有查出比利出庭的时间。他告诉我，助理检察官贝林基届时无法出庭，但是贝林基会与准备出庭的律师合作。贝林基说，如果法官同意转院，州精神卫生局尚未决定将比利转送何处。贝林基建议将比利转到位于哥伦布市的俄亥俄州中部精神病院，或是送到新建立的戴顿司法中心医院。

我今天情绪不好，因为"比利"不告诉我他究竟是谁。我很气愤，有一种强烈的挫败感。一想到要是比利就这么死了，我都不知道这四个月来是谁在和我聊天共处，我就感到非常痛苦。我一直想让他明白我是多么想知道他究竟是谁，而且这对我有多么重要，但他还是不说。我并非想取笑或激怒他，但这件事对我确实很重要，我想让他明白这一点……

我问比利他认为生命有没有意义。他说："没有。人类不过是一个'生物入侵者'（biological infestation）。"他是从我这里知道这个词的（我是从电影《星际迷航》里听来的）。然而，他认为人类有奋斗目标或者说责任，那就是尽可能地去学习，并将所学传给他们的子孙后代。他一直想回答的重大问题是："我为什么会在这里？我们为什么会在这里？"我们必须尝试和其他高智能生物接触，这样才能分享彼此的知识。地球人发现的某些事物，或许正是其他生物寻求的问题答案。另外，如果人类让这个地球变得无法居住，他们就得离开地球到另一个星球上生存，这样才能继续探求知识。我不断问他，人类承受那么多痛苦去探求知识是否值得？他的回答是否定的，但仍然认为探求知识是人类的责任。

我觉得，他的人生观比我的更为健康。

1980年10月31日（星期五）：比利的融合状况比上个星期有所好转，已接近10月前的状况。但他说他的心情变得更糟了。今天他和操作疗法室的伙伴用了很长时间去回忆那场半途而废的暴动。比利说训练别人杀人的事令他很纠结，但内心里又有个声音告诉他必须这样做……

11月2日（星期日）：比利早上8点半打电话给我，说他回到病房时发现有人正在给自己收拾行李，因为他周一清早就要被转往富兰克林郡监狱（在那里等待听证会举行）。他走后，他们会把他的东西存在办公室，直至他离开或者再回来。他希望我转告大家，明天到医院去拿他的东西。他非常苦恼，因为他现在尚未完全融合，万一在狱中醒来的是别人，而那人却以为自己被关进了监狱，天知道他会做出什么傻事。

11月3日（星期一）："灾难！"

精神卫生局决定把比利送往戴顿司法中心医院。戴顿是取代利玛医院的司法中心医院。自从去年5月成立以来，比利就听说了许多有关那里的恐怖传闻。那些人显然是认为检察官奥格雷迪（James O'Grady）不会反对将比利送到戴顿司法中心医院，这样他们就能顺利地将比利转出利玛医院，而且这属于横向转移，不需要举行听证会。

我下午1点到达时才知道比利一大早就做好了准备，警车也已经在外面等候了，可是哈伯德却说："米利根不能走。"

比利想知道究竟发生了什么，所以医院工作人员就开始逐步查询将他转至戴顿司法中心医院的建议是怎么回事……

下午1点钟,比利出来了。他显得非常冷静,但身体在不停地颤抖,脉搏也加速到每分钟132次。他是以单一人格出现的,但我不记得自己曾和这个比利交谈过,所以我叫他 m。他似乎认定一切就此结束了。m 说令他气愤的不是林德纳医生的背叛,而是自己竟然相信了林德纳。其实相信林德纳医生的不是 m,而是另外两个人格。里根则完全不信任林德纳,一直想从背后捅他一刀。里根建议戈尔兹伯里不要再争取召开听证会。

"我要走了,"他说,"大家一致同意这么做。"

他是说"所有人"都要入睡了。我劝他不要太冲动,过早下结论,因为我们还不知道听证会是否真的取消了。失去了目前尚存的一点优势,他可能会毁了自己。但我说这些没有用,他的态度很坚决。

想到可能要永远失去比利,我感到非常难过、失望。我哭了很久,试图去看电视,却根本无心观看。我希望有人陪伴,但却是孤零零的一个人。

第二天,m 不见了,比利又出现了。他不停地抓脸,我知道这是他消除焦虑的方法之一。看得出来,他确实非常痛苦、不安。与此同时,他似乎在努力控制自己,以便留在光圈下并处理好自己的一举一动。

"我必须去,"他说,"我剩下的时间不多了。"

我知道他是指他内在的时间。他很快就要被迫退出,再也无法控制了。

"我大概永远看不到戴顿中心了。"他说。

"你能看到的,"我说,"即使你出不来。"

他摇摇头说:"不站在光圈下的时候,你还能继续思考;然而一旦你入睡了,一切就与死没有两样。我不知道当我体内所有的人都睡着之后,我在外人的眼里会是什么样子。不过,我不认为在那种状态下我们还能活很久。"

继续听他说下去,我才明白,他认为某个人醒来后会自杀。

"我不希望你再来看我,"他说着,将椅子转过来直接面对我,"我不希望你看到我变成一个植物人。"

他轻轻地抚摸着我的手,仿佛这是我们在一起的最后时刻。"我爱你,"他说,"但我不能让你和我一起去死。"

"上帝啊!那会让你很痛苦吗?"

"不会……如果我们全都沉睡了,那就和死亡无异。然而你看到我那个样子会非常痛苦。你要为自己开始新的生活,我不能把你带进监狱!"

"可是我能帮助你,做你和外界之间的联系人,帮你传递信息。"

他摇头。

"还没到我不得不离开的时候,"我坚持道,"我们还不知道他们什么时候送你过去。"

"不行。我们必须就此结束。"

我强忍住泪水,不让他看见:"我想和你共度一生。"

"我也是,但如今已经不可能了。我不希望你认为,我会因为和你在一起而受到伤害,因为事实并非如此。我一直都想和你在一起。"

想到就要离开他,我崩溃了。但我明白他想要的是什么。他承受着极大的痛苦,我来看他只能让他更加难受,因为他认为他会伤害我。我知道我们总有一天会分离,也知道他痛恨说再见,我只希望在保持尊严的情况下道别。如果他打算继续让自己恶化下去,如果我的探视让他感到屈辱，那么我就不会再强迫他到会客室来见我。我知道自己必须让步，然而仍在不断地寻找话题，只是为了能和他再多待一会儿。

我们有太多的话要和对方说，一辈子都说不完，而现在才说了很少一点儿而已。

他哭了，这是我第一次看到他哭。我很愧疚，因为自己竟然没哭出来。我告诉他："我也会哭，但是时候未到。"

我们紧紧地抱在一起，过了很长时间。"安静地睡吧！"我说。

他说："你要多保重。"

"我也想和你这么说，"我说，"带着爱入睡吧！"

分手的时候，我久久地凝视着会客室，因为我知道自己再也不会到这里来了。他站在那里等金属探测器检查。时间是下午4点整。

我和他在一起时感受到的痛苦和压抑，令我几乎崩溃了。回到住处，我无法继续待在那个幽闭的、充满恐惧的小房间里，觉得自己必须走到外面置身于人群之中。无须和他们交谈，坐在他们附近就行。

我下楼走到旅店的大厅里，有人在看电视，我便坐下来写日记。我终于哭了，因为我想起忘记对他说："我爱你。"

第二部
秘密

第十八章
戴顿司法中心医院

1

新建立的戴顿司法中心医院令人生畏,虽然没有警戒塔,而且外观看起来更像一个住宅区而不是戒备森严的司法精神病医院。两排20英尺高的围墙上架着带刺的铁丝网,说明了这个中心的真正作用。

警卫事先接到了来自利玛医院的警告,第一批转来的五个人包括比利在内都是非常危险的精神病人,会毫无理由地攻击和杀害他人。

然而年轻的新院长阿伦·沃格尔(Alan Vogel)明确地告诉哥伦布市精神卫生局主管,他要让戴顿中心成为一所具有人道主义精神的医院。

沃格尔告诉那些规划未来发展方向的工作人员,他希望戴顿中心的气氛能与利玛医院有所不同。他们应该准许患者接近看守的办公桌或警卫,并且有礼貌地回答患者的问题。

第一个四人医疗小组由一名教师领导,组员包括心理专家、社工和护士长各一名。他们明确表示,希望听取新患者的意见,并就活动计划征求患者的看法。

沃格尔明确指出,医院的职责和发展方向是治疗,因而需要限制安全措施，在必要之时才使用。

但他的同事们都在背后取笑他的言论。

比利和其他四个人是这所新精神病医院的首批患者。比利是第二个走进大门的人。

玛丽曾告诫过比利，到了戴顿必须先查看环境，并确认传言是否属实。她的话使比利决定暂且不采取激烈的行动。如果戴顿中心和利玛医院一样糟糕，他还有充分的时间走进"死亡之地"。

汤姆眨眨眼睛醒了过来，很惊讶自己还活着。他猜想自杀行动暂停了，之所以叫自己出来，是让他查看这个新地方的警卫系统。这里的工作人员身着崭新的制服，像哥伦布市的警察一样穿着白色上衣、黑裤子，戴着徽章。他刚走进去就被解开了锁链。他们让他留下自己的衣服，把其他的个人用品拿去检查，以决定哪些东西可以留下。

他在B病房的房间有8×10英尺大，里面有一个洗手池、一个马桶和一个衣柜。床单和盥洗用品都已为第一批入住者准备好。他走进去铺床，发现所谓的床其实就是在铁板上铺了一层像番茄片一样薄的床垫。他开始焦虑起来。

汤姆审视着墙上那扇L形的窗户。全新的强化防弹玻璃很厚，根本用不着装铁条。他端详着窗户，看看有没有逃脱的可能。这扇窗户很坚固，踢不破、撞不烂，也射不穿。他又查看了窗户的密封条，用手一拉，窗户就掉了下来。他感觉疲倦了，便笑着把窗户迅速地装回去，以防哪个疯子想从这里逃出去时把自己伤了。

他走出房间，发现看守们正坐在看守室里透过玻璃望着自己。偶尔会有看守走过来自我介绍，并告诉他，戴顿司法中心医院的情况与利玛医院完全不同。

在某种意义上，情况确实如此。这里非常干净，井井有条。但是看守室外装着金属丝网的强化玻璃将它与病房隔离开来，所以汤姆只能通过对讲机与他们说话。他不禁感到有些沮丧。他无法接近任何人，也没有人能够靠近他。一个监视摄像头推近又拉远，不断发出噪声，令他更加疑神疑鬼。

第二天，又转来了几名患者。在这些人之中，有一个叫巴特利（Don Bartley）的聪明活泼的年轻人。比利觉得这个人能与自己合作并友好相处。

他对这个地方开始有了好感。

转到这里几天后，患者们被允许开了一个小会，讨论诸如咖啡壶应该放在哪儿，糖是否够吃等问题。亚伦讨厌那些琐碎的抱怨。他觉得在这里至少还有咖啡喝，而在利玛医院想都别想。

当看守询问是否有改善环境的建议时，亚伦和其他四名最先报到的患者建议采取宠物疗法，并建立木工房、创作室和陶瓷窑。

治疗小组表示接受他们的全部建议，这让亚伦感到玛丽的看法是对的，而自己大概真的想错了。很明显，这些人想要把这里办成一个像样的医院。

比利的母亲多萝西打电话说要来看他时，亚伦已适应了这个新环境。

"玛丽问她能不能过去看你。"多萝西说。

他耸耸肩说："我们已经分手了。"

"她说她想搬到戴顿,这样离你比较近。"

"我觉得她不应该这么做。把未来与我的命运联系在一起,对她没有好处。"

"你应该亲自告诉她。我带她一起过去,可以吗?"

他原本就没想拒绝。

* 玛丽日记 *

1980年11月23日(星期日):比利转院四天后,我和比利的母亲前往戴顿探视。我们下午1点抵达,一直待到3点半。我们好不容易才找到那里。新的戴顿司法中心医院就在州立戴顿医院旧楼后面,大楼旁有两层高耸的围墙,而不像利玛医院那样前面有一大片草坪将其与围墙分隔开来。从窗户向外望去,首先进入眼帘的就是围墙。

医院的大门很窄,大家都挤在一个小小的出入口里,感觉自己的到访不受欢迎。比利从另一扇门(会客室)走进来。一开始比利的情绪不好。他母亲问他是否在服药,他回答说没有,因为他虽然过来了,但病历没有转过来。这里的人不了解他的情况,所以没有继续让他服利玛医院用过的阿米替林。但过了一会儿,他又振作起来。

他穿的衣服还是上周二穿的那件(那天他把其他的衣服都交给了我,今天我给他带回来了)。他说自上周二起他就一直穿着那件衣服,因为医院没有发病号服。而且,转到这儿以后,他就一直"待在房间里"。这里没有暖气,地板冰凉,所以他叫我们给他带条毛毯。

这里的人说他们不认为他是多重人格障碍患者,因为他们根本不相信存在什么多重人格。比利的母亲说沃格尔院长告诉她,他们将把比利作为一个完整的人来对待,但是会记录下他的行为,因为他们不知道该如何对待或治疗多重人格障碍患者。

"妈妈说你打算搬到戴顿来。"他说。

"你希望我这么做吗?"我问他。

"你想怎么做就怎么做。"

他似乎希望我留下。他急于知道我何时再来看他,但不想给我太大的压力,就像9月初时那样。他也不希望强迫我,因为他既不想要求我离开,对发生的事情闭口不言,也不想要求我放弃自己的生活来陪伴他。

只要他提出,我一定会搬到戴顿来的。

他觉得回到利玛医院的那些人一定谈起过自己的事,因为戴顿中心的牧师曾把他带到医院的教堂,指着十字架和讲坛加重语气说:"别动这些东西!"

比利猜想那一定是坎贝尔说出去的,因为他觉得比利已经离开了,说出来也无妨。比利觉得利玛医院的牧师要是知道了十字架和讲坛的失而复得并非奇迹,一定会大失所望。

2

在最初的几个星期里,亚伦的情绪时好时坏,一方面希望戴顿中心的环境比利玛医院好,一方面又害怕这些都不过是假象。

他刚到的第一天就被告知可以画画,但几个星期之后,他在美术室里却只看到了纸和彩色铅笔。

"他们让我到这儿来干什么?"他问看守。

"坐下来画画啊!"

他大失所望，于是又劝说玛丽回学校去上课、拿学位，忘掉自己。这个地方只是表面上比利玛医院好而已。

11月底，戴顿司法中心医院的患者增加到了23人，但环境和食物却越来越糟。土豆泥冰凉，香肠又薄又硬，干豌豆在餐盘里滚来滚去，而且没有盐或胡椒粉可加。利玛医院的食物都比这里的好得多。

患者们的失望变成了不满，继而演变成了愤怒，甚至认为受到了虐待。

医院对患者们的抗议置之不理，于是亚伦告诉大家，要想达到目的就必须团结起来斗争。"我们写封信通知他们，我们打算进行绝食抗议，并且会告知媒体和公众。你们不知道我是谁，但是我想我能够让我们的行动引起媒体的关注。"

他把信息传递出去，于是《哥伦布市公民报》1980年12月10日做了如下报道：

米利根"披露"恶劣的环境导致戴顿中心患者绝食抗议

道格拉斯·布兰斯特（Douglas Branstetter）报道

戴顿司法中心医院数名患者周二绝食，抗议威廉·米利根所描述的"恶劣"生活环境……

院长沃格尔称周二下午已派一名巡视员到病房听取患者的意见。他说患者们的抱怨"有一定道理"。

消息上了电视午间新闻后，沃格尔院长到病房调查情况。

"沃格尔先生，"亚伦说，"我们可不那么容易被糊弄。我是说，如果你们尊重我们的人格而不是把我们当作犯人,那我们就坐下来好好谈。倘若你和你的员工不承诺改善,'他们'就会采取自杀行动,陈尸于大庭广众之下。要是下顿饭依然令人无法下咽,我们就把食物全部扔在地上,让你的看守有活可干。我们越饥饿,行动就越激烈。"

第二天早上,看守用保温餐盘送来了温热的食物,亚伦停止了绝食行动。

沃格尔和作为发言人的比利交涉:"我们的首要目标是为你们提供治疗,而不是监禁你们。这里由医疗小组全权负责,由他们来告诉警卫该做什么。我们难道不能以非对抗的方式进行合作吗?"

"你们必须让这些患者有事可做,"亚伦说,"你们的图书馆里有两个助理,但是除了一堆《国家地理》杂志,却没有书。需要给患者们点儿奖励。他们在服药,所以不能指望他们睁大眼睛。要是你们不停地想唤醒一只沉睡的熊,那它会咬你们的。"

凯文说得更干脆:"去你妈的!离我远一点。你们定下规矩想耍我们?那好,不过你们得小心点儿,我们不会任你们摆布的。"

汤姆要求他们回答为什么这里不采用宠物疗法:"医院介绍里列举了'宠物疗法',纳税人还为此付了钱呢!你们为什么不实行?"

星期一,一名警卫提来了一只装着金鱼的塑料袋,把它扔在地板上。"你要求的宠物疗法,米利根,现在你可以给我闭嘴了。"

这件事差点引起暴动。

第二天警卫就宣布,今后患者的房间都要上锁,大部分活动时间都必须待在活动室里。

凯文向巴特利的房间走去,刚要推门,却发现门只能打开一点。他透过窗户看见巴特利坐在床上敲着手指,面前摆着一张桌子。

207

巴特利终于让他进去后，凯文发现建筑师在设计房间时犯了一个可怕的错误。除了入院处的门外，这里所有的房门都是向里开的！他们怎么这么愚蠢？要是患者不想让人进房间，只要找个合适的角度用铁床顶住门，就可以把自己关在病房里。

警卫要想进屋必须想办法挪开铁床。现在巴特利正是用这个方法来反抗加里森（Garrison）的新规定。凯文劝他不要这么做："我们现在还用不着这样，等哪天我们和警卫发生了冲突再用不迟。要是我们进行暴动，可以用这个办法把自己关在房间里。去他妈的！那些笨蛋想让我们待在屋里，而我们却能把他们关在外面，太棒了。"

"要是他们锁上门，我们怎么办？"

"我有办法。"

凯文让大家互相转告，明天早上离开自己房间的时候都把枕头和床单拿出来，躺在自己门外的走廊上。这样会令沃格尔难堪，但警卫不敢动他们，因为他们如果采取行动，只能证明掌管戴顿中心的事实上是警卫而不是医生。

三天后，沃格尔下令所有病房的门都不再上锁。

* 玛丽日记 *

1981年1月18日：作家前来探视。比利说莫里茨（时任精神卫生局局长）辞职了。他的第一个反应就是"我们要让他的继任也被开除"。他觉得新任精神卫生局局长大概会是位女性。

根据报纸的报道，林德纳目前受到警方的24小时保护，因为洛根（仍然留在利玛）雇了一个职业杀手想要干掉他。林德纳曾告诉洛根，不管莫里茨怎么说，他都会把他送到民办精神病院去。但是在洛根的听证会上，林德纳却做证说洛根是个非常危险的人物，所以他的余生都应该在安全措施最为严格的医院里度过。

* * *

1981年1月27日，戈尔兹伯里要求弗洛尔法官在2月初召开听证会，以决定依据旧法律比利是否拥有"90天之内要求再审的权利"。比利的律师指出，依据第297条新法案（即所谓的"米利根法"或是"哥伦布快报法"）审理比利一案违宪，因为本案具有追溯力。

然而，一直有人在谴责弗洛尔法官"因精神异常而判比利无罪"。迫于压力，他否决了律师的要求，下令依据新法处理比利案。也就是说比利必须等待180天，听证会到1981年4月4日才能召开，而且将对公众和媒体开放。

在听证会召开前的几个月里，戈尔兹伯里收集了很多人的口供、报告、证词以及法律依据，这些人都认为比利对自己或他人均不构成威胁，因此根据法律应该被转送到管制最为宽松的医院接受治疗。

这些材料包括戴顿司法中心医院的精神病医生塞米博士1981年3月24日提交的报告。塞米博士写道："……他（米利根）似乎并不需要待在安全措施严格的地方，而且他也没有逃跑的意图……我们建议将他转往州立阿森斯精神卫生中心接受考尔医生的治疗，或者将他转到肯塔基州雷辛顿市，继续接受科尼利亚博士的治疗。"

汤姆发现玛丽显得非常疲倦。他很享受与她共处的每一个午后时光，但知道频繁探视对她来说太累了。她的脸色似乎一天比一天苍白、憔悴。他发现她又开始服用抗抑郁药,不禁忧心忡忡。

"不反抗,毋宁死,"汤姆对作家说,"决不能再这么下去,我必须采取行动。我要么翻墙逃跑,在途中被杀,要么就把这个地方夷为平地。我准备殊死一搏,所以必须让玛丽离开戴顿,我可不希望让她来认领我的尸体。"

无论她如何抗争、反驳或者恳求,大家还是轮流说服她,不要把自己的未来与比利的命运联系在一起。玛丽发现自己寡不敌众,只好含泪离开了。1981年3月25日(星期三)是玛丽最后一次探视比利的日子。

也是她最后一次见到他。

3

第二天早上,考尔医生到哥伦布市接受询问,为两周后即将召开的听证会做准备,因为180天的期限即将到期。

戈尔兹伯里的同事详细询问了考尔医生的心理学背景,以及治疗多重人格障碍的专业资格,随后助理检察官毕尔进行了交叉询问。

"如果比利拒绝治疗,那么戴顿司法中心医院如何才能恰当地做出诊断并给予治疗?"毕尔问道。

"他大概不信任他们,"考尔医生说,"因为比利不知道他们会怎样看待自己的病情,又会得出什么结论。恕我直言,那里的围墙有20英尺之高,上面还架着带刺的铁丝网,即使是在比那里好得多的环境下,患者也会拒绝治疗。这种情况我见过许多。"

这个矮小、肚子滚圆的医生望着检察官说:"必须确认他们是在治疗患者还是在对付囚犯,但这不是我的事。我把他看作自己的病人。那家司法医院保卫措施森严,装着监视器,我进去看望病人前还要被摁倒搜身,甚至本医院的临床主任都要被搜身并走过安全门(安装了金属探测器)。所有这些都让我觉得那里的环境不适于治疗……我甚至问过塞米医生:'要是你一天进去10次,难道他们就检查10次吗?'他回答说:'那当然。'似乎我的问题非常奇怪。我觉得如此治疗精神疾病十分古怪,而且让人很难搞清楚医生究竟对患者做了什么。"

助理检察官毕尔问考尔,是否可以认为,由于比利在过去的五六年里患了多重人格障碍,所以变得非常暴力、好斗。

于是考尔告诉他:"在某个时期,他确实表现得暴力、好斗,但我不认为他是个暴力、好斗的人。我只能根据事实判断。在阿森斯时,他是在遭遇了一系列不幸的社会事件后才采用了暴力,之后他感到非常害怕,病情也开始恶化。我认为这两者之间有直接的因果关系。事实上,他走入人群中时没有伤害任何人,他什么也没有做。他面临着严峻的考验,我在治疗过程中曾教他如何面对这些考验。

"然而,这只是治疗的一部分。你得教导他……不能只做个样子,然后告诉他:'你会康复的。'治疗是一个持续发展的过程。

"我从来不限制他说话。他很喜欢讲话,但也是有限度的。他是一个斗士,总是想做点儿什么,但他不会伤害和威胁任何人,也不会偷东西。这样持续了一段时间,他的状况也确实在逐渐好转。"

代表俄亥俄州总检察长的迈克尔·埃文斯(Michael Evans)继续询问道:"他为什么被转送到州立利玛医院?"

考尔反问说,"你想知道直接原因,还是整个事件的来龙去脉?"

"都想知道。"埃文斯答道。

考尔说:"比利的状况大为改善,能够走进社区之后——不要忘了他是个刑事犯,报纸上登载了一系列文章,很多本地(哥伦布市)以及一些阿森斯市的报纸,都报道了某些议员对本案的严重关切。与日俱增的负面报道和宣传,以及随后对我们进行的限制,对病人产生了严重的影响,他开始严重焦虑,因此某些症状再度出现。如果我们没有引起那么多的关注,也许我们现在就多了一个纳税人。"

埃文斯问:"你知道他对这些压力有什么反应吗?"

考尔答道:"我知道……他变得非常、非常沮丧,郁郁寡欢。他开始拒绝合作,情绪低落。他说:'做这些有什么用?我永远也无法离开这里,他们就是想把我关一辈子。'

"我认为假释局在这个案子中起了非常坏的作用。他们不断地威胁和干涉我们。他们从来不对我们说明他们的意图,所以我们也就无从制定相应的对策。就如同你的头上每天都悬着一把达摩克利斯之剑,令你无所适从。

"……实际上我们非常配合。他每次出去,我们都会通知有关各方。连他上街去麦当劳那样的地方,我们都会给当地警察、郡治安办公室以及假释局打电话,告知他要去哪儿,什么时候去,以及谁陪他一起去等等细节。

"后来我们让他出去的时间更长,但每次(依然)会打电话。这是我们替公众着想而采取的措施之一,然而在这些压力之下,比利总是认为那些人唯一想做的就是把他送回监狱。例如他说:'要是回监狱,我会死的。我在那里会被杀死。'可以想象,这样的压力对一个心理不健康的人会造成多大的影响。"

4

在1981年4月4日第一审判庭召开的听证会上，助理检察官毕尔令人惊讶地出示了一封比利写给洛根的信，信打印得整齐清晰，其中提到洛根雇人杀害林德纳医生的事。毕尔念了信的内容以便记录。写信的日期为1981年1月18日（与玛丽在日记中提到"职业杀手"的事是同一天）：

亲爱的（洛根）：

听说你要干掉林德纳，我拿25 000美元和你打赌，我知道你雇的是谁。要是我没有猜错，美国警方根本无法阻止那个人杀了林德纳医生。我承认你用人极有眼光，但你的方法是错误的。

有件事你必须考虑：雇人杀人会被当成一种反社会行为，只能让你的案子拖得更久。你是否想过，因为担心说错话而挨揍，有几个医生愿意治疗你？但是，如果林德纳确实对你造成了伤害，耽误了你的治疗，让你的余生不得不在铁窗中度过，而你因此感到绝望的话，我祝你成功。

代我问候"史芬克斯"，因为危险已然降临。

比利

这封信支持了检察官的论点，证明比利仍然具有反社会倾向，对社会构成了威胁，因而应该继续留在安全措施最为严格的医院，而非转往阿森斯精神卫生中心。

第二件令人感到意外的事，就是比利要求出庭做证并站到了证人席上。当戈尔兹伯里的同事、瘦削的年轻律师汤普森要求他的当事人报出姓名时，他答道："汤姆。"

法庭内响起了一片惊叹声。

"你不是威廉·米利根？"汤普森问道。

"不是。从来都不是。"

当汤普森问及那封写给洛根的信时，汤姆回答说那是亚伦写的，因为亚伦听说洛根要被转往戴顿中心，他是想讨好洛根，因为他害怕洛根。

"他想杀了林德纳医生，真是愚蠢。我不想说他傻，因为我害怕他报复我。你根本无法命令洛根，你不可能控制得了他，也没有办法阻止他……

"我知道，有人在法庭上提出于你不利的证词就想干掉他是不对的。林德纳医生今天也提出了于我不利的证词，但我不会因此就想干掉他。"

在回答为什么不愿意与戴顿医院的医生合作时，汤姆说他不信任他们而且怕他们。"如果你不信任这些人，当然会担心他们给你胡乱治疗。"

1981年4月21日，俄亥俄州第四上诉法院终于对阿森斯市法官罗杰·琼斯（Roger Jones）一年半前将比利从阿森斯转往利玛医院的裁决做出了判决。

法庭发现在将比利转院时，"既未通知当事人及其家属，也未准许当事人出席听证会、咨询律师或传唤证人，更没有向当事人说明他有权出席听证会……这些都严重侵犯了当事人的权利……必须恢复非法转送当事人之前的状态。"

但与此同时，法院拒绝将比利转回阿森斯精神卫生中心，因为其后在利玛医院举行的听证会出示了"有效的确凿证据……证明被告精神异常，对其本人及他人构成了威胁"。

没有人向上诉法院说明这些"证据"都是由米基医生提供的，而米基当时也承认自己只为比利做了几个小时的检查，况且比利是在临床主任林德纳的逼迫下才接受检查的。

弗洛尔法官在听证会召开六个半星期后裁决比利继续留在戴顿司法中心医院接受治疗，因为"那里是目前唯一既能继续完成对被告的治疗，又能确保公众安全的医院"。

戈尔兹伯里立即提出上诉，但是很少有人相信，在媒体和政客的联合攻击之下，比利能获得被转送到民办精神病医院治疗的机会。

玛丽已不再前往戴顿探望比利。里根认为应当让凯文在光圈下出现更长时间。里根自己很少现身，因为英文能力退步让他产生了严重的挫折感。他的口音变得十分生硬，患者和医院工作人员都听不懂他在说什么，而里根又不愿意重复。

阿瑟也不再出现，因为这里需要的是骗子或莽汉，理性显然是多余的。由于那些孩子们都放弃了，所以只有汤姆、亚伦和凯文在共存意识。

5

在弗洛尔法官判决两天后，一名社工来到 D 病房告诉凯文，如果他想见坦达·巴特利（Tanda Bartley）就需要在来访单上签字。凯文不知道坦达是谁，也不知道她来干什么，但他从来不会拒绝别人带食物来看他，所以就在单子上签了字，然后走向会客室。

他向来探视的人群看去，发现有一名女子独自坐在那儿。她穿着一件短连衣裙，他走近办公桌时，她合拢了双腿。他的目光随着她的腿移动，从纤细的脚踝望向曲线优美的大腿。

"你来看谁？"他问。

"你啊！"她用舌头舔了舔嘴唇。

他想，这个巴特利显然是个知道如何运用自己美貌的女人。

"我哥哥巴特利给我讲了不少关于你的事，我觉得很有意思。你愿意让我常来看你，和你聊聊天吗？"

凯文望着她深色的双眼，叹了口气说："我不知道能否受得了。"

她笑了。"我来看哥哥的时候见过你几次。我问他：'那个又高又帅的家伙是谁？他看起来就像是一只迷失了的小狗。'他说了很多关于你的事！"

"是吗？你都知道我什么？"

"我知道人是会犯错误的，也知道你被指控的罪名，但我不介意。不管你在为什么事烦恼，也许我能帮你？"

"你也是精神病医生？"

她摇摇头。

"那你就是那种对罪犯感兴趣的女人，因为你觉得自己可以改变他们。"

她的笑声清脆诱人。"我是说，如果你有性方面的烦恼，或许我可以帮你。"

凯文热切地点点头，把手放到她腿上。"那再好不过了。我猜大多数女人都是这么看我的。不过我还是想警告你，我需要帮助的地方可不少。"

"我哥哥告诉过我了，不过这才是让我感兴趣的。"

几天后汤姆被带到会客室去见坦达。她看起来很生气，因为警卫在用金属探测器检查她的时候调戏她。

"那家伙今天真气死我了，"她说，"他舔着嘴唇对我说：'干吗不甩了那个强奸犯，和一个真正的男人在一起？'我真想揍那个浑蛋，哪天我一定在停车场候着，等他过来就让他把手放到我身上，然后狠狠地捅他几刀。"

汤姆觉得这个长着洋娃娃般的大眼睛和纯真的脸，性格开朗活泼的坦达，是他见过的最强悍的女人，要是她没有接到参加派对的邀请，一定会冲进去把那里砸个稀烂。

"别那么狠。"汤姆说。

"我知道你有办法控制自己的情绪。你别管了。精神游离是什么感觉？"

汤姆努力对她解释道："你有过那种经历吗？你走进森林，突然闻到一股恶臭味，接着又看到一只死了的动物，顿时感到很恶心。"

坦达摇了摇头："我没经历过，但能想象出。"

"然后，你就转身离开，努力着想别的东西，比如冰淇淋或者其他美味食品，好让自己躲开那股难闻的死尸味，不再去想它。我离开的时候就是这种感觉。把你刚才看到的东西抛到脑后，然后它就立刻消失了！你睡着了，身体里的大部分东西都转移到了其他地方。你最终还会回来,但已不再是一个完整的人。比利的情况就是这样。他病了,所以离开了。他再也不想看到或闻到那些东西了。"

汤姆一开始就知道坦达是在利用自己、亚伦和凯文,但不明白是为什么。她既聪明又狡猾,知道怎么去接近别人。他看到过她如何利用一个对她哥哥着迷的护士。坦达约那个护士在停车场见面,告诉那个护士自己的哥哥是多么关心她。几个星期之后,坦达在停车场把大麻交给那个护士,让她带过安检,然后交给她哥哥。

一周后,安全主管加里森和两名警卫突然闯进病房。加里森把金属探测器夹在腋下,就像是夹着一根电棍,亚伦觉得他们的行动方式与以往不同,非常有节奏感!他们走进看守室去查看患者的病历。

要出事了。

加里森叫来了护士米莉(Millie Chase):"把病人都叫到活动室来。"

她瞪了他一眼:"上面有命令,未经医务处批准或者没有巡视员在场,你们无权搜查病房。"

"我们必须搜查。"

米莉气得脸色通红,不得已打开了扩音器:"D病房的病人请注意,安全部门现在要去搜查你们的房间,如果有人想上厕所,现在马上去。"

加里森关上她的麦克风。活动室顿时一空,空荡荡的大厅里立刻回荡起一阵阵冲马桶的声响。

医院里的人都在传,比利组织患者给总部写信投诉安全部门虐待患者,同时抄送给了州长和报社。于是上面下令安全部门不得非法搜身和搜查病房,加里森显然就是冲着闹事者来的。

几天后，警卫把亚伦狠狠揍了一顿。亚伦让坦达告诉作家，说阿瑟想要了断这一切。

1981年7月22日，作家半夜里被电话铃声吵醒。电话是坦达打来的。

"比利最近变得非常消沉，"她说，"我哥哥觉得他想自杀。汤姆不想让我告诉你，但亚伦认为应该让你知道。"

"他情况怎么样？"作家问。

"几天前他把自己关在房间里，还放火烧家具。结果警卫撞开了他的门，他的房间里到处都是灭火器喷出的泡沫。他们给他吃药，监视他的行动，把他打得现在还坐在轮椅里。"

作家说："可能的话，请你哥哥转告他，我一早就动身，大概中午就到。"

几个星期前，比利曾说过想将巴特利的妹妹坦达列入固定访客名单，但不明白为什么她能这么快就分辨出亚伦和汤姆？

6

作家走进会客室时大吃一惊，只见比利坐在轮椅上，架起来的那条腿上缠着绷带，浑身青一块肿一块。

"是汤姆？"作家问。

他不好意思地点点头："对……"

"出了什么事？"

汤姆没有直视他。"不清楚。不过我现在觉得很不舒服。"

"你和其他人谈过吗？"

汤姆张望了一下四周,确信没人在偷听才低声道:"只是断断续续地……"

"他们怎么说?"

汤姆向前倾着身子:"我觉得阿瑟想杀了我们。"

"奇怪。你为什么会这么想?"

"他做毒药。他说我们永远都无法获得自由,已经没有指望了,我们得自己想办法解决。别问我他指的是什么。"

汤姆笑了。

"什么事这么好笑?"

"我听到里面有人在说很可笑的事。"

"谁在说?"

"我不知道。"

沉默了好一会儿,作家才问:"有什么要告诉我的吗?"

汤姆脱口而出:"我有时候竟然系不上鞋带。"

"你怎么会有这个问题?我知道克丽丝汀和肖恩办不到,可是你怎么会这样啊?"

"我搞不明白的正是这个。这儿的医生说应该把我放出去,但我不想走。我要是到外面去,都不知道自己该怎么办。"

"可是到了外面会有很多人关心、帮助你的。"

"对……这我知道。"

"我和别人谈过,"作家说,"是否有可能把你转到哥伦布市新成立的俄亥俄中部地区精神病医院。"

"没可能。我小时候就去过那儿,不会再去了。"

"我说的是'俄亥俄州中部地区司法医院',三周后才启用。你只需要……"

"我不去!"

"那里离你妈妈住的兰开斯特只有20分钟的路程,到阿森斯市也只需要一个半小时,但现在你要走三个小时。到了那儿,考尔医生和我就可以经常去看你。"

"我不想去一个新的地方,然后一切从头开始。"

"先听我说完到了那里会由谁来负责治疗你,然后你再做决定。"

"就是上帝负责我也不去。"

"伯克斯医生在那里,她还问起过……"

"他们为什么一次又一次地把我从一个监狱扔到另一个监狱,全然不顾我的感受?"

"由伯克斯负责,你就不会被……"

"一切都得从头开始,然后他们就会说:'你才来了不过3个月,我们为什么让你出院?'"

"你知道伯克斯治疗过其他多重人格障碍患者。她和考尔医生是同事,还给你检查过。事实上,那天我给沃格尔院长打电话询问我是否能来看你,他告诉我伯克斯和他通过电话,她说她希望你能转到哥伦布市去,这样她就可以在那里治疗你了。"

"她为什么要这么做?"

"她觉得你会信任她,那样她就能帮助你。她会打电话给沃格尔,说明她对你的病例感兴趣。我上次和弗洛尔法官谈话时问过将你送回阿森斯精神卫生中心的事,你知道他怎么说的吗?他说:'我第一次把比利送到阿森斯精神卫生中心时,不知道那儿没有围墙。'我告诉他,戴顿中心于你的治疗无益,于是他提到了哥伦布市即将启用

221

的俄亥俄州中部地区司法医院。他是这么说的：'那儿可能是下一步不错的选择。'"

"我什么都不知道。"

"我不能保证你一定能转院，汤姆，但既然弗洛尔法官已经这样说了，你就应该考虑一下。重要的是得找个受过专业训练的精神病医生来为你治疗。伯克斯在那儿，她也愿意为你治疗，这难道不是最好的选择吗？我甚至无法确定是否能办到，但如果有机会，你千万不要急于拒绝。"

"我当然着急了！已经拖了这么长时间。"

"你宁愿待在这里不进行任何治疗吗？"

"我可能会死在这里。"

"伯克斯能够为你提供一个机会。你不会是俄亥俄州中部地区司法医院唯一的多重人格障碍患者。她将要成为世界上第一个多重人格障碍治疗试验室的负责人。在那里你会得到必要的特殊照护。如果她能让你完成融合，向弗洛尔法官证明你不再构成威胁，我想你就有机会回到阿森斯市去。记住，法官说过俄亥俄州中部地区司法医院可能是'下一步不错的选择'，就是说，在他的设想中有好几个步骤。从利玛医院到戴顿中心，再到哥伦布市，然后回到阿森斯市，最后可能就是自由。"

"在哥伦布市的医院，他们会给我吃对症的药吗？"

"伯克斯知道你需要什么。她上一次出席听证会的时候，站在光圈下的不是你吗？"

汤姆考虑了一会儿，问道："要是我去哥伦布市……要是我去的话，那需要等多长时间？"

"我不知道。"

汤姆扭动了一下身体说:"可能得用好几个月。"

"问题是你想不想去?如果你想去,我就打电话告诉弗洛尔法官,你在这里没有得到恰当的治疗。但如果你根本不想去,我就没办法了。"

"要是我想去,你认为我需要等多长时间,两个星期?"

"我不知道。得按照程序走。"

"要是你认为这样对我有好处,那就听你的吧!"

"我不能替你决定,你知道的。"

"我需要别人帮助,因为我自己做不了决定!我不知道怎样才对自己最有利。"

"我只能给你建议。如果我的看法不对,就告诉我。你在这里的情况似乎越来越糟,真是这样的话,那么转院就是有益无害。"

"哥伦布市的人讨厌我,那里的报纸都在说我的坏话。"

"这种状况还会持续一段时间,汤姆。只要那里还有想吸引公众注意的政客,你就是最好的攻击目标。但是,你要想活下去,就必须抓住这个机会。"

他考虑了一会儿,抓了抓裹着绷带的腿,然后点点头说:"那好,我去。"

作家给弗洛尔法官打电话,告诉他说比利可能有生命危险。他提醒法官俄亥俄州中部地区司法医院按计划将在3周后启用,而曾在奇利科西教养院治疗过多重人格障碍患者的伯克斯医生,愿意在新的多重人格障碍治疗室为比利治疗。

弗洛尔法官说,如果各方一致认可,他就下令转院,因为这只是在安全措施最严格的医院之间的转移。

沃格尔在写给弗洛尔法官的信中说:"……正如相关报告所言,医护人员认为戴顿司法中心医院无法为米利根提供恰当的治疗,因为他拒绝合作。因此他们建议将米利根转到另一个安全措施严格的医院——位于哥伦布市的俄亥俄州中部地区司法医院,因为那里的伯克斯医生可以为他治疗。米利根先生和伯克斯亦同意此次转院。"

在坦达深夜给作家打电话两个月后,比利转院了。几天后,坦达搬到了哥伦布市和比利的妹妹凯西住在一起,这样她就可以天天去探视比利。

第十九章
新娘

1

临床主任伯克斯在俄亥俄州中部地区司法医院主管的C病房，是美国第一个专门治疗多重人格障碍患者的病房，目前只有两名年轻的女患者。医疗小组成员包括伯克斯、1名社工及21名看守和护士。有望成为治疗这种鲜为人知的精神疾病的先驱，令他们多数人都十分兴奋。

尽管小组成员都知道比利的病例，但伯克斯还是要大家做好准备，因为比利转回俄亥俄州哥伦布市后，一定会在媒体引起轩然大波。她明确地告诉大家必须保守患者的秘密，不得将有关比利和另外两名患者的信息透露给媒体。

自从精神卫生局派她到利玛医院检查比利后，她就没有再见过他。她和比利的律师戈尔兹伯里密切合作，在4月14日举行的听证会上提供了有利于比利的证词，并表达了希望治疗他的意愿。

现在精神卫生局把被打得鼻青脸肿，仍然坐在轮椅上的比利交给了她。

转到哥伦布市四天后，亚伦打电话告诉作家："我鼓起勇气向坦达求婚了。她毫不犹豫地答应了。她说结了婚她就放心了。"

"你真想结婚吗？"

"这是第一次有人真正愿意接受我，"亚伦说，"在戴顿时，我们经常在一起。坦达了解我，我们彼此相爱。"

"我不知道你能否在医院里结婚。"

"这是合法的。"亚伦说。

"你不准备再考虑一下吗？"

"我们已经决定了，"亚伦说，"只等着确定时间了。我们两个都不信教，所以想找个治安法官来主持婚礼。我希望你能做我的伴郎，并帮我们写誓词。"

"让我想想，"作家说，"我得考虑一下。"

亚伦说："我希望你是第一个知道这件事的人。"

后来坦达告诉作家，他们在戴顿司法中心医院的时候见过有人在那里结婚，而且还议论过这件事。一开始，他们都以为对方不想在他获释之前考虑结婚的事。

坦达说："我搬到哥伦布市和凯西住一起后，我告诉比利我们认识的一个病人结婚了。谈起这事，我们才发现彼此都不想再等了。"

"事情可没有那么容易，"作家说，"这会成为舆论的焦点。你确定已经到了要结婚的程度吗？"

"我爱比利。我比表面看起来还要坚强。"

"他什么地方吸引了你？"

她摇了摇头，考虑着如何表达："他既有趣、神秘，又十分脆弱。有时候他很有男人的气概，有时候又很温柔、害羞。他时而冷酷，时而理性，时而又很感情用事。有时候他就像个爱耍弄人的浑蛋或者满嘴污言秽语的街头混混，但我相信，真实的他是个担惊受怕的小男孩。我觉得自己就和他一样，不过我没有记忆缺失症。我认为我的爱能够使他变得完整。"

"你的爱是怎样的呢？"

"就是那种所谓的'坚强的爱'。"

她告诉我，她之所以能够坚强地面对与像比利这样的人交往的后果，是因为自己有过艰辛的经历。她三岁的时候，全家人搬出了弗洛伊德郡的煤矿区，接着又从肯塔基州搬到佐治亚州，后来又去了康涅狄格州。六岁的时候，他们搬到戴顿，此后她和父母、哥哥就一直住在那儿。

她骄傲地告诉我，她的曾祖母出身于莫迪·麦考伊家族。麦考伊家族搬到海特菲尔德山，在山上盖起了装着玻璃窗的小木屋。海特菲尔德家族心生忌恨，砸烂了所有的玻璃窗。为了报仇，麦考伊家族的人埋伏起来，趁海特菲尔德家的人下山进城的时候，用碎冰锥把他们痛打了一顿。后来，海特菲尔德家的人在护卫的保护下住进了医院。

"我父亲是肯塔基的'勇士'，"她骄傲地说，"他的祖母是切罗基族人。有了这些遗传，我一定能照顾好心爱的男人和我自己。"

2

伯克斯很清楚，考尔医生让比利服用阿米妥钠稳定情绪以停止人格转换的做法引起了很多争议。但她发现这是控制多重人格障碍最有效的办法。她采用阿米妥钠治疗时，不论是汤姆、亚伦还是菲利普出现，都会一直说个不停，声音也会不断改变，她仿佛可以听到他们一个个走进房间，一直到融合为止。

"事实上，"她告诉作家，"我并不是在治疗比利，而是在平息他们的争吵。"

她还暗示，比利入院几周以来，媒体又开始发头条新闻大肆攻击了。

1981年10月17日，在距离大选不到三周时，《哥伦布市公民报》报道了吉尔莫（Don Gilmore）抗议比利享受"优惠待遇"的新闻。他声称比利获准选择同住的室友，并拥有外接电子游戏的彩色电视机。

俄亥俄州精神卫生局局长说，这位政治人物的指控"毫无根据"，而且米利根拥有的只是台黑白电视机，那是长期住院的病人都可以带进医院的。

局长还提醒吉尔莫："毫无理由地让精神病患者引起公众的注意，不利于患者的治疗……"

但在不到一个月的时间里，吉尔莫又找到了一个攻击目标——伯克斯的治疗计划。

1981年11月19日，《哥伦布市公民报》对月初发动的另一场选前攻击进行了报道：

吉尔莫要求重新深入调查米利根事件

苏珊·普伦蒂斯（Susan Prentice）报道

吉尔莫关注的焦点之一是几周前发生的一次意外事件。据说被诊断拥有24个人格的米利根当天凌晨2点20分要了一份培根三明治。医院工作人员因此不得不为米利根病房的其他患者都准备了一份。

但院长保罗·麦卡沃伊（Paul McAvoy）否认吉尔莫的指控，声称夜间为患者提供点心是正常的……

院长保罗说米利根并未享受额外的特权，他之所以引起了特别关注，是因为议员和媒体的缘故……

俄亥俄州精神卫生局局长曾警告吉尔莫，不要制造让米利根吸引公众注意的新闻。

政客在报纸上发表的不实言论和恶意煽动令伯克斯非常气愤。她认为是司法中心医院的人把消息透露给了媒体，因为歪曲报道中的某些细节确实是事实。

事实上，那天凌晨1点左右，她在家里接到警卫打来的电话，得知她的两名多重人格障碍患者因为抢一盘培根三明治夜宵而大打出手，两个人随后被关进了隔离室。

她穿上衣服驱车前往医院，迅速地处理了这件事。她让护士将患者从隔离室里放出来，可当她去找比利时却发现，在事情发生的整个过程中他一直都在熟睡。

在俄亥俄州中部地区司法医院里，比利事实上并不比其他患者更麻烦。伯克斯用于另外两名患者的时间要比照顾比利还要多，她甚至怀疑自己在多重人格障碍患者身上花了过多的时间，因而忽略了其他患者。

"可是报纸永远都在炒作比利，"她说，"这些官员就是想让自己的名字不断地见诸报端。"

3

坦达想在圣诞节前举行婚礼,但伯克斯不同意,因为那段时间她正好要回澳大利亚度长假。

"我为什么要听别人的意见?"坦达坚持道,"他们有什么权利决定我们什么时候结婚?"

"我认为你应该推迟举行。"伯克斯说。

"你认为比利无法应付这件事,还是因为你想参加?"

"如果引起公众注意,那就不好办了。我希望在场,是想帮他渡过难关。我和丹尼、戴维都谈过了,我不认为他们已经做好了结婚的准备。"

"没关系,我已经和'老师'说过了。"坦达说。

"不对,"伯克斯坚持道,"你以为是在和'老师'交谈,但和你说话的其实是亚伦。"

"我很了解亚伦,能够判断出是否在和他说话。"

"戴维和丹尼说'老师'已经有三个多星期都没有出现了。"

"戴维和丹尼大概根本没发现'老师'出来和我交谈,我确信自己不是在和亚伦说话。与亚伦或者汤姆谈话的时候我也很清楚,汤姆说话的口气很强硬,他会说'那些浑蛋根本搞不清楚自己在干什么'。而'老师'说话时总是非常理智、冷静,不情绪化。"

"和你谈话的不是'老师'。"伯克斯仍然坚持。

伯克斯每天仅仅和比利在一起待一个小时,然而却认为她比自己还了解比利,这一点让坦达感到十分气愤。"我不是个胆小鬼,对比利的了解足以让我判断出自己是在和谁谈话,"坦达说,"我从他的眼神就可以看出来,其他人的目光呆痴,只有'老师'不是这样。只要看看他的表情我就知道了。"

"我有时候觉得伯克斯是在利用比利的病来提高自己作为精神病医生的地位。比如建立多重人格障碍治疗室。比利并不真的相信她。从来没有。

"我觉得她并未努力帮我们办结婚的事,因为她不希望我们结婚。我可不是那种能接受别人说'不'的人。如果有人告诉我这事办不了,那我一定会自己动手去做。"

治安法官和牧师不同意在精神病院举行婚礼仪式,但坦达一意孤行,最后终于请到加里·维特(Gary Witte)牧师为他们主持婚礼。维特是哥伦布市美以美教会的牧师,也是该市新设临时收容所的所长,他经常在街头布道。

尽管伯克斯一再反对,但坦达还是说服比利把婚期订在1981年12月22日。她知道那时伯克斯会去澳大利亚度假,无法再阻止婚礼。梅特卡夫(Metcalf)法官取消了延长等候期的规定——比利从戴顿中心转回哥伦布市必须满三个月,以便让这对新人在圣诞节前完婚。

4

婚礼当天,记者和电视拍摄组都挤在俄亥俄州中部地区司法医院大门外,在严寒中站在深及脚踝的雪里等着一睹新娘的风采。他们亦曾提出见见新郎,但医院禁止媒体入内。尽管如此,一家电视台还是提出了解除禁令的申请,要求进去拍摄婚礼的过程。鉴于法官没有要求医院解除禁令,记者们只能尾随着坦达和作家穿过人群走进医院。

但是，只有作家和坦达通过例行的金属探测器检查后，获准进入即将举行婚礼仪式的会客室。医院工作人员则站在邻近的走廊和办公室里，隔着双层强化玻璃观看。

遗嘱认证法庭的助理执行官在检查结婚证书后，准许举行仪式。

"现在，请你们，"他说，"举起右手宣誓，这不会用太长时间。你们必须发誓，没有受到酒精或毒品的影响，已年满18岁，没有近亲血缘关系，而且没有人反对这个婚姻，以上所言均属实。你们愿意发誓吗？"

"我愿意。"坦达说。

"我愿意。""老师"说。

"我差点忘了，"执行官说道，"你们还得交19美元现金。你们看起来是对恩爱的夫妻，但我可不想替你们付结婚证书的钱。"

坦达交了钱。

认证程序完成后，维特牧师走上前将一根特制的蜡烛交到新人手上，让他们一起点燃："这是我给你们的礼物，希望两位在结婚一周年纪念时，能够在自由世界里再次点燃这根蜡烛。"

"老师"和坦达将手握在一起。

"我还想和你们分享一段话，"维特牧师继续说道，"《圣经》中的'迦拿的婚礼'讲述了变化，但愿你们的处境也能很快有所改变……"

当牧师宣读《约翰福音》第二章时，坦达深色的双眼映射出闪烁的烛光。

"第三天，一个婚礼在加利利城的迦拿镇举行，耶稣的母亲在那里做客，耶稣和他的几个门徒也应邀出席。酒喝光了，耶稣的母亲对他说：'他们没有酒了。'耶稣对她说：'母亲，你要我做什么？我的时辰尚未来到!'"

坦达和"老师"若有所思地听着维特牧师讲述耶稣如何在婚宴上将水变成酒的故事。

"我和你们分享这个故事,"维特牧师说,"是希望主与你们同在,希望你们彼此的爱能够让平凡的生活变得不平凡,就如同寡淡无味的水变成了浓烈香醇的酒。祝愿你们将平凡的生活变得不平凡,在明年结婚纪念日时已经获得了自由。"

"说得真好。"坦达说。

"朋友们,"维特牧师吟诵道,"我们齐聚在主的面前,见证这场神圣的婚礼……"

新郎和新娘跟着宣誓,然后交换了结婚戒指。在被宣布成为夫妻后,他们一起低头祈祷。

"你可以亲吻新娘了。"维特牧师说。

新人接吻后,观众都鼓起掌来。强化玻璃是隔音的,所以参加婚礼的人只能看到他们无声地拍着手掌。

维特牧师为了避开记者,请一个看守带他从后门离开。

作家则从前门离去,好让坦达和"老师"能够在会客室里单独待一个半小时。他把坦达的记者会安排在市中心的新闻俱乐部里,如此大家就不用冒着寒风,站在门前台阶上采访了。

5

婚礼的第二天晚上,另一个病房的一个患者把"老师"拉到一旁说:"你不认识我,不过我听说你娶了一位美女,我经常看见她来探视你。我要送给你们一份结婚礼物。过几天我就要转院了,走之前我有事要和你说。"

这个人身材矮小,长着一头土棕色的头发,"老师"觉得他面相不善,看起来也不聪明。但"老师"想套他的话时,他却什么都不肯透露。

"除非我马上就要走了,否则什么都不会说。"

"老师"很担心,于是在病房里四处打听。他从看守那儿得知这个人叫莱德劳(Barry Laidlaw),来自亚利桑那州。他曾杀害了三个人,其中两个是在监狱。他被判处三个无期徒刑。

第二天,莱德劳做了个手势把"老师"叫到活动室的角落。"你得向我保证,在我离开这儿之前,不对任何人透露半个字。"

"老师"答应了。

"你知道从利玛医院转过来的那个新警卫吗?就是手臂刺了一条蛇的家伙?大概三个星期前,他来找我和另一个被判了无期徒刑的家伙,问我们愿不愿意拿钱把你干掉。"

"老师"迅速地张望了一下四周:"你说真的?"

"千真万确!我们一口拒绝了。我们一开始就告诉他不干,因为我们知道肯定会被抓住的,我们跑不了。"

"听我说,""老师"说,"万一伯克斯在你转院前没有回来,那你走之前会把这件事告诉别人吗?"

"会的。不过我得等离开时才说。要是我发现你有麻烦,会立刻告诉你。我觉得这儿没有人敢干这事,不过也难保有疯子愿意替他干,所以我才告诉你。"

"老师"知道那个有蛇形刺青的警卫是从利玛医院来的单耳杰克。他吹嘘自己的刺青是在远东刺的,不过亚洲的刺青一般都是彩色的,他的却是黑色的,是监狱里常见的那种。他一定是在监狱刺的。

"老师"知道自己必须当心。

他一直怀疑有人想整自己。这个人能够影响州政府的官员,向媒体透露不利于自己的信息。这个人就是想杀了自己或是把自己关一辈子。这个人不是想治疗并让自己康复,而是想报复。但他不知道这个人究竟是谁,也没有证据。

他回到病房,站在房子中央冲着墙壁大吼:"不管你是谁,去死吧!我一定会活下去!"

(他的脑海里响起了一片无声的掌声。)

"这该死的世界,你是打不倒我的!"

他知道自己已经渡过了一个难关。如果他真的认为自己会被击垮,就不会同意结婚了。他不会让他们击垮自己的。

"别再自怜自哀了!"他对自己说,"像个男子汉一样站起来为自己的生存权斗争吧!你在1978年确实对那三个女人做了错事,但那时你脑子有病,而且现在也还病着,你真的为此感到歉疚。你必须把头脑清理干净,好好活下去。不论他们怎么对付你,你都能承受。你要从地上站起来,擦干脸上的血迹,像个男子汉一样离开。"

门突然被撞开了,八个警卫护着一名社工走了进来,单耳杰克也在其中。杰克说道:"我们要把你送到隔离室去。"

"我有权知道为什么要隔离我。"

"不是要隔离你,"单耳杰克说,"就是让你过去待几分钟。"

"老师"跟着他们走了。但是刚走进隔离室,就有人过来叫他脱光衣服搜身。

他无法忍受,坚持道:"我必须知道原因。"

单耳杰克抓住他的衣服，威胁说要是不配合，他们可就硬来了。"老师"虽然仍在坚持，但明白自己并无选择。他转过身去，尚未来得及脱掉衣服，杰克就一把扯了下来，开始搜查里面。

"老师"分裂了。

他们检查了汤姆的脚底和头发，然后把衣服扔给他，叫他在里面等着他们搜查他的房间。他们让汤姆在病房外等了40多分钟。

巡视员赶来时，那些人早已把比利的房间翻了个底朝天。

"你没告诉过我要搜查房间。"

"我们只告诉你要做的。"单耳杰克说。

等巡视员安排好，汤姆要求给妻子打电话。他告诉坦达不要来探视，以免被要求脱衣服搜身。

汤姆回到房间，发现他的三幅画不见了，其中两幅是他用纸包好放在床底下的，另一幅则放在桌上。他们拿走了他的绘画用具和笔纸，所有的法律文件和日记也都不见了。打字机的键盘被毁，所有写着他律师名字的东西都被搜走了。此外，他们还拿走了他的日记，那里记载着他们的虐待行为以及搜查等等内容。

他们的理由是："搜查违禁品。"

他们甚至拿走了"老师"的结婚戒指。

汤姆想起来有人说过——他记不清是谁，他和他的律师下次要是准备写信向州精神卫生局投诉，得先想想后果。

汤姆觉得自己很愚蠢，竟然同意了"老师"的看法。可是他现在无法思考，什么都想不起来，也无法迅速反应。阿瑟和里根在他脑子里争论不休。

1982年1月17日,《快报》头条新闻报道了伯克斯辞职的消息:

米利根的心理医生辞去公职

多重人格障碍患者、强奸犯米利根的心理医生伯克斯由于与俄亥俄州中部地区司法医院管理人员存在分歧,已辞去她在州立医院的工作。州议员吉尔莫为她的辞职而欢呼。

吉尔莫说,他收到该医院员工的多次投诉,谴责伯克斯在这个安全措施最为严格的精神病医院里,给予某些患者特别照顾,其中包括米利根。

我们打通了伯克斯家中的电话……她强烈否认吉尔莫的指控:"我认为他(吉尔莫)就是想找借口让自己见报。"伯克斯说。

伯克斯的辞职将于2月8日起生效。伯克斯声明,她是在医院的一位高级职员通知她院方将不再与她续约之后才辞职的。

从技术上看,她不是被开除的,因为"州政府不会开除任何人",伯克斯说:"他们就是想办法让你辞职。"

坦达谴责媒体的做法,认为报道影响了她和比利之间的关系。1982年2月4日《快报》头版登载了她的抗议。

米利根的妻子谴责公众暴力

罗宾·尤卡姆(Robin Yocum)报道

坦达·米利根说她"被众人嘲笑",但坚称她嫁给一个拥有多重人格的人并非为了钱或出名……

"……关系一直非常紧张。"米利根太太说。

米利根太太声称，由于警卫的非难和不恰当的治疗，她自圣诞节后就没有见过"老师"……她丈夫的性格变得越来越内向，她最近接触的都是比利的那些"害羞的人格"……米利根太太说，她是与各个人格分别相处的，尽管她把他们都叫作"比利"……"我们没有太多机会发展彼此的关系，但我会紧紧地追随他。"

坦达告诉作家，公众的关注使得她的家人给她施加了更大的压力，"我告诉他们我爱比利，但他们无法接受。他们不断地告诉我：'那不是爱而是迷恋，我们会为你祷告。他被幽灵和恶魔缠住了。'"

"他们像圣灵降临派的人一样给我驱魔，"她说，"有一次他们把我按在墙上，把手放在我身上大喊：'以耶稣基督的名义，我们驱赶你这恶魔！'他们认为我被魔鬼附身了，而这都是因为比利的关系。如果我没被魔鬼附身，怎么会爱上那个疯子？"

她哥哥巴特利的态度更是令人难以理解。他心情好的时候会说："这是件好事啊！在某意义上，我还是你们的媒人呢！"但是他情绪低落时又会说，这样不会有什么好结果："他们永远都不会把比利放出去的。"

"他还利用比利，"坦达说，"有段时间我每次都给我哥哥带一点大麻进去。我开始探视比利之后，汤姆对我说：'你不能再给他带大麻了，我不允许你这么做。'"

"一分钟前，哥哥对比利还很友善，"她继续说道，"但下一分钟他就会说：'滚蛋，小子。'我知道哥哥在威胁比利，如果比利不听话，他就阻止我探视比利。但我不想在哥哥和比利之间做选择。"

结婚七个星期后的一天,坦达没有像往常一样来探视,于是亚伦给妹妹凯西打电话询问是怎么回事。

"她早就走了,"凯西说,"现在应该到了。"

亚伦有一种失落的感觉:"你去看看她的衣柜。"

几分钟后,凯西打电话过来:"衣柜是空的。"

他叫凯西去查他的银行账户,结果与他猜的一样,坦达取走了他卖画所得的7 000美元,还开走了新买的车。

凯西还告诉他,她在衣柜下面发现了一封两天前写的信。

《公民报》头版头条登载了这则消息:米利根的新娘只留下一封写着"亲爱的比利"的信。

《哥伦布市快报》在第二天的报道中引述了信的内容。

米利根被新娘无情抛弃

罗宾·尤卡姆报道

多重人格障碍患者米利根的妻子带着他的心、他们的车和银行存款(6 250美元)连夜逃跑。

由于她的离去,米利根无法庆祝他27岁的生日,以及他们婚后的第一个情人节。他的妹妹说他在得知妻子坦达·巴特利离开后"非常伤心和气愤"。这个21岁的女子仅在衣柜下留了一封信,说她无法应对"来自各方面的压力",也许自己根本不该嫁给米利根……她知道这样离去"不对"……并对"深夜拿着东西逃跑"深感抱歉。

亚伦首先想到的就是给玛丽打电话，但他阻止了自己。他不想伤害这个忠诚并且真的"关心"自己的女人。他不得不承认自己非常气愤，笨到被坦达的美貌迷了心窍，还相信她是真的爱自己。

他告诉自己，坦达与玛丽不同，坦达和他从来没有过真正的精神互动。为了到会客室去和她聊天，他必须强迫自己打起精神。他们谈话时，坦达大部分时间都在述说她怎么修指甲，想买什么衣服，要不就是最近出了什么唱片，时下流行什么音乐。

她的美貌确实很吸引人，但她生起气来也可以变得非常恶毒。他现在才明白，她所做的一切都是为了她自己。他猜想坦达一定知道出书能让他的画作获得可观的收入。现在她离去了，他才明白她一直都在计划怎么拿走他的钱。

他向作家描述了自己近期的精神状况。

"我仍然处于分裂状态，不过现在情况好些了，除非遇到紧急状况。在这里最大的问题就是无聊，而最好的解决办法就是让那些孩子拥有更多的时间。他们的世界要小得多，只要给一点儿东西，他们就可以心满意足地玩上好几个小时。"

被问及人格转换时他脑子里是怎样的情况，比利描述道："我能看到发生了什么，因为有一部分的我就站在那里。不知道你能否体会到，那种情景就好像你是个靠文字为生的人，但突然失去了阅读能力。刚才还看得懂，但转眼间就什么都不明白了。

"你被一片片地撕裂，能力消退。看着一个物理方程式，我知道自己明白那是什么意思，可突然间却什么都不明白了。信不信由你，这种感觉也有积极的一面。因为无知所以单纯。单纯的人就天真、平静和纯洁。"

他认为这样就能使"老师"长久存在。

"当我必须承担责任，例如需要适应外面的世界时，我就会待在这里坚持下去。我不能推卸责任，当现实朝我的脸抽了一耳光，而我必须面对这个世界时，我就得待在外头。这就是我最希望做的。"

他已不在乎如何才能向医生证明自己停止了人格转换。

"我知道像这里一样的那些医院是怎么回事。他们不关心你的头脑里发生了什么事。只要你没有暴力行为，就不算是重症，他们就可以把你打发出去。他们就是这么想的。我需要转到像阿森斯精神卫生中心那样的民办医院，在那里我才能学会应付接踵而来的挑战。有自由才有责任。在这里，他们只能为我提供食物和一张床。

"把一个精神不断分裂的人关进牢笼，他或她解脱的办法只有两个，要么逃出牢笼，要么就带着所有的问题住进去。要是二者都做不到，他很快就会崩溃。绝望会活生生地扼杀他。他会有自杀倾向，最终将放弃一切希望，准备结束一切。如果无法自杀，他就会自闭。为了逃离牢笼，他会在脑海里创造出一个属于自己的世界，在那里和自己玩耍，自娱自乐。"

"老师"耸了耸肩："他们要是不能让我融合并获得自由，那就让我去死吧。"

6

1982年3月15日，接替伯克斯担任俄亥俄州中部地区司法医院临床主任一职的约翰·戴维斯（John Davis）医生在医疗记录上补充道：

"我们认为，米利根先生已经能较好地控制他的行为，经历了一段曲折的人生之后，他已拥有自我控制能力，没有再度出现破坏性行为。临床心理学家和精神病医生根据以上提到的心理测试和几次谈话（目的是确认他是否具有危险性）认为，米利根先生已不具有明显的潜在危险。因此，我们向法庭强烈建议，该患者无须留在安全措施最为严格的医院治疗。为了更有效地治疗，建议法庭直接将该患者转至管制较为宽松的民办精神病医院。"

一周后，评估小组向法庭报告，比利能积极地应对被妻子抛弃的事件，就此可以看出他显然已经变得更为坚强，对自己或他人都不再构成威胁。

在听证会上，戴维斯医生告诉弗洛尔法官，他对比利应对被抛弃事件的能力印象深刻。他指出，包括里根在内的所有人格都通过了"手势测试"（检测构成威胁的程度），他建议将比利转到开放性医院。

弗洛尔法官最终下令将比利转往阿森斯精神卫生中心，然而精神卫生局却设法拖延，并声称比利在阿森斯无法受到恰当的管教。弗洛尔法官宣布，如果比利没有及时转院，他将对那些造成拖延的人采取法律行动。

1982年4月11日，《哥伦布市快报》登载了俄亥俄州精神卫生局局长对弗洛尔法官的批评："他（弗洛尔）的话令人无法信服……法官没有处方权，亦无资格评判医生的能力。"

听到局长的批评后，弗洛尔说："我不会改变自己的决定。"

阿森斯市警察局长在听到新闻后表示不希望比利回到他管辖的地区。法官的决定令他不快，因为他认为比利对社区仍然构成威胁。他说会尽量阻止比利离开阿森斯精神卫生中心的范围，不管是否有人陪同。

阿森斯市市长支持警察局长的看法。

然而，俄亥俄州立大学由学生办的报纸《邮报》却在1982年4月12日发表了截然不同的看法：

米利根应获得公平待遇

米利根要回阿森斯市了。我们无法掩饰自己的关切。

但我们关切的不是这个社区的学生和居民，而是米利根……哥伦布市媒体和议员在公众中挑起的反对米利根的声浪，对其多重人格障碍的治疗显然毫无帮助。

我们关切的是米利根的精神疾病能否得到及时和恰当的治疗……大家不应忘记，比利也是人……这个社区需要的是对像米利根这样的人拥有的同情心。

我们并不要求你张开双臂欢迎米利根，而是希望你能够理解他。这是他至少应当得到的。

自被转送到利玛医院（上诉法庭判决为非法转院）至今已有两年半，比利终于能打点行李准备回阿森斯了。

当单耳杰克和一名社工领着戴着手铐的"老师"走向囚车时，他们惊讶地看到在医院的铁丝网后面挤满了病人和看守。那些人挥着手，向比利鼓掌道别。因为这次比利的手被铐在前面，所以他能够挥手向大家道别。他非常开心，因为这令他想起了电影《黑狱风云》中欢送罗伯特·雷德福的场面。与婚礼那天不同的是，这一次他听得见掌声。

243

第二十章
干掉那个浑蛋

1

1982年4月15日比利回到了阿森斯精神卫生中心，警卫把他带到原来住的那个病房，打开了他的手铐。这里到处是笑脸和"欢迎回来"的问候。护士长对他说："现在你回到家了，比利。"

几天后作家来访时，等待他的是"老师"。"很高兴见到的是你。"作家说。两人握手寒暄："好久不见了。"

他们沐浴着春日温暖的阳光在医院治疗区里散步，"老师"望着霍金河对岸深深地吸了一口气："上帝啊，回来真好。"

"你的情况如何？"

"我还是会转换，但没有共存的意识。我能听见他们的声音，但无法和他们交谈。不过，考尔医生能够办到。他说里根坚持认为自己不属于这个开放的民办精神病医院。"

"这很糟糕。"

"老师"点点头："里根控制了光圈两年半，觉得自己坚强、有力，不喜欢这个他曾经想逃离的地方。""老师"回头望了一眼大楼后方，示意我门后有一道紧急安全出口。

"是他砸坏的那扇门？"

作家笑着说："从那以后，他们就堵死了那道门。"

"这儿属于安全的地方，所以里根就失去了控制权，但是要他交出权力非常困难。他宁愿待在监狱般的地方控制大家，""老师"沉默了一会儿，皱起眉头，"每次做决定都很困难，因为他和阿瑟对很多事的看法都不一样。这个星期没有人控制光圈。阿瑟知道，其他心理医生不赞成考尔医生让我定时服用阿米妥钠，精神卫生局也一直干涉我的治疗。在我的体内和体外都存在两派不同的意见。"

"你身体里的其他人格怎么样了？"

"凯文在不停地抱怨，他不希望我服用阿米妥钠，因为我一旦融合，他就无法如愿以偿。如果我不服这种药，就不能制止他。阿瑟虽然已经把他从'不受欢迎的人'的名单中删除，但他仍然是麻烦制造者。如果共存意识不强，连里根都很难控制他。凯文总是在那儿折腾，吵着要自由。他说：'要是我想从这扇该死的窗户跳下去，那我一定会跳。'过去的两年里他变得非常强硬。那时我巴不得离开光圈，因为我厌倦了，而凯文很喜欢待在光圈下。但要让他安静下来实在太难了。在俄亥俄州中部地区司法医院时，有一次凯文趁着伯克斯医生给汤姆注射阿米妥钠时跑到光圈下，嘟囔着：'你这个浑蛋！'把伯克斯吓了一跳。"

"他为什么要这样？"

"被一个女人夺走了权力让他很恼火，而且……"

"老师"停下来，眉头紧皱，似乎很诧异自己会说出这样的话，然后耸耸肩继续走下去。

"……菲利普是个冷漠无情的恶棍。他不会骂你,也懒得和你说话。他对什么都不在乎。"

"你认为那些'不受欢迎的人'会在阿森斯市惹事吗?"

"里根认为,既然考尔医生让我们服用阿米妥钠遭到大家反对,那我们就不该待在这个开放性医院里。"

"但是你说过,伯克斯用阿米妥钠控制住了那些'不受欢迎的人'!"

"她的确控制住了光圈,能够决定由谁出来以及待多久,但考尔医生就不行,所以才说他做错了。他必须说服阿瑟和里根共同维持秩序,因为我没办法赶走凯文和菲利普。"

他们又默默地走了一会儿才回到房间。

"我后天再来看你,你在吗?"

"很难说,""老师"道,"事情太多了。我会留张纸条,万一我不在,会有人出来等你。"

作家想鼓励他下次见面时再出来,但当他们走进大门时,作家看到了比利眼中出现的微妙变化和抖动的嘴唇,便知道"老师"已经走了。

"星期二见。"他说道。

几天后,考尔医生告诉作家,汤姆变得连他都不敢确定那是不是同一个人格。汤姆现在更像是出来承受痛苦的内向的丹尼。

亚伦后来谈起汤姆为什么出现了变化。他伤心地说,那是因为汤姆的惨痛经历。理查德死后,他被拖到外面绑在电击车上施电刑。从此,汤姆就变成了另一个人。失去记忆和无法做出决断,令他觉得自己很愚蠢、很丢人。

过了不久,考尔医生又告诉作家,汤姆和亚伦发生了激烈的争执。据护士说,亚伦画了一幅人像,但几个小时后,汤姆跑到房间外拿起画笔在亚伦的画上乱涂一气。

亚伦说,如果汤姆再不住手,他就去破坏汤姆的风景画。

"我无法让汤姆告诉我为什么要这样做,"考尔向作家抱怨道,"也许他能听你的。"

作家答应试着解决他们之间的问题,经过几天的争辩并说尽好话后,汤姆终于平息了怒火。

"我被电击的事,亚伦无权告诉你。"

"亚伦知道你很痛苦,总得有人出来帮你啊!"

"那是我自己的问题。我准备好了,自然会告诉你!"

汤姆对作家描述了他被电击的经过,并同意不再和亚伦作对。

在接下来的几个月里,"老师"在考尔医生的帮助下,经过痛苦的努力再次达到了稳定的融合状态。

1982年10月中旬,基于考尔医生的治疗进度报告,弗洛尔法官修改了他的命令,准许比利和几名患者一起到镇上参加院外教学,但是否决了比利"不要人陪同"的要求。

比利现在变得很烦躁,因为他的治疗已经变成了政治。三年前有勇气做出"因精神异常而获判无罪"决定的法官,如今却屈服于州议员和媒体的压力之下,令他深感失望。

直至1983年4月,弗洛尔法官才同意比利参加一日游活动,但必须在一名医疗小组成员或能承担"责任"的人的陪同之下。

比利不明白,为什么要把自己和其他精神病患者(包括那些杀人犯)区别对待。只要心理医生说他们对本人及他人已不再构成威胁,那些人便可以获准离开。

比利说自1979年10月被捕后,他就没有在马路上违章穿行过,而且他还是一个模范病人,承受了很少有人能忍受的虐待。让人"陪同"已经很过分了,何况还要列出"获准"名单,这令他十分恼火。

名单上有作家和几名医院工作人员,包括一位叫作莫里森(Cindy Morrison)的年轻护士。她几乎每天都被派来陪比利。和大多数工作人员一样,她认为这样对待比利不公平,因而一有机会就替他辩护。

医疗小组灵活地执行了弗洛尔法官的命令,将"日间外出"时间规定为早7点至天黑,但实际上是到晚10点"熄灯"为止。比利在外面租了房子,这样他就可以在那里整天画画,并为将来获准离开医院"外宿"做好准备。

不幸的是,马路对面住着阿森斯市治安官罗伯特·艾伦(Robert Allen)的儿子。

2

1983年7月21日,特工霍华德·威尔逊(Howard Wilson)接到哥伦布市假释局局长的命令,开始秘密调查比利日间在人陪同之下进出医院的情况。

罗伯特通知霍华德,比利每天都会乘一辆黑顶棚的黄色达特桑汽车往来于医院和租住房之间,登记的车主是莫里森。莫里森身高约1.65米,中等身材,留着齐肩的乌黑长发。自上个月底起,比利白天都待在那个房间里画画。

治安官建议将他叔叔在那儿附近的房子作为秘密监控点。

霍华德穿上一条肮脏的牛仔裤、一件紧绷在肚皮上的破背心，戴上一顶农夫帽，开车前往。车停好后，他穿过西边的树林走到比利的住处，但从那里看不到房间和院子里的情况，只好又绕到东边去。

突然传来狗叫的声音，比利冲出房间放出狗，大叫道："抓住他，凯撒！把那个浑蛋找出来！杀了他，塔沙！"

为了躲避那几条狗，霍华德躲进树林里盯着那栋房子直至天黑。门廊的灯点亮时，他看到比利和一名黑发女子开着黄色达特桑离开了。

霍华德第二天早上7点26分回来时，门廊的灯还亮着，但车已经不在了。7点49分达特桑开回来了，霍华德拍下了比利和那个黑发女子驾车驶过的照片。

当天下午，罗伯特让霍华德扮成土拨鼠猎人的模样，并给了他一把5.56毫米口径的来复枪。

霍华德在报告中写道："……我走到房子附近，看到比利正在院子里割草。我走进院子和他打了招呼，说明我正在抓土拨鼠，并不想打扰他。这个假释犯说欢迎我到他那儿捕猎，帮助他除掉土拨鼠。我在旁边做准备时，他在院子里继续工作。"

后来，霍华德询问了比利的邻居，他们都说经常看见比利在田里作画，通常由那个黑发女子陪同。

7月22日晚8点霍华德完成了调查。他向当地假释局办公室汇报时，治安官罗伯特打来了电话，说他看到比利和那个名叫莫里森的黑发女子正在市中心的法院路上行走，他已拍照存证。

莫里森告诉比利，被监视和恐吓令她十分害怕。"你真认为有人要杀你吗？"

"毫无疑问,有人想雇人杀我。他们希望我死或者被终身监禁。"
"我很害怕,比利。我想我最好还是别来了,我们不要再见面了。"
"你说得对。我会想念你,但我不希望你生活在恐惧之中。"

9月20日,《邮报》报道说治安官罗伯特承认曾派人监视比利。"是我要求假释局介入调查的,"他告诉记者,"我是最初的联系人。"与此同时,另一位记者指出,根据法院的有关规定,只要医疗小组批准,比利白天有权在莫里森的陪同下离开医院。但罗伯特辩称:"如果他已经痊愈,就应该回到监狱去。"

治安官的立场显然与那些搞不清楚比利与假释局之间关系的人一样。1979年,比利在侵犯三名女性的案件中,"因精神异常而获判无罪",因而根据俄亥俄州的现行法律,他不会因那些罪行被送进监狱。他只能待在形同监狱、安全措施最为严格的精神病医院中,直至精神卫生局确认他对自己和他人均不再构成威胁。就这点而言,多数精神患者都有可能被释放,而这也正是比利一直期盼的结果。

比利和他的律师都认为,既然假释局允许那些更为凶残、冷酷的囚犯和惯犯假释,那么也一定会让比利继续假释。

比利反复指出,接受治疗以来他从未违犯过法律,甚至没有违规穿行过马路。他认为在精神卫生局允许他出院和被法院释放后,自己可以继续假释在外,在监控下享受几年的自由直至禁令被解除。

他深为不时听到的传言而感到忧虑。据说成人假释局局长休梅克出于个人原因,一直想以"违反假释规定"为由将他送回监狱,让他继续服完剩下的2—15年徒刑。一旦精神卫生局宣布比利对自己和他人不再构成威胁,休梅克便会立即采取行动。

律师戈尔兹伯里查证后确信这些传言并无根据，比利才因此努力不去想这些事。

在接下来的听证会结束后，弗洛尔法官不顾治安官罗伯特的一再反对，最终批准了比利的"试验性外宿"计划。1984年2月3日，《哥伦布市公民报》头版头条刊登了大幅报道：

无须陪同外出　米利根获得更大自由

记者哈利·弗兰肯（Harry Franken）引述了比利站在证人席上说的话："我的生活发生了相当大的改变。我明白了什么是对的，什么是错误的，而且对此也十分在意。我曾遭人强奸，因此学会了恨。我的行为不是针对女性，而是针对所有的人。我过去以为这个世界本该如此，以为人都会伤害别人……我不在乎自己的生死。"

在其后的一年里，比利与治安官罗伯特之间的对峙日益激烈，直至罗伯特最终拘捕了他。但比利发誓他并未犯下该罪行。有关事件的详细报告递交到了假释局：

成人假释局报告

1984年11月22日，俄亥俄州阿森斯市居民乔治·米斯纳（George Misner）先生的谷仓被人射进了一颗猎枪子弹。子弹穿过谷仓射入停在谷仓内的拖车，又穿过冰柜从拖车的另一侧飞出，卡在了谷仓的另一端。总计损失超过1 600美元……一个名叫布鲁斯·拉塞尔（Bruce Russell）的男子向阿森斯市治安官办公室承认应为猎枪事件负责……他声称开车的人是个假释犯……拉塞尔还向阿森斯精神卫生中心的戴夫·马拉维斯塔（Dave Malawista）先生透露，事发当时，假释犯（米利根）和他在一起，而且知道他的意图。但值得注意的是，最近拉塞尔又向阿森斯市检察官办公室表示，"不能确定"假释犯是否清楚他（拉塞尔）的意图。

此外……助理检察官托伊说……可能就该假释犯涉嫌威胁杀害阿森斯市治安官及其家人的行为提起公诉。需要说明的是，威胁指控是由治安官罗伯特提出的。

开枪射击的前阿森斯精神卫生中心员工拉塞尔被控蓄意破坏罪。拉塞尔反复推翻口供，在接受罗伯特的审讯后，他告诉检察官，他之所以一再改变说法是因为受到了比利的威胁。

一个月后，在圣诞节前五天，比利正在监督一家伐木公司为他砍树制作木材，罗伯特开着巡逻车、带着拘捕令将他拘捕。

由于已在口供上签字的拉塞尔改口说比利"不知道他要干什么"，所以蓄意破坏的罪名又改为"合伙蓄意破坏罪"。

陪审团拒绝根据现有证据起诉比利，并撤销了所有指控。但治安官罗伯特仍然坚持指控，并说已找到证人，能够证明当时驾车的人就是比利。鉴于助理检察官托伊和沃伦在首次听证会时拿不出任何证据，代理法官再次驳回了这些控告。

检察官声称将向另一个陪审团提交证据，以相同罪名起诉比利。

比利明白，检察官也和治安官一样铁了心要拘捕自己，无论要花费纳税人多少钱。他开始觉得自己的融合状况越来越差。他极力想让"老师"继续控制，但恐惧和压力使他变了很多，危及到他的融合。

这些情况他没有向任何人透露，包括考尔医生在内。

令比利欣慰的是，施韦卡特从哥伦布市开车过来担任戈尔兹伯里的合作律师。

戈尔兹伯里向法庭明确表示，拘捕行动会影响假释局对其当事人的态度。如果比利以该项罪名被起诉，假释局将以违反假释条例为由将他监禁。"提出指控必须在法庭上出示证据。他们毫无证据，却在我当事人的心里留下了挥之不去的阴影。我们希望帮他消除阴影。"

施韦卡特还指出，检察官是在滥用司法程序。"他们拘捕比利时声称掌握了证据，"这个身材高大、留着胡子的辩护律师说，"但到了法庭却什么也拿不出来。等着看他们下次又有什么说法吧。"

开枪的拉塞尔承认犯了蓄意破坏罪，于是在没有被要求交付保释金的情况下获释了。

3

由于指控不成立，弗洛尔法官命令根据法院判决继续执行比利的治疗计划。在哥伦布市的听证会上，弗洛尔法官放宽了"试验性外宿"的有关规定：比利每周至少应回阿森斯精神卫生中心接受一次连续治疗，如果想离开阿森斯市，则必须知会阿森斯精神卫生中心。

几位女权组织成员在法庭上愤怒地大声抗议，其中一位跳起来大叫道："我要求对俄亥俄州的全体女性发出警告，有个臭名昭著的强奸犯就要被放出去了！"

在法院外，另一名妇女试图攻击比利，但被她的朋友阻止了。

比利对那名妇女说，他很理解她们的感受。他知道这是出于愤恨，因为他也曾多次遭到继父的强奸。"我并非像媒体描述的那样是个禽兽，如果你们到阿森斯来看我，就会知道我究竟是什么样的人。"

"祝你一切顺利，"另一名妇女说，"不过你必须明白，一提到你的名字，成千上万的女性就会忧心忡忡。"

三周后，比利搬到他买下来的一个农场，离开了在罗伯特治安官家附近租住的房子。在卖画之外，他开始养牛补贴收入。

过了不久，西尔维娅·蔡斯（Sylvia Chase）到阿森斯采访比利，她的电视团队还拍摄了比利与狗玩耍、进城、喂牛和作画的情形。大多数市民似乎都很愿意再给他们这位鼎鼎大名的市民一次机会。

但治安官罗伯特仍然毫不掩饰他的敌意。

《波士顿凤凰报》的一位记者后来引述了罗伯特的话：

"如果那个浑蛋当初为他在哥伦布市犯下的强奸罪到监狱服刑，他早就可以走到街上，像你我一样做个普通市民了。

"要是他一开始就滚进监狱，根本用不着在那些该死的精神病院住那么长时间。不过这不重要。重要的是，因为犯下强奸罪，他还欠这个社会几年徒刑。"

"有人建议，"罗伯特大笑着说，"最好的解决办法就是一枪崩了那个浑蛋，然后把他扔到梅格斯的露天矿场里，我就是没那么干罢了。"

两周后，比利通知他的律师，罗伯特于凌晨1点带着助手来到他家，再次以猎枪案共谋犯的罪名拘捕了他。

比利在提审时坚称自己"无罪"，但交不出高达70 000美元的保释金，于是罗伯特把他关到了阿森斯市监狱里。

比利在那里被打得头破血流。

两天之后，与比利关在一起的犯人萨博和麦考密克给《哥伦布市公民报》写了一封信。于是该报在1985年3月8日登载了他们的故事以及治安官的否认声明：

治安官对"雇人杀害"比利的指控一笑置之

兰迪·林伯德（Randy Limbird）报道

来自阿森斯市的消息称，两名囚犯指控治安官罗伯特要求他们杀害比利，并让他死得"像是自杀"。罗伯特昨天表示，正在调查该项指控。

罗伯特说，"我会调查"，并暗示他将考虑控告这俩囚犯或比利。

前一天在监狱接受询问时，麦考密克说罗伯特在2月25日还曾与另一名囚犯迈克尔·戴伊（Michael Day）交涉过。

萨博说罗伯特在2月25日"搜查号子"时曾与他交谈过，当时他们让监狱里的囚犯都离开房间接受检查。"他想花钱雇我杀害比利，让他死得像是自杀。事成之后我能得到一大笔钱。"萨博写道。

麦考密克则写道："他（罗伯特）问我能不能协助吊死比利，然后做成他上吊自杀的假象。他让我别担心会被指控。"

……接近比利的人士透露，他现在情绪非常沮丧，当前对他的指控及被监禁的状况，可能导致他再度精神分裂。

治安官罗伯特向《阿森斯新闻》指出，调查这个案件与对自己的指控并不存在利益冲突,"有人比我更适合进行调查吗?"他问道。

其后他又向媒体宣布,对于他试图杀害比利的指控毫无根据。阿森斯警察局局长克莱德·比斯利（Clyde Beasley）在治安官的要求下也对该项指控进行了调查。他说提出指控的一名囚犯在事后承认撒了谎,并说这都是比利为了败坏罗伯特的名誉而编造出来的。

施韦卡特和俄亥俄州公共辩护律师兰德尔·达纳（Randall Dana）认为比利的处境危险,于是请求法院将比利从阿森斯市监狱转回俄亥俄州中部地区司法医院（已更名为"莫里茨司法中心医院"）接受心理评估。但是,1985年4月9日,马丁法官下令将比利转送俄亥俄州东北部的马西隆州立医院,在那里接受拘留观察,直至两个月后举行听证会为止。

同时,那个对前雇主家的谷仓开枪的拉塞尔,在30天后获释。

1985年6月17日,经过几次转院和一系列的检查之后,戴着手铐的汤姆被从马西隆州立医院送回了莫里茨司法中心医院。当他们将他从内部通道带往接待区时,汤姆看到了一个熟悉的身影,让他整个人凉了大半截。

"那个人是谁？"他向路过的护士询问。

"俄亥俄州中部精神病医院的新临床主任,莫里茨中心隶属于那家医院。"

"他很像一个人……"

"他是林德纳医生,最近刚从州立利玛医院调过来。"

"利玛"和"林德纳"这两个名字在他的脑海中盘旋,勾起了他对那个地狱最深刻的回忆。

第二十一章
独立纪念日

1

九天后，仔细查阅比利的病历和心理评估报告后，马丁法官下令将他从安全设施最严格的莫里茨司法中心医院转到俄亥俄州中部精神病院的开放病房。在那里，比利可在签名后自由进出治疗区和院区。

在州政府公共辩护律师达纳（施韦卡特的好友）的建议下，马丁法官委派灰头发、蓝眼睛的卡洛琳医生担任比利的主治医生。她就是那位在1977年与心理专家特纳一起向法庭说明比利受到多重人格障碍折磨的心理医生。

"如今，在将近九年之后，"卡洛琳用浓重的爱沙尼亚口音抱怨道，"我仍然觉得自己在逆境中挣扎。我在俄亥俄州中部精神病院的同事一直嘲笑我的判断。他们说我太软弱、愚蠢，因此才上了那个骗子的当。比利还没到俄亥俄州中部精神病院，他的大名早就传开了，每个人都对他有先入为主的看法，都觉得自己比我或者比利本人更加了解比利。从医院基层员工到高级主管，所有人都对比利有自己的看法，认为他是一个罪犯、酒鬼和吸毒者，所以我必须按照他们的想法去治疗他。"

尽管面临众多压力，卡洛琳还是每周去查看比利两次，但她感到难以面对医院员工持续的敌意。

"没有人支持我，"她说，"针对我和比利的攻击越来越多。我必须反复向他们解释我给比利开了什么药，为什么开这些药，又会产生什么效果……我在这个著名的医疗小组里学历最高，但他们有林德纳医生做靠山，一直在反对我的做法。我常说我会尽力而为，但那并非为了我自己，而是为了比利。"

医院里的人大多不相信比利会转换人格，也不相信他是因为人格分裂而导致行为不一。比利走出病房，但在院子里玩耍的却是另一个比利，而等到回来时又换了一个人。所以他们用剥夺权利来惩罚他。

他们完全不相信什么多重人格障碍。

卡洛琳与其他人的意见出现分歧时，林德纳医生往往告诉她，必须按照医疗小组的决定行事。

卡洛琳还记得在听证会上，自己曾和考尔医生、心理专家特纳及哈丁医生一起做证比利患有多重人格障碍。当时站在证人席上的比利正在不断地转换人格，所有认识他的人都清楚他究竟出现了什么状况。但林德纳医生却说比利患的是"变态性精神分裂症"。卡洛琳说她从未听说过这种症状，也许林德纳是把什么旧说法拿来用到了这里。那只是他个人的看法，但他却利用权力坚持己见。

卡洛琳医生正面临一场持续的斗争，除了比利的治疗，还包括权力争夺。她这时才明白事情并非仅仅是为比利治疗那么简单，因为只要你认为他患的是多重人格障碍，那就招惹了麻烦。

比利得知卡洛琳像考尔医生和伯克斯一样遭到攻击时，情绪变得非常低落，状况也开始恶化。

与此同时，成人假释局局长休梅克认为，尽管比利因"精神异常而获判无罪"，但他已经违反了假释条例，因为10年前他从利巴农管教所假释出来后，曾被发现在公寓里有一把枪。

休梅克认为，因为假释局"无法拘捕"，所以比利在安全设施最严格的精神病医院里待的8年不应算入刑期。

休梅克决定，法院对痊愈的比利解除控管后，便立即拘捕他，让他在监狱里继续服剩下的13年徒刑。法庭判决"公路休息站抢劫案"时，律师因不了解当事人（20岁）精神异常的情况，才为了向法官求情而叫他认罪。

尽管根据法规，非自愿性滞留精神病院的时间可计入最高刑期，但休梅克仍然坚持他的决定。"我认为俄亥俄州的这个法规非常糟糕，"他说，"我打算用比利的案例来质疑并推翻该法规。"

富兰克林郡的公共辩护律师库拉不相信这是休梅克做出上述决定的真实原因，因为像比利这个具有高知名度的案子，并不适于用来挑战法规。

"我认为这不合乎情理，"他说，"也把我的意见告诉休梅克了。他有他的看法，不过用比利这个独一无二的案例来质疑法规实在毫无道理。他们完全可以找到很多其他的案例。比利的案子非常特别，并非惯例，根本无法为其他案子提供借鉴。这是最根本的问题。"

库拉后来又进一步阐述了对这个问题的看法。"另一个更好，"他说，"也更合理的解释是，因为比利已臭名远扬，所以他变成了休梅克和一些权威人士眼中的一个象征。比利挑战了制度，所以他们要惩罚他。比利也是一个可以用来实现政治目标的人物，就像伊拉克总统萨达姆·侯赛因一样。于政客而言，他是一个最容易攻击的目标，对媒体也一样。仅仅这一点就足以解释，为什么媒体和政府官员都喜欢通过攻击比利来获取利益。因为这样做能引起公众的兴趣，能帮他们获得选票、增加报纸的发行量。事实就是如此。"

库拉用拳头击了一下手掌："比利是在与许多强势的敌人抗争。一个有精神疾病且拥有多重人格的人会遇到很多问题，其中一个就是比较多疑。"他笑着说："不过，如果他们真的在追着打你，就算不上多疑了。比利显然就是他们的目标。"

得知马丁法官将比利转往开放病房由卡洛琳医生治疗的决定后，休梅克给俄亥俄州中部精神病医院主管寄了一张新的拘捕令。时间是1985年6月27日，其中部分内容为：

> 我们授权并要求你拘捕、扣押威廉·斯坦利·米利根，将其拘留在适当的机构内，等候假释局的进一步行动。以上为合法拘捕令。
> 由于违反了假释条例，该假释犯不得保释。

俄亥俄州中部精神病院的主管哈钦森－柏丁（K.Huchinson-Bardine）以主治医生和艺术疗法医生的身份与比利谈了话。她在1985年7月1日的记录中写道：他遵守病房规则，因而逐渐增加了他走出病房去慢跑、吃饭以及和他人一起散步的时间。

于是马丁法官同意让比利在几个监护人的陪同下离开医院治疗区。监护人中的贝基（Becky）是俄亥俄州立大学的一位女研究生，比利在阿森斯"试验性外宿"期间曾与她见过面，现在则由贝基定期到哥伦布市探望比利。

监护人中还有社工格洛丽亚·查斯特罗（Gloria Zastrow）。格洛丽亚和贝基详谈过，她觉得贝基很成熟、真诚。贝基刚获得心理学学士学位，打算找一份与儿童相关的工作，并希望从事运动心理学研究。

1985年7月10日，格洛丽亚在治疗进度报告中写道："比利在失落时间，不记得发生在自己身上的事。健忘的情况令他很担忧，需要别人提醒和安排他的活动……"

卡洛琳医生向考尔医生询问他在阿森斯使用阿米妥钠治疗比利的效果。尽管医学界反对使用这种容易让人成瘾的药，但考尔医生认为阿米妥钠对比利产生的影响有异于他人。这种镇静剂能让比利的人格暂时融合。

卡洛琳发现比利的病情在恶化，因而在考尔医生的保证和支持下，她决定重新使用阿米妥钠。

"那是我第二次惊讶得目瞪口呆，"她说，"突然间，比利就完整地融合了，完全变成了另一个人。当然，这种情况只在产生药效时才会出现，大约能持续六个小时。比利每天应服三次，但他不是每次都吃药。我猜想他是在哄骗我。不过这种药确实有效。"

1985年8月29日，卡洛琳在治疗进度报告中写道："开始服用阿米妥钠后，比利变得更加放松。说话不再急躁，也不再短暂丧失记忆。他的记忆力在持续增强。病人声称他再也不会处于分裂状态了。（他说）'分裂状态……我早就习以为常了，听之任之。但现在……我必须像这样面对生活。'"

比利曾向卡洛琳描述过，在"混乱时期"，他的脑海里会突然出现一道闪光,在短短几秒钟时间内,他的记忆就像胶片一样裂成了碎片,很难再拼凑在一起。"就好像我正在开车,突然间,"他掰着手指说,"没有了声响,一切都停顿了,而我却已冲到了几千码[1]之外。我仍然开着车,但失去了对意识的控制……就如同快速播放的电影剪辑一样。我觉得被人猛地推了一把。那种感觉就像是你正在听一首歌曲,但突然间就没了声响。"

1985年9月15日,阿森斯市电视台播放了一部由当地录制的描述比利生活的纪录片,时间长达两个小时。纪录片中有一段对贝基的采访,她指控阿森斯市检察官办公室工作人员对她进行性骚扰。她说,当时她在一家酒吧当调酒师,那几个人说只要是她同意和他们一起出去,就撤销对比利的指控。

于是,检察官的律师致函电视台,要求删除那一段内容,不再播放。为避免被控诽谤罪,制片人被迫剪去了有争议性的部分:"我会重新编辑,用黑影遮住剪去的部分,这样大家就明白我们的片子是经过审查的。"

10月18日,马丁法官同意比利到医院外从事兼职工作,因为俄亥俄州公共辩护律师达纳表示愿意陪同、监督比利工作,每天中午送他回医院吃药。

达纳让比利到公共辩护律师办公室工作,支付最低工资。

1985年11月初,律师事务所的一个调查员收到了一盒装在信

---

[1] 1码约合0.91米。

封里的录音带，里面是比利和施韦卡特的对话录音（施韦卡特曾在"谷仓枪击案"中协助达纳）。这是比利被治安官罗伯特拘捕后，在阿森斯市监狱里被人秘密录制的。

达纳立即提出撤销有关"谷仓枪击案"的所有指控，因为该录音行为已经侵犯了宪法赋予比利的权利。

在11月19日于阿森斯市举行的听证会上，经过施韦卡特的详细盘问，治安官罗伯特依然否认听说过录音的事。

"没有录音，"罗伯特说，"也从来没有听说过。这根本不可能。"

然而，职员巴特利特（Bartlett）却在法庭上做证说，是治安官罗伯特告诉他把录音机放在那里并命令他录音的，罗伯特还说"不要让人发现你在录音……"于是巴特利特把录音机藏在口袋里，在替比利拨通电话后，在离比利大约两英尺远的地方站了20多分钟，录下了比利和施韦卡特的谈话。

12月3日，托马斯·霍德森（Thomas Hodson）法官判决撤销与"谷仓枪击案"相关的所有指控，并指出当事人与律师对话被录音的情况在过去从未发生过，因而"在俄亥俄州没有先例可循"。

霍德森在这个划时代的判决中说："保护被告与律师的对话权和隐私权，是由来已久的历史传统。它是我们司法体系的支柱，是维护体系开放的最基本的制衡手段。在本案中，这项权利却遭到俄亥俄州政府的破坏……俄亥俄州政府对宪法所造成的损害是无法弥补的。"

阿森斯市检察官沃伦（Warren）和不发一言的治安官罗伯特一起走出法院，他告诉记者，他的办公室将就该项判决提出上诉。

比利认为富兰克林郡法院一定会让他恢复"试验性外宿"，然而令他大失所望的是，法院裁决他留在俄亥俄州中部精神病院，继续接受由林德纳医生负责监督的治疗。

施韦卡特非常愤怒。这个判决令他想起了1979年上诉法庭裁决比利从阿森斯精神卫生中心转往利玛医院"严重违法"后，却没有采取任何补救措施的事。现在，在六年之后，又发生了同样的情况。比利的宪法权利遭到侵犯，法庭却不采取任何补救措施。口头上说要公正，但仍然决定再将比利监禁两年并接受林德纳医生的治疗。

达纳询问法庭，比利在什么情况下才能获准离开医院。法官和医疗小组都表示，比利必须找到并成功地保住一份工作才有可能。于是，达纳尝试帮比利在私营部门找一份工作，但没有成功。于是他决定再次雇用比利，与比利签订了一份为期两个月的个人服务合同。比利将在公共辩护律师办公室做临时办事员，每天早上会有人到俄亥俄州中部精神病院去接比利。

卡洛琳医生不希望比利中断服药，或是因为中午必须赶回医院而耽误了吃药时间。因此她准许比利把药带在身上，中午自行服药。比利将接受定期观察，并进行验血和尿检。

比利服用阿米妥钠后融合状态持续稳定，卡洛琳对此感到很乐观并写进了治疗进度报告。

2

达纳对比利很感兴趣，也很关心这个年轻精神病患者的经历，虽然觉得难过，但还是被迫终止了比利的工作，因为比利与公共辩护律师办公室签的60天个人服务合同即将到期。

施韦卡特告诉比利，达纳虽然曾经是一名检察官，但现在却是个很好的辩护律师。"你要听他的话。他必须遵守法律，但他是站在你这边的。"

因而，现在比利会专心倾听达纳说的话。有一天达纳在开车回医院的途中对比利说："比利，如果你自由了，就一直往西走，直到连续找到三个从来没有听说过米利根这个名字的城市为止。然后，你把胡子剃了，再把姓名改了，就可以开始一个全新的生活。"

比利知道获得一个新身份要花很长时间且必须仔细筹划，所以决定现在就开始计划。

他做的第一件事就是买了几份小镇的报纸。他查看了报上的讣告栏，找到一个年纪与自己相仿而且是最近才过世的人，然后打电话到讣告栏上注明的殡仪馆去。

"这里是忠诚生活互助会，"他说，"我们想向您确认一下克里斯托弗·尤金·卡尔（Christopher Eugene Carr）的死亡证明，以便支付救济金。我们不想在卡尔家服丧期间打扰他们。"

他知道姓名、社会保险号、出生日期和直系亲属信息都是公开的，因而通过电话就搞到了需要的信息。

然后，比利给社会保险局写了一封信，声称丢失了保险卡，要求补发。他把从殡仪馆获得的信息填到表格里。收到补发的新卡后，他又去俄亥俄州车辆管理所办了一个署名"克里斯托弗·尤金·卡尔"的新证件。

他现在已经做好了准备，一旦获释，就会按照达纳说的去做。获释后，他不能出了法庭就在那儿傻等着。他要像达纳说的那样一直向西走，到山里去。

1986年2月13日，卡洛琳医生在治疗进度报告中写道："自我担任患者的主治医生以来，他一直都很配合，能按照我的要求去做。感到自己的尊严受到威胁时，他会对工作人员产生戒心。因此，我认为没有理由让他继续住院。他能明辨事理，知道自己需要服药，在完全融合之前必须继续接受治疗。他也知道，今后如果犯了罪、做了违法的事，就必须为自己的行为负责，如果罪名成立，就得坐牢。"

她接着提出建议，在监控之下允许比利夜间外出。

马丁法官终于同意，只要比利找到一份全职工作，便可在夜间外出。但医疗小组对此一直存在争议且故意拖延执行，于是卡洛琳抗议道：

"……我认为患者不应受到治疗计划的限制，因为该计划只适用于反复发作的慢性病患者，主要是精神分裂症患者。而这名患者的情况在持续好转……已不适于执行这个计划，强迫实行只能导致负面效果。"

虽然达纳认为精神卫生局这样做是出于好意——这样假释局就无法拘捕比利，但他指出把比利留在精神病院与关在监狱里并无不同。他要求精神卫生局放松监控，让比利走出医院接受职业教育，这样才能让他早日出院。

尽管报纸和检察官再三抗议，1986年3月21日，在马丁法官的裁决被拖延数周后，医疗小组最后终于同意比利在找到工作并接受监控的情况下离开医院。

达纳重新聘任比利为兼职员工。

医疗小组还同意比利去他妹夫在俄亥俄州兰开斯特的建筑工地干活，但要求他妹夫每天晚上10点前送他返回医院。不过，如果工作人员发现比利不是由妹夫接送，而是自己开着继父的红色马自达小卡车上下班,就会拒绝让他把车停在医院里。

3

医疗小组不知道,比利其实已经不仅在为公共辩护律师从事跑腿的工作。最初的情况确实如此,他每小时的工资为六美元,替大家寄信、停车。但是他不断地向达纳要求从事调查员的工作。

"我相信你现在的融合状况很好,比利,也知道你喜欢和那些调查员一起工作,但你得想想这样做会引起什么问题。"

"我真的想当调查员,达纳,给我个机会,让我帮忙做点儿事。"

"你知道做调查员必须出庭做证吗?如果你站在证人席上,你能想象那些检察官会如何对待你吗?"

达纳在不断搪塞,但是比利非常喜欢待在办公室里,花费越来越多的时间协助那些调查员,而他们大多数也喜欢比利跟在身边帮忙。最后,达纳决定发挥比利的绘画才能,让他协助调查员绘制犯罪现场的图片。

达纳后来才知道,比利向别人吹嘘说自己受委派和一名调查员一起调查"拉特勒谋杀案"。

威廉·拉特勒(William Rattler)在涉嫌杀害一名警察后逃亡,但有关逃亡路线的证据存在很多矛盾。于是,比利说服一名法律见习生(前空军飞行员)去租一架飞机,然后从空中把拉特勒的逃亡路线拍下来。命案发生在70与71号公路的交叉口,拉特勒就是从那里开始逃亡,在几个城市间流窜。

比利想从空中拍摄逃亡路线，于是借了一部公务用摄像机。他和飞行员在机场碰头后，两个人就驾机沿着高速公路飞到哥伦布市中心，拍下了线路图。

达纳知道后勃然大怒："比利，你这个浑蛋！你要干什么？你不能出去干那种事！"

达纳意识到比利越来越难以控制，他怀疑比利已经停止吃药，或者他的治疗出了问题。

一天下午，一名调查员让比利去找一个眼线。比利借了一部对讲机和一台摄像机，然后把东西放在自己常开的公务车的后备箱里，动身前往那个眼线最后出现的地方。

他边开车边听着收音机里播放的艾尔顿·约翰（Elton John）唱的《窗帘》，当歌声开始像通信信号不良似的忽隐忽现时，他知道自己的大脑里又开始闪光了。正在他努力摆脱时，突然发现车子不是在270号公路上向北行驶，而是在70号州际公路上往西开。他完全不记得自己是怎么离开哥伦布市那条支路的。

比利把车停到路边，伸手到仪表盘前的储物箱里去找放在那里的两颗阿米妥钠胶囊。他拿出了一个小纸袋，但里面是空的。

闪光越来越快，就像放旧电影一样。他不知道在间断的时间里发生过什么事，但肯定不可能是空白的。一定是有人占据了光圈。他希望这个人吃了阿米妥钠，不管他是谁。但他感到越来越不舒服，立刻想到一定是有人把药扔了！

亚伦看到一辆州公路警察的巡逻车停到了他的车旁。警察走近时，他开始冒汗。亚伦知道一旦出现这种情况，在大脑飞快运转的同时，动作会缓慢下来，说话也会变得结结巴巴。他不想让那个警察认为自己喝醉了。他希望贴在车上的政府执照能帮上忙。

"你遇到麻烦了？"

"没事，"亚伦的语速很慢，"我该吃……吃药了，但窗户开着，风把药吹跑了。我看看能不能找到。"

"你是哪个部门的？"警察看着执照问。

"公共辩护律师达纳办公室的。"

"在调查'拉特勒谋杀案'？"

亚伦点点头，但愿自己没有流太多的汗。

"我应该阻止你上路，不让你去拯救那个杀害警察的坏蛋。"

"拜托，我不过是个跑腿的！"

谢天谢地，他还能控制说话。如果不吃阿米妥钠，情况会越来越糟，但目前他尚可勉强控制自己。

"你为什么不下来找找？"警察说，"我来指挥来往的车辆。"

比利跑回公路假装寻找药片，汗水从脸上流淌下来。他知道不可能找到。那个强迫比利离开光圈的人，一定是把药片全扔了。这个人不希望比利融合，不希望比利获得自由。

是"不受欢迎的人"中的一个，还是里根？

"该死的！"他呵斥道，"不管你是谁，别来打扰比利！"

他回到车上告诉警察没事了，但得打电话告诉老板自己要去拿药，所以还得停一会儿。警察点点头离开了。

亚伦知道，这下他在医院可要遇到大麻烦了。不服药，比利就无法工作,而这份工作对他来说比什么都重要,事关他能否自由。亚伦想好如何解释药是怎么弄丢的,等他服了药,会在那里待25分钟等药效发作。然后等思维速度放缓,大脑不再出现闪光后,他就可以再上路了。

他开到一家快餐店,打电话到医院找亚卡米(Yahkami)医生。他担心说出真相,他们就会把自己扣在病房里,直至卡洛琳医生再来做检查。这是他最不希望发生的情况,特别是在目前一切都进展顺利的时候。

"亚卡米医生,"他说,"我碰到点儿小麻烦。"

治疗进度报告

1986年6月18日,下午3点20分
亚卡米医生

比利今天从"雷克斯餐厅"给我打电话,说他在开车途中把药弄丢了。他说他的朋友把他放在储物箱里的药瓶拿出来,结果被他不小心"撞"到地上了。他想再领点药。我让他给护士打电话,然后回病房再领一瓶药。他在电话里不断重复一句话,声音听起来焦虑不安。

比利大约下午3点10分回到病房,看起来很焦虑,衣冠不整……我让他到会议室去。他戴着太阳镜,摘眼镜时手把握不住,掉到地上两次。他带着一部对讲机,左肩上还扛着一台摄像机。他一直在玩对讲机,但拿不稳,也掉到地上一次。他行动迟缓,与平时不同。

他说服药25分钟之后就会好的,不必担心。但我从来没有见过他出现这种情况。我告诉他必须留在医院里,直至能很好地控制自己。我承担不起让他在这种情况下出院的责任。他没有和我争论,但也没表示同意我的看法。

我们会给他抽血、验尿,做完阿米妥钠和药物检测后,他就可以拿到他需要的药。他将留院观察。

然而,亚卡米医生根本无法获得血液样本,因为亚伦一直在晃动手臂。下午4点10分,在两次抽血失败后,医生给他服用了200毫克的阿米妥钠。

亚卡米医生准备离开时,亚伦坚持要在服药25分钟后就离开医院回公共辩护律师办公室。但亚卡米坚决不同意。

亚伦挡住他的路:"不让我离开医院,你也不能走。"

"你知道使用暴力或阻止我会有什么后果吗?"

"我不是想对你使用暴力,但你不签字让我出院,我就不能让你走。"

"你目前的情况不适于出院,也不安全。等你的情况好转,卡洛琳医生会做出决定的。"

"求求你,让我回去工作吧。"

亚伦站到一旁让亚米卡医生过去,嘴里却不断重复念着:"我必须回去工作,否则会丢了工作。求求你让我出院,求求你……。"

这件事引起了林德纳医生的注意,他来到病房下令将比利关起来。他说比利必须重新接受精神状态评估。

1986年6月18日下午3点40分,卡洛琳医生把她的观察写进治疗进度报告:

比利感到不安、气愤和害怕，而且非常焦虑。他说话有点儿结巴，但意思前后连贯一致，也很清楚。比利在事件整个过程中不断转换人格，从一个看起来非常温和的人，变成了一个异常焦虑、胆小的人，后来又变成一个怒气冲天的人。

医生叫比利睡到面前接受一对一的观察。

第二天，布尔利（N.L.Burly）接到达纳的电话，请他通知俄亥俄州中部精神病院和卡洛琳医生，他已终止了比利的工作。他将调查比利的活动，如果证明他没有做过什么错事，可能会考虑重新聘用他。但达纳表示在此之前不希望接触比利。

比利崩溃了。

一个星期后，达纳和施韦卡特与医疗小组成员、卡洛琳、林德纳以及亚卡米一起开了一个会，讨论导致比利被关进隔离室的事件。

"我已经完成了调查，"达纳说，"我认为比利没有做过什么违法的事。那些直接和比利共事的人说他当时确实是接受委派去办事的，还说他是一个出色的工作伙伴。"

会议讨论的焦点随后集中在比利服用的药剂及其效果上。卡洛琳医生倾向于让比利继续服用阿米妥钠，但林德纳医生却说已经征求过精神卫生局临床主任杰伊·戴维斯（Jay Davis）的意见，他们认为应当停止让比利继续服用这个药。精神卫生局认为，如果比利再度出现几周前的那种精神错乱状况，他们将要承担很大的责任。因而除了进行长期心理治疗外，没有人提出其他建议。

第二天，卡洛琳医生发现她的病人说话清晰连贯，所以提出："我没有理由不让患者在周末外出。"

但林德纳医生取消了比利所有的外出权:"在医院院长或林德纳医生撤销决定之前,该患者一天24小时都不得离开医院。此外,只有医院员工才有权监护该患者。"

周五下午,比利到护士站去取中午服用的药时,护士给药房打了电话。挂上电话后,她摇摇头,在表格上做了标记:"药剂师说,从现在开始必须经过批准才能给你开药。"

听到这个消息,比利开始浑身发抖。他意识到,那些人准备把自己整个周末都关在医院里,而且不给他吃药。他的用药经历告诉他,突然断药产生的脱瘾现象会要了他的命。他请求护士给卡洛琳医生打电话。

下午5点50分,卡洛琳写道:"比利态度友善,说话清晰连贯,没有分裂症状,他依然继续服药。患者受到了惊吓,担心终止服药会导致精神分裂。我向病人保证,他的处方在周末不会变动。

"药房的护士今天打电话告诉我说比利的处方改了,不用再吃药,所以药剂师没有给他开药。我联系了药剂师,向他说明这个星期的处方没有变动,患者应继续服药,每次200毫克阿米妥钠。根据林德纳医生和米勒(Dan Miller)总监的指示,在调查结束前,患者应继续留在病房里。

"患者了解这个情况,但仍然担心会给他停药。"

卡洛琳向比利保证,药剂师已经答应,在她度假回来之前不会给他停药。

这段时间卡洛琳强烈地感觉到,只要在专业人员监督下服药(就像她现在所做的)并适当控制药量,在专家监督下逐渐戒断,比利就不会受到伤害。

273

她给比利开了周末服用的阿米妥钠。比利再度融合了。

"老师"后来回想起几周前丢药的事。汤姆认为他们永远不会让自己离开这个地方,又听说林德纳要给他停药,恐惧之下,他一有机会就把药偷偷地藏起来,以备不时之需。

6月30日星期一,社工格洛丽亚报告说:"林德纳医生建议我们针对该患者拟定一套可行的停药方案……为解除药瘾做好准备。"

卡洛琳医生写道:"下午5点45分。病人一直很合作,没有分裂的症状。病人感到害怕,(他说)'我会再次分裂的。我已经失控了。'病人情绪低落、焦虑且恐惧,因为他被告知准备接受解除药瘾治疗。"

当天下午,亚卡米医生给韦克斯勒(D.J.Wexler)医生送去了一张咨询表:"患者米利根已服用阿米妥钠长达九个月,因此林德纳医生建议暂时停止让患者服用该药,并建议让患者戒除药瘾。我衷心希望您能审核此建议,并提出一套标准、可信和可行的戒除药瘾方案。"

1986年7月2日星期三,韦克斯勒医生回复说:

> ……患者每次服用200毫克阿米妥钠治疗长达九个月,建议终止服药!
>
> 阿米妥钠(镇静剂)能迅速产生药效,且可持续8—11小时,通常可经过肝脏排泄。目前患者对该药物可能已产生了生理和心理依赖,很可能出现脱瘾症状。脱瘾过程可能危及生命,应该在医院里进行。脱瘾症状会导致精神错乱、抽搐及死亡,一旦出现便难以恢复……阿米妥钠脱瘾症状有很高的死亡率……我不认为脱瘾计划

能在这所欠缺特别护理的医院进行，建议将该患者转送到能够执行该计划并具备适当脱瘾设施的医院！

署名：韦克斯勒

7月4日法定假日的前一天，汤姆得知林德纳医生下令将他送到监护室接受一对一的观察。送他去监护室的看守嘲弄地说，林德纳要度完三天假期才回来，在那之前他们不能开始给他脱瘾。不过，长假期间医护人员有限，他们可能随时采取行动。

汤姆知道这个人是在暗示，三天长假期间他可能没有药吃，他们会不顾韦克斯勒医生的警告而开始给他脱瘾。汤姆看过亚卡米医生的咨询表，上面写着"精神错乱""抽搐""死亡"的字样。这使他想起了在利玛医院时被人绑上电击车的事，那句话"三好球，米利根先生"的喊叫声，常常令他从睡梦中惊醒。

那就等着瞧，他才不会待在这儿被脱瘾症整得死去活来。他早就做好了准备，就等着林德纳医生和这一天的到来。他用创可贴把一根折断的发卡固定在左脚的大拇指上。他知道监视他的那个看守有抽大麻的习惯。

汤姆知道，这些人都在等着看他阿米妥钠脱瘾症发作。两名看守拿来了冰桶，另一名则坐在对面准备应付他的强烈反应。他们在等着看他如何汗如雨下，在地上打滚，更希望听到他声嘶力竭的吼叫声。

但是，什么都没有发生。这些人不知道，阿米妥钠对他造成的影响不同于其他人。他的反应是内在的。在"混乱时期"，他大脑里的闪光会越来越强烈，神经会迅速地分裂，内在的人格会接连跑到光圈下查看发生了什么事。

一名看守忍不住嘟囔道:"嘿,你不说他现在应该产生幻觉、变得兴奋起来吗?他怎么会是这个样子?"

"嗯,大概得等一会儿!他很强壮!"

"不必担心,"另一个看守说,"他会崩溃的。"

他们不知道他其实已经崩溃了,只不过没有表现出他们想象的样子。汤姆需要专业人士的帮助,所以大家都轮流站到光圈下看看能否帮上忙。

几个小时过去了,一名看守说:"得给林德纳医生打个电话。如果他没有脱瘾症状,我们就不能把他留在监护室里。"

他们让他离开上了锁的病房。如果有必要,他们有的是时间再把他关回监护室。

汤姆知道,他必须马上采取行动。

他走到病房的活动室,在一堆拼图和彩色书中寻找塞缪尔经常用来捏小人的橡皮泥。汤姆找到一罐橡皮泥,拿出一小块在手上揉成球。几星期前,他看到发药的护士把她的钥匙挂在柜台上时就打算这么做了。那把钥匙非常显眼,他像往常一样慢慢地走过去。

"比利,过来吃药!"护士对他叫道。

"林德纳医生说我不用吃药。"

"我不是让你吃阿米妥钠,医生给你开了治鼻塞的药和维生素。"

他装出极不情愿的样子,啪的一声把握着橡皮泥的左手放到柜台上:"我必须吃这些药吗?"

"这些药可以帮你解决鼻塞的问题,比利,来拿吧!"

他用右手迅速地指着窗户,以分散她的注意力:"窗户那边是什么东西?"

他趁护士转头之际，用左手迅速地在钥匙上用力一压，用橡皮泥按下了钥匙的形状。

"什么都没有啊！"她说。

"像是一只大鸟。"

"可能就是个影子！"她说。

"对，可能是……"

回到活动室，汤姆坐在游戏桌旁把钥匙上4个凸出部分的样子记下来，然后又把扁平的橡皮泥揉回球状，丝毫不留痕迹。他已经把钥匙的样子全记到脑子里了，因为于他而言，它就代表着自由。

时机一到，他就会摘下绕在左脚大拇指上的发卡，把它拉直用来开锁。他知道插多深的时候能顶开锁芯。

现在就等看守给他机会了。那个来监视他的人是个名副其实的烟鬼，正发愁找不到机会溜出去抽大麻。

"喂，老兄！"汤姆叫道，"我要上厕所。"

他们一起走到男厕所，汤姆说："老兄，通风口就在那儿！要是你想抽一根，我帮你看着！"

"好吧，你这家伙！太好了！"

看守刚走进厕所，汤姆就溜到装着防弹玻璃的后门把锁打开，然后又回到他的位子上。

"谢啦，老兄。"看守说。

"上帝，货色不错啊，"汤姆边说边用手帮他挥散大麻烟的味道，"到现在还能闻到！"

"不错，老兄，确实不错。"

他们一起走回活动室坐下来,汤姆突然又跳了起来:"该死,我忘记尿了。"

看守带着汤姆回到走廊上,他显然懒得再走那么远去厕所。"听着,"他说,"我在这里等你。可别给我耍花招,两分钟后必须给我回来。动作快一点。"

汤姆来到走廊的尽头,用力把厕所门撞开。看到那个看守转身去和活动室里的人说话,汤姆立即推开预先打开的门,在五秒钟之内又把身后的门关上。紧接着,他跳过栏杆轻松地走到亚伦停红色马自达小卡车的地方。他推开驾驶座旁的三角车窗,打开门钻进车里。

他放在驾驶座下的备用钥匙还在那里。他发动引擎,车子发出噗噗的响声。他大笑着开走了车。

"四个坏球啊,林德纳医生!"他大叫着,"不过我不是走路,而是开车子走的。"

汤姆在一个休息站停下车,毁了自己的证件,然后把他用已经过世的克里斯托弗·尤金·卡尔的名义办的新驾照和社会保险卡塞进钱包。

"我自由了!"他开到高速公路时大喊道,"独立纪念日,自由啦!"

第二十二章
逃亡

1

独立纪念日当天下午5点30分,林德纳医生接到比利的电话。下午6点12分,林德纳把通话内容摘录进治疗进度报告:

谈话时他一直偏执地横加指责,尽管我多次提醒他私自逃出医院将会对他自己造成什么伤害,特别是即将召开的听证会。我刚转过话题,他便立即返回去接着漫骂。

患者说他知道我、戴维斯医生和贝林基先生昨天中午开过会,还声称知道我们讨论了什么!他说我们在密谋如何摧毁他,阿米妥钠脱瘾就是计划的一部分(他说手头还有阿米妥钠,足够维持到找到另一家医院)。他还说,我们的做法遭到了卡洛琳医生、医疗小组成员以及埃文斯先生的反对。他声称早已开始计划逃亡,并知会过法官、他的律师,以及几名医院员工。

我要求患者主动回医院来,但他反复坚持说,我会要求所有的执法机构去寻找他,他回来就是送死,所以他不能回来……

《哥伦布市快报》报道的大标题：
1986年7月6日：**米利根逃亡后失去踪影**
1986年7月7日：**米利根的逃亡毫无线索**

亚伦给住在俄亥俄州洛根市森林深处的一个朋友打了电话，因为比利把自己的东西存放在他的拖车上了。亚伦说他已经在路上。他还给拉里（Larry Craddock，化名）打了电话，拉里是他在阿森斯市交的朋友。他知道拉里有台摄像机，所以请拉里把摄像机带到拖车那儿。他想拍三段30秒钟的个人影像，别人无法剪接或篡改那种。

7月7日星期一下午2点15分，亚伦走近哥伦布市灰狗汽车总站的服务台，交给女服务员一个装着储物柜钥匙的小塑料袋。他给了她五美元小费，说明钥匙是留给媒体的。然后，他钻进电话亭给哥伦布市电视台打电话，说他在汽车总站的储物柜里留了一盒录像带，里面是自己的声明。

电视台播放了比利的录像带。镜头下的比利衣着整齐，他声明，留下这个信息是想让大家知道他现在很正常，不是一个越狱逃跑、胡言乱语的疯子。

他希望公众了解，他之所以逃跑，是因为他已经成为了制度的牺牲品。医生们无法就使用何种药物以及如何治疗达成一致，所以他担心自己的安全。他说，只有离开医院才能保护自己。他还解释说，对他的犯罪指控和新闻报道严重地影响了他的治疗，如果那些政客继续下去，那么俄亥俄州的纳税人就将为把他关在监狱里度过余生而花费数百万美元。

在此后的一周,《今日美国》的报道使这个事件成了全国性新闻:

拥有24个不同人格的患者逃亡

报道引述了施韦卡特的话。谈到比利的逃亡对九年来的治疗产生的影响时,他表示担心比利会自杀:"我相信他不会伤害他人,但是我依然很担心。"

马丁法官在助理检察官的要求下发出了拘捕令。检察官担心比利在身边的药吃完或没有按时服药的情况下无法融合,因而变成危险人物。法院命令在拘捕比利后,将其送往安全措施最为严格的莫里茨司法中心医院。马丁法官还准备在7月11日星期五召开听证会,讨论卡洛琳和林德纳医生有关治疗方法的争论。

哥伦布市警察局向全市发出了通告。

达纳告诉《哥伦布市快报》记者,他认为这是个非常不幸的局面。"他(比利)在我们这里工作得很好,因为他的状况有所改善,医疗小组准备允许他到社区里生活,每周只需回医院报到一次。"

在其后的几天,媒体认为比利有可能向施韦卡特自首,但马丁法官表示:"即使他回来也不能举行听证会,因为他必须接受检查和评估,才能决定他应当服用哪种药物。"

2

看到马丁法官的评论,"老师"知道自己必须做出决断。他相信这位曾尽可能宽松地处理自己案件的法官,但他不信任林德纳医生。

汤姆看过韦克斯勒医生在报告中提出的警告：由那家医院实行脱瘾计划可能会危及患者的生命。汤姆在利玛医院的遭遇也依然历历在目。

所以，他必须离开俄亥俄州。

但是，他必须先到哥伦布市的韦斯特兰购物中心，去找一个认识的人要够吃几个月的阿米妥钠。为了不被医院的人发现，他戴上了一个黑色长假发（拉里提供的）和棒球帽，以及一副厚厚的黑边眼镜。他知道大多数人在遇到精神病人或戴着手铐的犯人时都会扭过头去，所以他穿着一件破背心坐在商场里，并露出肚皮，张开嘴流出口水，就像他在医院里看到的呆痴病人那样。社工卡罗尔·哈里斯（Carol Harris）经过他的身旁，但没有多看他一眼。

亚伦拿到药后再次与拉里碰头。拉里说可以帮他启程西行："你如果要跑，那就得想好了。我在阿斯彭有个朋友，我们可以在他那儿待几天。"

"你没必要和我一起去，我不会有事的。"

"反正我也要度个假，"拉里说，"你身上有枪吗？"

"老师"摇摇头："我不需要。他们要抓我，就让他们带走我。他们要开枪射击，我就让所有的人都知道我身上没有武器。"

他们租了一辆新的奥斯莫比汽车，把食物、绘画用品、睡袋和露营工具都装到车上，向科罗拉多州驶去。

在阿斯彭，他们在拉里的朋友家住了四天，然后拉里才飞回俄亥俄州。

"老师"很喜欢在户外作画，他带着工具到广场上和其他人一起作画。一个名叫巴迪·哈克特（Buddy Hackett）的喜剧演员走过来看他画画："真不错，要是你还待在这里，我会过来买你的画。"

哈克特没有来买画，倒是一个来自纽约的犹太教教士花150美元买了一幅阿斯彭山景画，画上的署名是C.卡尔。

当一位报道街头画家的摄影师拍照并询问他的姓名时，"老师"陷入了沉思。他说自己叫尤金·卡尔，是佛罗里达的一个艺术疗法师。但他明白，在这些照片出现在当地报纸上之前他必须离开。

逃亡两周来，他每天服三次药，但发现这样药消耗得过快。他担心在找到地方安定下来并重新补充存货之前，他的药可能早就吃完了。减少服药次数会增加分裂的风险，但他还是决定以后每天只服两次药。

他把租来的车停在丹佛市斯塔普尔顿机场的停车场里，在车里放了一些衣物，好让警察知道他来过这里。然后，在冲动之下，他给在加拿大不列颠哥伦比亚省温哥华市的哥哥吉姆·莫里森（吉姆随生父姓莫里森）打了个电话，告诉他自己的现况。

"你打算去哪儿？"吉姆问。

"我想往南走。"他答道。

"还是往西北走比较好，"吉姆建议道，"你身边有个认识的人，这样就没有人会注意你，也找不到你。"

"好主意。"

"我会帮你安定下来。你找份工作，重新开始生活。"

"我听你的，吉姆。"

"上了飞机给我打个电话，我到西雅图机场去接你。盼望见到你，比利。"

"我已经不是'比利'了。我已经开始了新的生活，我现在叫尤金·卡尔，叫我卡尔吧！"

第二天，1986年7月17日，丹佛机场保安通知哥伦布市警察局，在停车场里发现了一辆从俄亥俄州哥伦布市租的奥斯莫比汽车。警方迅速地将它和比利联想在一起。

"要是他想借此摆脱我们对他的追踪，那可就大错特错了，"富兰克林郡助理检察官爱德华·摩根（Edward Morgan）告诉记者，"这只能成为我们指控他非法逃亡的证据。"

比利的逃亡显然已经跨越了州界，因此假释局请联邦调查局协助拘捕这名逃亡的假释犯。全国各地的邮局都张贴了印着比利的照片，写着"危险"字样的通缉令。

联邦调查局的参与使对比利的追捕成了全国性的行动。

3

吉姆以为到西雅图机场接的是弟弟比利，但累坏了的"老师"再也无法全面控制，于是亚伦出面了。吉姆原想开车送比利到北部的贝灵汉，然后再帮他找个旅店住下，但由于当晚必须赶回温哥华的家，所以他决定第二天再过来帮比利找住的地方。吉姆说西华盛顿大学附近有不少学生宿舍出租，因为现在仍在放暑假，所以大部分学生还没有回来。

"那太好了，"亚伦说，"这样我就可以到学校的美术用品商店买便宜的绘画用品了。"

第二天，他们在离大学四分之一英里[1]远的地方找到了一间带家具的出租房。7月中旬的贝克山顶仍然白雪皑皑，亚伦向窗口望去

---

[1] 1英里约合1.61千米。

时,感觉到汤姆渴望去画风景画。

吉姆离开时,住在隔壁的一个拄着拐杖、削瘦的年轻人正在开门。他说自己叫法兰克·博登(Frank Borden,化名),并邀请他们进屋喝杯啤酒。吉姆抱歉说自己必须走了,但亚伦接受了邀请。

亚伦在心里琢磨着如何为博登画肖像。博登留着像披头士一样的长发,长着一双蓝色的眼睛,金花鼠般的脸上架着一副飞行员戴的金边眼镜。亚伦看到床上放着一把武士刀,于是便向他询问。

"我在研究武术。但是与这只脚没关系,这是意外车祸造成的。我能照顾自己。"博登说他的学费由政府支付,他享受海军伤残抚恤金。博登虽然已经33岁(比核心比利大2岁),但长着一张孩子般的脸,不过动作和声音却显得老成。

"你主修什么?"亚伦问。

"电脑编程。我其实是个黑客。"

"我很想学电脑。"亚伦说。

"我可以教你。"

在随后几个星期里,亚伦发现自己被这个神秘、多疑,却又傲慢、自负的博登吸引。博登平时喜欢拄根木棒,只是在左脚过度疲劳或阴天疼痛时才用拐杖。他说木棒不但可以支撑身体,还能当武器。

"看起来一点儿都不像武器。"亚伦说。

博登拧开木棒的头,抽出一把剑:"外观是会骗人的。我知道怎么使用这东西,所以你可别打歪主意。"

一天晚上,亚伦看到博登在草地上和假想敌练习刺杀,木棒舞得虎虎生威。亚伦心想:"这可是个军事型人物,必须当心这家伙。"

博登喜欢参加派对,凯文和菲利普不得不答应他的请求。博登虽然注意到这位新朋友行为不一,但也从来不闻不问。他们彼此相互尊重。亚伦陪博登下棋,博登则给他讲电脑的基本知识。

一天下午,博登问亚伦是否知道谁可以搞到假证件。

"我不知道在这里谁能搞到,不过我可以帮你做一个。"

亚伦告诉博登怎么做,但没有问他要假证件干什么。

清早,里根爬上贝克山白雪皑皑的山峰。他穿着短裤,裸露着上身,尽情地沐浴着阳光。他望着天空,开心地大吼一声。他现在是个登山者。他自由了。

汤姆画了覆盖着白雪的山峰,但是他更喜欢海湾。他到一个出租廉价车的地方租了一辆旧货车,把从学生会买来的绘画用具装到车上,到码头去画素描。他只用一个小时就能完成一张描绘海景、码头或船只的画,所以他的成果颇丰,其中不少都卖给了路人。

他的一名顾客是个名叫马洛伊(Malloy)的中年嬉皮士,专门为学生提供出租房。马洛伊邀请汤姆参加每周在街上举行的派对。

"马洛伊是个贩酒的。"博登告诉他。

"什么意思?"凯文问。

"他们备下一大桶啤酒,向参加派对的每个学生收3美元钱。他们这样一天就可以赚800—1200美元。"

"不少钱啊。"

"警察正在取缔他们,因为有邻居抱怨彻夜震耳欲聋的音乐声。他们就准备关门吧!"

凯文喜欢和大学生聊天，因而成了那里的常客。后来，他变成了马洛伊的私人保镖。马洛伊欣赏卡尔既不干扰客人又能控制学生情绪的能力，所以作为回报，马洛伊给卡尔提供食物和日常用品。

一天晚上，亚伦和几个学生坐在门廊上聊天时，建议大家到外面走走："我们可以凑钱租个热水浴缸。"

大家都觉得这个主意不错。

出租热水浴缸的小伙子蒂姆·科尔（Tim Cole）送来了浴缸，亚伦就帮他一起组装，两个人相处得很好。派对过后，蒂姆说在其他人租用之前他就把浴缸留在这里，省得来回运。

蒂姆的话让亚伦有了合伙做生意的想法。他们可以从温哥华买几个热水浴缸，把它们运到贝灵汉，再以每个500美元的价格组装起来。亚伦可以把浴缸卖给或租给疗养院用于治疗。蒂姆极为赞同。

亚伦的名片上印着"克里斯托弗·尤金·卡尔教授"。

"混乱时期"的情况越来越糟糕。为了让储存的阿米妥钠能够维持更长的时间，比利已将每日服三次药改为两次。但现在他每天只吃一次，有时甚至一两天都不吃药。

时间开始从手表上消失。

两个星期后的一天，博登给亚伦打电话："帮我个忙，到我房间里去把电脑砸了。"

"你不是在开玩笑吧？"

"谁和你开玩笑，笨蛋。拔掉插头，砸了那台电脑。必须确定砸烂了硬盘，要砸成碎片。"

亚伦照着他说的做了。

当天晚上,博登回来时拿着一个装满钱的旅行袋。他夸耀说自己入侵银行账户已经很长时间了,从每个账户里偷偷挪出半分钱。然后他用新证件开了几个账户,把这些钱都存在里面。今天他去银行把这些钱都取出来了。

"这些钱给你。"博登说。

亚伦有点儿动心,但有生以来第一次考虑到了后果。"我拿了这些非法的钱,会被拘捕的。"

"查不出来。"

"这是作孽呀,"亚伦说,"干了这种坏事,别人会骂我狗屎不如。"

博登嘟囔道:"这么说我麻烦大了。"

亚伦点点头:"你才知道啊,笨蛋。"

"没事,反正我有了新身份,我可以跑啊。你能开车送我去加拿大吗?"

"没问题,咱们走!"

博登把那只装满钱的旅行袋和一个小包放在货车的后备箱里。

过国界时没有遇到麻烦。警察问他们为什么要来加拿大,亚伦答道:"来度假。"警察就挥手放行了。

博登让亚伦从白马镇转出去,那个小镇上有游艇、脱衣舞酒吧和赌场,离温哥华只有10分钟的路程。博登掏出钱包:"我得把与旧身份有关的东西都扔了,卡尔,这个你拿去。"

"嘿,我要你的证件干嘛?我自己有!"

博登把他的学生证、信用卡和驾驶证都塞到座位下。"那你帮我把它们处理掉吧!听着,我不能领每月的伤残抚恤金,也不能更改邮寄地址。如果支票老放在信箱里,人家会发现我已经离开了。我必须继续活一段时间。帮我照看一下，把信扔了，把钱留下来。打电话叫旧货店把我的车拉走。"

"我会帮你拿信，但为什么不能把钱寄给你？"

"你不知道我在哪儿才安全啊，蠢货。万一你有事找我，就去找一个我认识的人，他叫雷夫蒂·珀尔（Lefty Pearl）。他知道怎么和我联系。我希望只有一个联系人。"

"为什么是雷夫蒂，而不是我？"

"因为不论我走到哪儿，雷夫蒂都能给我送大麻，你对那玩意儿又不感兴趣。"

亚伦等到博登住进汽车旅店才离开。从现在开始，博登就从这个世界消失了，可能再也听不到他的消息。

然而，博登两周后又打来了电话："我还有些事没了结。我要回去拿点东西，你能开车来接我吗？别告诉雷夫蒂或其他人。"

亚伦开车到白马镇去接博登。在回去的路上，博登叫他把车停在边境小镇布莱恩，然后下车朝一家四下无人的老汽车旅店走去。

"别熄火，"博登说，"我很快就回来。"

五分钟后，博登拿了一把马格纳手枪和一把伍兹冲锋枪出来，然后把它们放在后备箱里。亚伦开车送他回贝灵汉。

他们在途中停下来吃东西。

"听着，我可不想抢劫，"亚伦说，"我不干这种事。"

"我只需要你开车送我去码头，我要到船上找人谈点儿事。你在那儿等我就行。要是他们从后面开枪打我，你得保护自己，拼命跑。"

"会出什么事？"

"这么说吧，要是谈成了，我能赚三倍的钱。"

"我可不想往加拿大运送毒品。"亚伦说。

"不会的。我拿了东西后还要去见另一个人。事实上,搞不好都不用你来送我回家了。15或20分钟之后我就回来。"

他们在码头边停下来。博登下了车,拿着手枪上了一只大游艇。

亚伦等在那里,心里越来越紧张。然后脑子里开始闪光,他不停地转换成那几个孩子或者里根。他的时间失落了。亚伦再度出现时,看了表才发现时间已经过去了三个小时。博登到哪里去了?

突然,他看到游艇上所有的夜航灯都亮了起来,一个人从舷梯上走下来解开了缆绳。亚伦不知所措了。

他相信博登不会把他留在车里不管。他又急又气,觉得大脑里的闪光在加速,越来越难以忍受。

他消失了。里根抓起伍兹冲锋枪对着起航的游艇疯狂地扫射,直至子弹用尽。游艇驶出射程范围后,里根把枪扔进了水里。

亚伦不记得曾开车回贝灵汉,也不知道博登出了什么事。博登为什么没有回来?还是他回来了,然后由菲利普或者凯文把他送走了?

亚伦拿着寄到博登邮箱里的伤残抚恤金支票到银行去兑现。银行职员仔细地端详着他:"你不是法兰克·博登。他经常来这里。"

"我是他的亲戚,"亚伦说,"是博登让我来帮他兑现的。"

"需要有他的背书才行。"她说着退回了支票。

"随你怎么说!"

亚伦知道自己最好别在这附近露面了。于是,他在两张支票上签了名,到另一家银行兑现,把钱存进自己的账户,接着撕毁了支票。

然后，他打电话到报废车辆服务处，用博登的证件登记将车转让给了他们。那些人非常高兴，因为几乎没花钱就拿到了一辆车。

4

几天后，女房东打电话告诉博登的父母，说她觉得事情有点儿不对劲，因为她最后一次见到博登已经是9月15日的事了，那时博登和他的新邻居卡尔一起来交房租。博登的父亲分别在9月27日和9月30日向贝灵汉警察局报告了博登失踪的事。贝灵汉警察局局长把法兰克·博登的案子交由44岁的警察吉贝尔（Will Ziebell）处理。吉贝尔按照失踪人口例行调查程序开始展开调查。

初步调查后，他发现卡尔和博登经常在一起。博登的父亲说，他和博登的这个新朋友聊过，总觉得这个人有什么地方不对劲儿。

10月3日星期五，吉贝尔开车来到东马尔特大街515号的公寓，问过几个人后，终于找到了躺在草坪椅子上晒太阳的卡尔。

这个年轻人坚持说不知道法兰克·博登到哪儿去了，说最后一次见面，是博登请他开车送其过加拿大边境。

"是吗，他好像失踪了。"吉贝尔说。

"上帝，真遗憾，"卡尔说，"不过我又没有义务天天看着他。"

卡尔无礼的挖苦令吉贝尔感到很气愤，回到办公室便去查看克里斯托弗·尤金·卡尔的背景。卡尔没有犯罪记录。吉贝尔在下周的星期一再次开车去找卡尔问话，但他不在公寓里。吉贝尔在名片背后留言，请卡尔尽快和他联系，然后把名片夹在门缝里。

5

吉贝尔前来询问后，凯文决定离开。他把行李和大家的画作包好放到租来的货车上，第二天清晨便开车去蒂姆·科尔的住处。蒂姆住在北面约八英里，坐落在湖畔的一个叫作萨登谷的社区。

凯文说要找个地方住，于是蒂姆建议他搬过来和自己以及他的达克斯狗一起住。凯文接受了他的建议。凯文从车上往下搬画时，蒂姆一直专注地看着一幅风景画。

"哎呀，这幅画挂在我父母的屋里一定很棒。"

凯文迅速地和汤姆商量了一下，决定将那幅画作为礼物送给蒂姆的父母。

凯文认为不能再让亚伦以美术教授的身份出面了，于是告诉蒂姆自己可以帮忙做热水浴缸的生意。他准备把浴缸租给老年人使用。凯文解释说，装上一台液压升降机，就可以把老年人升高或降下，方便他们出入浴缸。这样做肯定有市场。他们可以把这个设备称作"阶梯水力装置"，因为这是个创新产品，所以一定能赚大钱。

凯文说由自己负责包揽业务，与那些无法承担巨额开支的小疗养院签订合同。"我们既能帮助别人，又能赚钱。"凯文说。

蒂姆接受了他的建议。

在随后的一周，他们在周末举行了一场饮酒派对，赚的钱足以支付租金和其他开销。一天下午，凯文从收音机里听到了地方新闻："官方证实，从俄亥俄州哥伦布市一家精神病院逃亡、具有多重人格的患者威廉·米利根可能就在贝灵汉地区……"

凯文快速地拧着按钮,想听听其他电台是否也在报道这则新闻,但是没有发现。就在此时,他听到蒂姆的狗对着一辆车不停地狂吠。他向窗外望去,立刻认出来者正是向他询问博登失踪事件的警察。

车门砰的一声关上了,听到声响的蒂姆从厨房走出来问道:"谁来了?"

凯文急忙低声说道:"听着,我没时间向你解释,他们想把我扯进法兰克·博登的失踪案。"

"胡说!你怎么会?"

"我当然没参与。有几个坏人雇他通过电脑进入银行的账户偷钱。他太贪心了,自己又干了一次,赚了一大笔钱。现在那些人要追杀他,但我不能把这些事告诉警察!"

"那你想让我做什么?"

"就说你几天前见过他。你形容他的时候,就说他是个跛子,就这样。要是他们问起我,就说我不在这里,你也不知道我在哪儿。"

听说此事牵扯到贝灵汉的警察,蒂姆非常紧张,但凯文知道他会按照自己说的做。凯文躲到后面的房间里,听着蒂姆按照他所说的回答了警察的问题。后来,他听到吉贝尔说:"好吧,你要是见到卡尔就告诉他,我还有几个问题要问他。"

贝吉尔刚开车离开,凯文就开始收拾行李。

蒂姆回来后一屁股坐在床上:"这么一来,我们伟大的热水浴缸事业是无法继续了。"

凯文知道蒂姆一定会听到广播里的消息,于是决定自己先开口告诉蒂姆。他扼要地把自己的事告诉了蒂姆,并说要想更多了解,可以去看一本有关他的书。

"你瞎编吧!"蒂姆说。

"我会寄一本给你。"

"那你要去哪儿?"蒂姆问。

"向南往洛杉矶去,然后再见机行事。"

"那我和你一起走。"蒂姆说。

"没这个必要。"

"当然有啦,我们是合作伙伴。我至少可以陪你走一段,看看究竟是怎么回事。"

蒂姆把几件衣服塞进背包,抱上狗和凯文一起坐进车。他们离开大道往大学区开的时候,蒂姆扬了扬眉问道:"多重人格到底是怎么回事?是像《人格裂变姑娘》和《三面夏娃》里描写的那样吗?"

"说起来话长,你和我处的时间长了,自然就明白。"

凯文在大学书店前停下车:"他们会有那本书的,大概在心理学那一片?你去买一本,我给你在书上亲笔签名。"

蒂姆拿着一只纸袋从书店里出来,两眼睁得老大:"这里面有你的照片!"

"那不是我,"凯文说,"是比利。我在镜子里看到的自己可不是那个样子。"

凯文驶上通往波特兰的高速公路,蒂姆则在看那本书,不时惊奇地摇摇头。"你是这十个人格中的哪一个?"

"你还没有看到写我的那部分,"凯文说,"那时候我还属于'不受欢迎的人'。"

6

11月20日，吉贝尔接到来自萨登谷警察局的电话，说蒂姆的邻居称联邦调查局在该地区查访克里斯托弗·尤金·卡尔，但是蒂姆和卡尔没有留下新地址就跑了。

卡尔总是先行一步，让吉贝尔有很深的挫折感。他觉得卡尔肯定与法兰克·博登的失踪案有关。

当天下午，联邦调查局的一个侦探给贝灵汉警察局送来了一张通缉海报，被通缉的是从俄亥俄州精神病院跑出来的一名违反假释规定的犯人。吉贝尔起初没有意识到"威廉·米利根"就是失踪者的那个邻居兼朋友，直至那个侦探说米利根曾用克里斯托弗·尤金·卡尔的名字住在贝灵汉才想到。

吉贝尔此时确信威廉·米利根已经杀害了法兰克·博登。

"你们怎么知道他在这里？"吉贝尔问道。

"我们问过他住在温哥华担任老师的哥哥吉姆，是他告诉我们的。"

7

蒂姆不知道应该相信克里斯托弗·尤金·卡尔还是威廉·米利根，但不管他是谁，都一直在说他们有个好机会，一到佛罗里达州就可以开始"阶梯水力装置"的事业。

一想到热水浴缸生意的事，蒂姆就很兴奋。他知道米利根不但主意多，而且生存能力极强，自己能从米利根身上学到不少东西。他开始把卡尔叫作比利。

比利从波特兰打了个长途电话，因为电话是通过旧金山转接过去的，所以不会被追踪到。他要找的人是达纳。

蒂姆问他为什么找达纳，比利说达纳是俄亥俄州的公共辩护律师，也是自己的雇主。州政府还欠他一些钱，但达纳马上就要离开哥伦布市到佛罗里达州的基比斯坎参加下周举行的一个重要律师会议。

"他告诉我了饭店地址和电话，我要去看他。"

他们一直往南开，在加州海岸线的每个海滩都停下来休息。虽然天气冷无法游泳，但蒂姆却觉得自己从未这么开心过。

当然，也有糟糕的时候。在他们快到萨克拉曼多的时候，蒂姆感到他的朋友出现了变化。每当直升机在头上飞过时，比利都会变得惊慌失措，让蒂姆把车停到路旁，自己跳下车跑到树林里。

蒂姆跟在他身后，告诉他那大概是交通气象局的飞机，没什么可担心的。这时比利才会沮丧地回到车里。

他们在萨克拉曼多的一个旅店住了几天。比利说他们必须在那儿等几天，因为他的朋友要从俄亥俄州给他寄药过来。这下蒂姆才明白，如果不吃药，比利就会像书里描写的那样不断转换人格。他赶紧趁机问他现在到底是谁，但比利却露出冷酷而多疑的表情。

"我不知道，你问这个干吗？"

"我没有恶意。不管你是谁，我们都是事业合伙人，都是朋友。"

比利耸了耸肩，掏出一把小刀戳一张单人床的床垫，还怪里怪气地说着些什么。

蒂姆吓坏了，一面向后退一面问："你要干什么？"

"去他妈的！"比利咬牙切齿地说。

过了一会儿，比利抓起电话给贝灵汉警察局打电话，要求和吉贝尔通话。他说他要拿蒂姆做人质，如果警方不把追踪他的人撤走，他就干掉蒂姆，把他的尸体扔进森林。

他挂上电话后，蒂姆抱起自己的狗向门外走去。

"嘿！我那么说是要帮你摆脱嫌疑，这样他们就不会认为你在帮我逃亡，"比利说，"我可不想让我新交的朋友惹上麻烦，让他们把你当成联邦调查局通缉犯的同伙。"

蒂姆心里非常感激。

收到从俄亥俄州寄来的药后，比利有段时间似乎恢复了正常。但由于他必须省着吃药，有时仍会做出一些令人吃惊的事。他经常闪烁其词、疑神疑鬼，还不让蒂姆单独离开旅店。

比利在洛杉矶以克里斯托弗·尤金·卡尔的名义买了一把霰弹枪和一把锯枪管用的锯。离开时，比利掏出枪击碎了一盏交通信号灯和一辆车的玻璃。

蒂姆试着推断这件事究竟是比利的哪个人格干的。

比利让蒂姆到那些不能即时更新信用卡信息的老式加油站去加油，所以，虽然蒂姆的卡里没有钱，他们还是没花一分钱就加了好几次油。

"这才是我要的生活。"蒂姆说。

蒂姆开着车，比利似乎陷入了沉思。他们在路旁停车休息时，比利说他好像听到灌木丛中有声音。"你去看一下？"

蒂姆看着比利手上的枪，摇了摇头说："我什么都没听见。"

"过去看看。"

"我不去，里面可能有蛇。你要是好奇就自己去看，我帮你拿着枪。"

他们上车离开时，比利抱起了蒂姆的狗。他威胁蒂姆说，以后要是再不听话，就把狗从车窗扔出去。蒂姆一把抓住比利脑后的头发，用力往后拽。

"不管你是谁，要是伤害了我的狗，我就杀了你。"

这件事让比利冷静了下来。他增加了吃药的次数，似乎恢复了以前的状态。他们都觉得热水浴缸生意既能赚钱，又能为佛罗里达州需要减轻身体疼痛的老年人提供服务。

然而，离佛罗里达州越近，蒂姆对这个计划就越不放心。蒂姆不知道比利是否一直都是这么干的：先和人交朋友，获取他的身份证件和资料，并尽可能地了解这个人，然后把他干掉，自己冒名顶替。

蒂姆知道克里斯托弗·尤金·卡尔的身份比利现在已经不能用了，但还没有时间和机会搞到新的身份。蒂姆夜晚睡不踏实，一直保持着警惕，以防比利有什么行动。

到了基比斯坎，比利给蒂姆讲述了一个离奇的故事。他说自己的父亲是黑手党，还说准备把热水浴缸的事告诉他父亲。

"我必须单独和他谈，因为他从来不见陌生人。他讨厌我，但是我要他相信我已经改变了，而且这是一桩好生意。"

比利提议到水沟里去找鳄鱼时，蒂姆发现他的表情和动作就和杰克·尼科尔森在电影《飞越疯人院》里的一模一样。蒂姆怀疑比利想把自己推下去喂鳄鱼。

这时比利又开始胡说了。

"我在这里有个亲戚，"比利说，"我本来想带你去见他和他的朋友，但后来一想还是不去的好。我就在这儿下车吧。"

蒂姆问他为什么，比利说因为那些人从古巴贩运毒品。他们中有人炸了飞机，然后又跑去和毒枭见面。他们在交易时劫走了毒枭的货。两伙人大打出手。

"他们组织严密，"比利说，"你千万不要提这事，否则会有危险。"

"我不会告诉任何人。"蒂姆说。

"我们明天下午就在这个停车场见，然后去找达纳。"

"好。"

"我租一辆豪华轿车，然后我们开着它到饭店等他。"

"好吧。"

比利离开几分钟后，蒂姆把狗放在两腿中间，开车向北驶去。开出几英里后，他停下车琢磨了一会儿，但搞不清楚是怎么一回事。过了一会儿他才意识到比利把自己甩了。

蒂姆给贝灵汉警察局打电话，把比利的去向以及他们在途中发生的事情告诉了吉贝尔。他还提到了比利谈及的毒品交易，以及和俄亥俄州公共辩护律师见面的事，并且说明那个律师是到基比斯坎参加律师会议的。

"这样事情就都联系在一起了，"吉贝尔说，"这就是他的一贯伎俩，冒名顶替。"

蒂姆想起了枪和鳄鱼的事。

"你可要当心，"吉贝尔说，"如果他被抓，会怪罪你的。"

这句话说到蒂姆心里了。他开着货车直奔杰克逊维尔，在那里住了一夜，第二天开了10个小时，走了800英里到了底特律。

蒂姆心想，如果比利的精神没有问题，他倒是愿意更多地了解比利。

但那是蒂姆最后一次见到比利。

299

8

达纳刚打开饭店房间的门,电话铃就响了。他把手提包放在一旁,拿起电话。

"是我。"对方说。

他立刻听出那是比利的声音。"你怎么样?太巧了,我刚进屋。你在哪儿?"

"就在饭店楼下大厅。"

达纳大吃一惊,坐下来说:"你说什么?"

"没错,我就在楼下。我能上去找你吗?"

"不行!别到我房间来。在原地等我,我马上下来。"

"好吧!"比利说,"但不要给警察打电话!"

"我可没想给警察打电话。"

达纳挂上电话,从手提包里拿出一瓶苏格兰威士忌喝了一大口。作为一名法院工作人员,他有义务把比利交给警方,但他又非常清楚比利为什么会从医院里逃出来。

他给马丁法官打电话,但被告知法官要三个小时后才能回来。

他打起精神下楼去找比利。他走出电梯,看到在他必须经过的大厅和游泳池附近挤满了衣着光鲜的与会者。他看到比利坐在游泳池另一侧的餐厅酒吧里,身上穿着破旧的牛仔短裤和圆领紧身背心,戴着黑色眼镜和一顶巴拿马草帽,显得十分潦倒。

达纳发现州法官、联邦法官、最高检察院的检察官、联邦调查局副局长、法学教授以及最高法院的法官都来了。但他过去没参加过这样的会议,所以不曾见过他们。

达纳来参加这个会，是因为美国律师协会公共辩护律师委员会委派他担任辩护服务委员会的主席，他还应邀在"律师信息项目"会议上演讲。出席由美国律师协会举办的刑事司法会议是件很荣幸的事。

然而，他却在不停地出汗，感到口干舌燥。他该怎么做？比利又会怎么做？

达纳在比利对面坐下来，要了杯酒。

"你看起来状态不好，比利。"

"我差不多是一路跑过来的。"比利答道。

没等达纳开口说话，两个穿着运动服的人走近他们的座位，其中一个人说："是米利根吗？"

第二个人掏出警徽："我们是联邦调查局的。"

达纳惊讶地抬起头："啊，上帝……"

他们迅速地给比利戴上手铐，准备带他离开。

"等等！"达纳大叫道，"你们要把他带到哪里去？"

"先生，你是谁？"其中一位警察问。

达纳知道他们以为自己是和比利坐在一起闲聊的陌生人："我叫兰德尔·达纳。"

"站起来面对吧台，先生。"

"为什么？你们要干什么？"

警察开始搜查他。

达纳转过身去："我是他的律师。"

"先生，把你的手放在吧台上。"

"我是俄亥俄州的公共辩护律师。"

警察露出疑惑的表情："你有证件吗？"

达纳掏出证件，手在剧烈地颤抖，差点把钱包掉到地上。"我是俄亥俄州公共辩护律师，是他的律师。"

"是吗，但是他得跟我们走。我们被告知他是个很危险的人物。"

达纳看到比利脸上的表情在变化，恐惧的眼神说明他正在转换。他们带着比利走向停车场时，达纳一直跟在旁边。这时候开过来两辆联邦调查局的车，上面的警察跳下来挡住了达纳。

"什么都不要说，比利！对任何人都不能说！什么都不要告诉他们！"

路边的几位与会者大声抗议起来，大厅里的人也跑过去看发生了什么事情。

"律师不在场就什么都别说！"

"怎么回事？为什么要拘捕这个人？"

"你们有合法的拘捕令吗？"

"这个人是他的律师。他有权和他的当事人说话！"

几个警察组成一道人墙围住比利。"各位，他是我们的犯人。请不要干扰合法的拘捕行动。"

"什么都别说，比利！"达纳不断地重复，"我们今天晚上就保释你出来！"

"那可不行，"一名警察说，"他是逃犯。你明天早上去找法官说吧。"

三辆警车一起开走了。

达纳没有理睬大厅里的律师和法官，独自穿过大厅回到自己的房间，又喝了一口烈酒才开始打电话。

9

联邦调查局的一名警察在比利的钱包里找到了假证件。"他是你的人格之一吗？克里斯托弗·尤金·卡尔教授？"

汤姆的双眼直视着前方。

"你还有一个律师叫作加里·施韦卡特，对吧？"另一名警察问。

"没错。"

"他去牙买加干什么？"

亚伦根本不知道施韦卡特人去了牙买加，所以耸耸肩说："我不知道。"

"我想知道，"另一个警察说，"你们是怎么回事？"

"为什么哥伦布市急着把你抓回去？"第一个警察问，"你只是个从精神病院跑出来的疯子？"

"听说你所属的团伙打劫了从古巴贩来的毒品。这个律师与毒品有关吗？"

"律师不在场，我什么都不会说的。"

警察不再追问，开车把比利送到坐落在迈阿密的联邦监狱。比利将在那里被关一夜，等着第二天早上出席联邦地方法院召开的引渡听证会。

法官指控比利非法逃避监控、非法逃避起诉，并将他的听证会安排在1986年12月1日。法官还决定将比利继续关押在迈阿密的看守所里，不得保释。警察把比利带到了戴德郡监狱，但那里已经人满为患了。

被拘捕后，比利再度陷入了"混乱时期"，令那些年幼的孩子在监狱里更容易受到伤害。他所有的东西都被偷走了，包括他的跑鞋。警卫只好拿了一双纸拖鞋让他穿。

第三天，在两名哥伦布市警察的护送下，法院将他引渡回了俄亥俄州。警察做过自我介绍，但亚伦没有记住他们的名字，只好叫他们"高个儿"和"胖子"。两个人说是来带他回俄亥俄州的。

在去机场之前，他们在住宿的那家旅店里吃午饭。吃饭时，凯文注意到坐在另一张桌上的两个人一直在盯着自己。他刚吃完，那两个人就走了过来。

凯文看到他们的肩上挎着手枪套。"怎么回事？"他质问道，"要杀我？"

那两个从哥伦布市来的警察毫无反应，凯文猜想他们一定知道这事。

那两个警察掏出警徽，其中一个警察说："我是贝灵汉的吉贝尔，这位是杜本塔尔勒（Duppenthaler）。你大概记得我和你谈起过法兰克·博登的事吧。真凑巧，我们居然住在同一家旅店。"

"是啊，"凯文轻蔑地说，"我相信巧合。"

"我们想问你几个问题。"杜本塔尔勒说。

凯文冷笑道："我不会告密的，笨蛋。"

"是这样，我们不是想问……"

"你们不觉得我的律师应当在场吗？"

"好，好……对不起，二位，""胖子"嘟囔道，"只要他要求律师在场，我们就只能作罢了。"

贝灵汉的警察离开后，凯文心想自己可能上了哥伦布市那两个警察的当，不过有几个问题他非常想知道答案：他已经远远地跑到东南方的佛罗里达州了，吉贝尔在西北方的华盛顿州怎么会知道自己在基比斯坎呢？联邦调查局的人又怎么会到基比斯坎的旅店来，在他和达纳见面的那一瞬间拘捕他呢？

他以为是达纳通知联邦调查局的，但是他没有想到，这些都是被吓坏了的蒂姆告诉吉贝尔的。那天晚上蒂姆打电话时无意中向吉贝尔透露了很多信息，使警方很容易就查到了举办律师大会的饭店，以及下榻在那里的俄亥俄州公共辩护律师的姓名。

通知联邦调查局拘捕比利的是吉贝尔。

在迈阿密机场，亚伦问两位哥伦布市的警察："能给我包烟抽吗？这可是长途旅行啊！"

"高个儿"说："回到哥伦布市你就有烟抽了。"

"嘿，就让他抽呗，老兄，"他的同伴说，"没什么大不了的。"

"我说了'不行'。我上月就戒烟了，又不能坐到非吸烟区去。"

亚伦望着他的眼睛："老兄，我乘飞机可是违反了联邦航空局的有关规定。只要我说出来，你们就得开三天的车把我从迈阿密送回哥伦布市去！"

当"高个儿"说"让这个浑蛋抽吧"的时候，"胖子"忍不住笑了出来。

飞机在哥伦布市机场降落后，滑行到一条隔离的跑道。亚伦数了数，一共来了九辆警车把飞机包围了起来。警车上的灯一直闪着，一队身穿防暴服，端着来复枪的防暴警察组成了三重防线。

"上帝！他们是来接总统的吗？"亚伦问。

"他们在等你。"

"我？"

"这算不了什么。等会儿你看有多少媒体。"

然后他看到了被挡在一边的记者。他走下飞机的时候，闪光灯闪个不停。

"不是在开玩笑吧！"

"嗨，你该听听他们是怎么说你的，"另一个警察说，"老兄，各家媒体都来了，现在城里的所有记者一定都在郡监狱那儿等着呢。"

"不过我们得耍耍他们，"第三个警察说，"我们的人会挡在前面，我们走四分之一英里后就掉头，然后让你换乘一辆普通的车，送你回司法中心。"

"他们为什么这么兴奋？真以为我杀了人？"

"你没杀吗？克里斯托弗·尤金·卡尔教授？"

亚伦感到一阵寒意。"你说什么？"

"你没看报纸吗？"

"我哪有机会看报纸？"

警察把一张皱皱巴巴的报纸递给他。这是一份1986年11月25日的《哥伦布市快报》。亚伦迅速地看了一眼。

米利根与一起扑朔迷离的案件有关

罗伯特·尤卡姆（Robert Yocum）报道

精神病患者威廉·米利根是华盛顿州贝灵汉市10月3日学生失踪案的嫌疑犯，他曾化名在当地居住。

贝灵汉警察局的大卫·麦克唐纳（David MacDonald）警长认为这名33岁的学生（法兰克·博登）已经被杀害。化名克里斯托弗·尤金·卡尔的米利根认识博登，两人曾住在同一栋公寓……

"他毫无疑问就是嫌疑犯，"麦克唐纳警长谈及米利根时说，"我们找他问过几次话，他每次的说法都不一样，后来他就消失了。"

"根据目前掌握的全部证据，如果我是博登的亲属，就不会相信他还活着。"麦克唐纳还表示，此前不知道米利根的真实身份，直至他在迈阿密被拘捕后才发现。联邦调查局的警察发现了卡尔这个化名后通知了贝灵汉警察局，因为米利根有一张用克里斯托弗·尤金·卡尔的身份办的华盛顿州驾驶执照。

所有的攻击和媒体的关注原来都是出于这个原因。接下来他们就要指控他谋杀了。

第二十三章
绝食

1

达纳发现自己的处境尴尬,名誉和事业都受到了伤害。鉴于比利被拘捕时达纳正好在现场,联邦调查局和哥伦布市的全美律师协会办公室准备对他进行全面的调查,搞清楚在比利违反假释条例出逃期间,他究竟扮演了什么角色。

11月25日,《哥伦布市快报》刊登了达纳的声明:

州公共辩护律师否认窝藏逃犯米利根

"我在这家律师事务所已经工作了五年,我们从未,也绝不会窝藏逃犯,并且没有做过任何违法的事情……"

达纳昨日否认曾安排米利根与他在佛罗里达州见面,并声称不知道在全国通缉期间米利根究竟在哪里。

"我为什么要这么做?我有那么愚蠢吗?我会冒毁了自己的事业和坐牢的风险窝藏我的当事人吗?"

达纳请了一个律师为自己被控窝藏比利进行辩护，但律师却提醒他为自己的未来着想，不要再为比利辩护："要是你被指控，那么比利就得站到证人席做证，告诉他们事情发生的经过。他可以一口咬定一切都是你安排的。"

朋友和同事也都向达纳施加压力，但他表示决不会放弃比利。

在一个刑事犯罪辩护律师的会议上，大家都努力说服他停止为比利辩护，但达纳坚持认为现在是比利最需要他的时候。会议拖了很长时间，大家都喝了很多酒，激烈地争论到深夜。

"比利在佛罗里达被捕时，你被发现和他在一起，这已经损害了你的名誉。达纳，你现在面临着利害冲突。"

"这并不是仅仅针对你一个人的，达纳。这件事会毁了州公共辩护律师事务所的信誉！你手上还有其他案子，其中有些当事人是被判了死刑的，他们的性命也受到了影响。"

"你继续办这个案子甚至对比利都没有好处，达纳，应当让别人接手了。"

达纳开始犹豫了："那谁能接手呢？"

"施韦卡特怎么样？这个案子一开始就是他处理的，比利认识而且也相信他。"

达纳疲倦地摇了摇头："他现在是私人律师，比利哪儿请得起。"

"对施韦卡特来说这不是问题，他不会收钱的。"

"这样对施韦卡特不公平。"达纳坚持道。

"你继续替比利辩护，对你的家人和同事也不公平啊！甚至对比利都是不公平的。"

达纳筋疲力尽地叹了口气："也许你说得对。但是，除非施韦卡特接手我才能退出。"

施韦卡特同意再次为比利辩护，他们的关系转了一圈儿又回到了起点。

1986年12月9日，施韦卡特到富兰克林郡监狱探视比利，此时离他和朱迪第一次接下比利的案子已经九年零一个月。

"还记得我第一次在这里和你见面时说过的话吗？"

比利点点头："你告诉丹尼闭上嘴，因为隔墙有耳。"

"情况没有变。除我之外，谁都不准和任何人谈话。"

比利点点头。

"你现在是谁？"施韦卡特问。

"亚伦。"

"我想也是，"施韦卡特说，"把我的话告诉其他人，让大家团结一致。"

"我会的，但你知道我没有控制权。"

回到办公室后，施韦卡特给他的好朋友、以前的老板、富兰克林郡年轻的公共辩护律师库拉打电话。他告诉库拉他已经答应再次担任比利的辩护律师，而且不收费。

"已经安排了几个听证会，准备研究一下他将面临什么情况，"施韦卡特说，"以及他会被送到哪里，又会由谁来为他治疗。假释局一直都在等着把他抓回监狱去，我无法单枪匹马地对抗休梅克和假释局。我需要郡公共辩护律师的帮助。请你的事务所按照常规价格接下这个案子，我做你的合作律师。"

律师协会开会的时候，库拉静静地坐在那里聆听，知道他的朋友达纳面临着辞去比利辩护律师的压力。当提到施韦卡特的名字时，他明白如果施韦卡特接手，便一定需要帮助。此外，他也知道诸如比利这类已经审判过的案子，法院授权的代理费不会超过100美元。

一个头脑清醒的律师绝不会接下这个既复杂又不挣钱的案子，只有像施韦卡特这样的理想主义者才会坚持原则，接下这个不可能打赢的官司。正因为如此，库拉才会敬重施韦卡特并和他成为朋友。现在，尽管知道不是最好的选择，库拉还是无法拒绝提供帮助。

"你说得对，"他说，"这个案子牵扯了太多的政治问题，俄亥俄州的其他律师事务所都不会帮忙。我派一个人过去帮你。"

然而，富兰克林郡公共辩护律师事务所的同事却告诉库拉，他们手头的案子已经堆积如山，而比利的案子存在太多的争议且曝光率又高，实在没有胜算。

"这个案子应该由你办，"朱迪对他说，"一开始就该请你担任比利的律师。"

库拉明白她的意思。1977年，正是他委派朱迪和施韦卡特去处理这桩看似简单的系列强奸案。接手案件后，施韦卡特到办公室去告诉库拉，他和朱迪都觉得这个案子非常棘手，因为史上首个为多重人格障碍患者辩护的案子势必引起全国乃至世界的注意，承受媒体和政治集团的压力。

库拉当时是公共辩护律师办公室的主任，只有那些被他的员工私底下称为"库氏案"的案子他才会亲自接手。所谓"库氏案"包括事务所没有人敢接的恐怖案、当事人过于强硬的案子、当事人可能会枪杀自己律师的案子，以及当事人极具破坏性和缺乏理性的案子。

施韦卡特和朱迪当时一直想劝说库拉亲自处理比利的案子，但未能如愿。时至今日，朱迪仍像1977年时一样希望他亲自出马。然而，比利现在是一个谋杀案的主要嫌疑犯，而成人假释局局长休梅克的态度比以前更加坚定。休梅克公开表示，一旦法院和精神卫生局将比利释放，他一定根据"米利根法"尽快将其送回监狱。

"我们不能让休梅克抓住比利。"施韦卡特说。

"那好吧，"库拉说，"我设法干扰和阻止他，你负责案子。"

施韦卡特和库拉请求法院重新委派卡洛琳担任比利的主治医生，但富兰克林郡的检察官却不同意，说他们拒绝接受卡洛琳，因为她不是司法中心的员工。

马丁法官裁决将于两个月后召开听证会，在此之前，米利根将再次被送往哥伦布市莫里茨司法中心医院。

12月12日，《哥伦布市快报》报道说：

米利根不得选择医生

……昨天召开的（法院）闭门会议决定，米利根将接受该医院临床主任林德纳医生或其他医生的治疗……

2

比利被关进莫里茨司法中心医院，自再次受林德纳医生控制的那一天起，就意识到自己对一切都已经不在乎了。他在房间里踱步，数着地面上的砖，他决定结束自己的生命。

施韦卡特一直在鼓励他，但他已经绝望了。他知道制度是无法改变的,他们会不断地把自己从一家司法医院转到另一家。他能想象出自己20或30年后待在病房里的情景。

他不想再这样活下去。

他过去用自杀威胁过别人,但他现在不会这么做了。

他已经体会过保持自由身,不必面对身为威廉·米利根的耻辱是什么感觉,没有这些耻辱,他做什么都能成功。然而,这个社会永远不会让他如愿以偿的。

他现在能做的唯有去死。如果死后真的会去什么地方的话,不论去向何方,他都会有一个新的开始。他不知道人死后会怎样,但觉得无论发生什么,都要比像现在这样被困在一扇没有出口的门里原地打转强。

他想冲出去。

但是,怎么出去呢?

医疗小组命令对他进行一对一的日夜监控。一直被人盯着,他什么都做不了。他们这次不是在防止他逃跑,而是在防止他自杀,因为他的病历上有过自杀的记录。

在"混乱时期",阿瑟、里根和亚伦对是否结束生命发生了激烈的争执。

阿瑟认为死亡才是对这种心灵和精神折磨最切实和完整的抗争,里根最终接受了他的看法。通过有意识地选择终止一切,他们可以掌握自己的命运。

他们选择了绝食。

这是一个令人满意的决定。挨过了头几天因饥饿引起的痛苦,他们会出现幻觉和情绪亢奋的状况,但之后就不会再感受到身体、精神和心灵上的痛苦——永远不会了。

　　这不是威胁。他再也无法忍受自己被医院、政客和媒体利用。他不能承担谋杀案主要嫌疑犯的罪名，因为那个所谓的被害人还好好地活在世上。

　　他有条不紊地逐渐减少热量的摄取，好让那些孩子少吃点苦。阿瑟说要让那些孩子做好准备，鼓励他们勇敢面对。他告诉他们，要想搬到新家，那就先要"不吃东西"；等到了新家，每个人都会有自己的房间，不用和大家共享了。那些孩子怎么会拒绝呢？

　　他的身体并没有在短时间内崩溃。一个星期后，他已不再感到饥饿。在一对一监控期间，看守每隔15分钟就会记录下他的行为，所以很快就察觉到他每天只进食很少量的食物。

　　于是，主管在治疗记录中批示道：看守应鼓励他多进食。

　　他们开始每天早上给他量体重，后来又改为每天量两次。他们威胁比利，如果不多吃食物，就不允许他抽烟。但比利耸耸肩说，反正抽烟于健康不利。他没有告诉他们自己要做什么。他们不知道他的心已经死了。

　　部分禁食几天后，阿瑟告诉孩子们，一切都在按计划进行。"我们终于来到了这个'死亡之地'。你们会有痛苦和饥饿的感觉，但事成之后，我们每个人都会有属于自己的地方，做自己一直想做的事情。大家都可以永远站在光圈下。我们以后会再见面的。"

　　当然，这是个谎言。但阿瑟不知道除了这个他还能说什么。

　　孩子们因饥饿而哭闹起来。大家对如何解决这个问题产生了严重的分歧，但最终理性地达成了一致。他们的最后一次争论发生在绝食的第六天。那是最后一次人格转换，也是最后一次出现记忆缺失。这是一次重生，一个终结——所有人都接受的死亡。

然后，再也没有声响——没有人说话。比利平生第一次真心实意地想死。

医院管理当局认为比利绝食不过是在胡闹。

直至他彻底不吃东西。

此时他们不得不正视比利的问题。他们想让比利改变态度，但他知道这些人以为自己是在讨价还价。

"说吧，你要什么？"

言外之意就是："你吃饭，我们就满足你的要求。"

"什么都不要，"比利说，"不要管我！"

他没有说明自己的决定。有一天，他什么都没有吃。看护换班时在记录中写道："1987年1月2日，比利整天未进食，必须注意他的情况。他可能生病或感染流感。"

到了晚饭的时间，看守问他："嘿，你不饿吗？"

比利只是微笑着摇了摇头。

"你是不是吃药啦？"

比利仍然微笑着。

"那好，不吃就算了。"

第二天早上比利仍然拒绝吃饭，医生便过来察看。"别理我"，比利望着地板说，"我很高兴，也很满足。别理我！"

"给他验血，"医生说，"看看他是否吸了毒。"

验血结果显示没有吸毒。

在最初的几天，媒体报道说有人给比利偷偷带了食物，于是医院派了几个不认识他的人去看守。

后来，比利干脆连话都不说了。

知道他们再也无法控制自己，比利感到心情舒畅。他知道自己可以掌握命运，如果死在这里，他们就得抬着他走出这个地方。他们能想方设法拘捕他，但无法关住他的心。而现在他们也无法关住自己的身体了。因为他就要死去。

他发现这段时间竟然是自己一生中最快乐的时光，感到不可思议。他能看到自己的结局。一切都要结束了。他很满足，但对过去的生活也感到后悔。他觉得自己对不起别人，特别是那些被自己利用和伤害过的人，还有他在神志不清之际侵犯的那三个女人。

但他不再为自己遗憾了，因为他不久就要离开人世。他很想变成一只趴在墙上的苍蝇，听听他走后那些人会说什么。不过他立刻意识到，自己其实根本不在乎这些。他急于知道死后的世界是什么样子。

现在，他感到胸口灼热，心脏像是被撕裂了一般。有人在脑海里说："来吧！接着来……继续走下去！"但是出于生存本能，也有人在轻声呼唤："不……不要……"

他承受的与其说是生理上的，不如说是难以忍受的精神上的痛苦。他一生中的焦虑和痛苦都聚集到了这里，深深地刺痛和灼烤着他的心。

他知道有人借酒精或毒品暂时逃避这种痛苦，但清醒之后，痛苦依然在那里等待。也就是说，大限已到。听诊器是察觉不到这种痛苦的，但它就在那里，就像是皮肤下的一团火焰。

解除痛苦的唯一办法就是死亡。下定决心去死，就等于扣动了扳机。

决心赴死，痛苦便消失得无影无踪。

他在想，生父莫里森在密封的仓库里放火自焚之前是否也有这种感觉？

他超越了痛苦……

这时，幻觉再度出现了。

绝食10天后，比利看到了从未想象过的情景。几千只鸟儿在窗外飞翔，那情景如此真实，乃至于他询问其他人："你们看到了吗？"

还有光的颜色，红色、耀眼的蓝色以及令人生畏的黑色。他四下寻索，却找不到光的来源。

这是死亡的景象和声音。

他想起了卡尔莫活埋他时的情景，那时还不到九岁的丹尼目睹了这些死亡的颜色……

3

那是6月中旬的一个早晨，玉米已经长到大约两英尺高，露珠上闪烁着阳光，雨点拍打在车窗上。

小比利坐在卡车上等待着，穿着一条灰裤、一件背心和一双没有带子的蓝色便鞋。

卡尔莫从屋里走出来，迅速地挎上5.56毫米口径手枪皮套。

他启动卡车引擎，然后猛地开上了公路，轮胎发出刺耳的声响。

比利看着他从22号公路向右驶上通往石墙公墓的路时，不禁感到害怕。卡尔莫叫他不要离开车。比利望着卡尔莫走进那个被几道墙围住的小墓地。由于杂草太高，他看不见卡尔莫在里面干什么。回到

317

车上，卡尔莫似乎冷静了许多，然后又返回22号公路向北开去。这个小墓地非常奇怪，比利听说过一些有关魔鬼崇拜者，以及一个小男孩被埋在这里的故事。

他不明白死是怎么回事。

到了山顶，卡尔莫在绿洲酒吧前停下车，两个小时后，带着半打罐装啤酒从酒吧走出来。在前往农场的路上，卡尔莫一直在喝酒。他把拖拉机从卡车上搬下来，然后扔给比利一把锄头，让他清除玉米地里的杂草。

卡尔莫开着拖拉机下了山，比利边除草边望着地上。突然，卡尔莫的拳头猛地冲着他的头砸下来。

"该死的，那边那根草怎么没除。"

比利倒在地上，含着眼泪抬头望着这个愤怒的巨人。卡尔莫走进仓库，大口喝起啤酒。他在里头干了一会儿活，然后大叫道："给我进来！"

比利慢慢地走到仓库门口，不敢进去。

"拿着，"卡尔莫指着一个盘子的边缘说，"这样我才能把螺丝穿进去。"

比利刚拿住盘子，卡尔莫就在他的后脑勺上猛击了一下。比利被他打倒，整个人瘫在了播种机上。卡尔莫走到比利身后，拉过来一根红色塑料绳，迅速地在他的胳膊上绕了一圈，然后向后用力一拉，把他的两只手绑在一起。

比利又哭又叫，卡尔莫捆他的时候，他拼命用脚蹬着地。

"知道你妈妈是个荡妇吗？知道你是个杂种吗？知道你妈妈根本没有和莫里森结过婚吗？你就是犹太小丑和妓女养的杂种！"

比利拼命想挣脱绳子:"我不信!"

卡尔莫从后面抓住比利的裤子和头发,把他拖到外面。比利还记得卡尔莫曾把自己绑在储藏室的桌子上强奸他,以为卡尔莫又要把自己带到那里。但是,卡尔莫把他带到了玉米地里,按到一棵树上。听到比利大声喊叫,卡尔莫拔出手枪:"小杂种,要是再叫,我开枪毙了你!"

卡尔莫给比利松了绑,扔给他一把铲子,"挖吧!"

比利闭上眼睛,眼前一片漆黑。

丹尼抬起头,不知道自己做错了什么让继父发这么大火:"怎么回事?怎么了?"

"给我挖一条排水沟。"

丹尼按照卡尔莫说的,挖了一条三英尺深、六英尺长的排水沟。他快挖完的时候,卡尔莫也喝光了最后一罐啤酒。他把罐子扔到一边,抓起铲子叫道:"你这没用的浑蛋!挖的时候,铲子要直插下去,就这样;然后脚踩上去,用力往下压,再把土铲出来。"

他接着铲了一下,把土扬到丹尼脸上。"什么都学不会,狗娘养的!"他把满满一铲土扬到丹尼的肚子上,丹尼刚弯下腰,卡尔莫就一脚把他踢进排水沟,用脚使劲往下踩。

脸上的土越来越多,丹尼扭动着身体。他抓住卡尔莫的靴子用力往下一拉,卡尔莫一个趔趄,差点儿跌到丹尼身上。卡尔莫拔出手枪指着丹尼的头,然后用另一只手抓起一截生了锈的烟囱,将一端按到丹尼脸上,另一端搭在水沟边上。丹尼的脸被划破了。

"用这个呼吸,要不然闷死你!"

卡尔莫不停地铲着土，丹尼感到身上的土被他踩得越来越紧。丹尼的四周压满了厚厚的土，突然觉得非常冷，头也几乎无法移动。于是他想，抬起腿大概能破土而出，但那么做卡尔莫会杀了自己；安静地躺在那儿，卡尔莫或许倒会走开。

丹尼听到了一阵咆哮声，好像是卡尔莫在对着天空大喊。接着，他听到铲子的撞击声，可能是铲到了树根。他感觉得到卡尔莫在他上面走来走去，然后停了下来。他的胸口快要撕裂了。忽然，从烟囱里流下一股液体，滴到他的脸上、眼睛和嘴里。他闻到了卡尔莫的尿味，恶心得想吐。他拼命地咳嗽着。

大概这就是死亡吧……

他不知道妈妈和凯西怎么样了。

吉姆会从民用航空巡逻队回来照顾她们吗？

接着，他感觉到卡尔莫又在自己身上踩了一脚，踢开了一些土，然后离开了。

戴维出来承受痛苦。

他的脑海里断断续续地出现含糊的讲话声，但只有阿达拉娜的声音是甜美和清晰的。她唱着歌，让孩子们安静下来："派里烘烤着二十四只黑鹂……打开派，鸟儿开始歌唱……"

汤姆拼命使劲想挣脱绳子，但没有成功。

亚伦把身上的土踢到一旁。

丹尼出现，又开始咳嗽。

卡尔莫为他松了绑，把一条湿毛巾扔给他。丹尼擦干净了脸、脖子和脚上的土。他想躲开卡尔莫，趁卡尔莫转身的时候逃跑。他一句话都没有说，只是低声啜泣着，尽量离那个疯子远点。

在回家的路上，卡尔莫又把车开到绿洲酒吧，在里面待了将近一小时……

比利睁开眼睛，不明白自己的头发上和耳朵里为什么有那么多脏东西。他经常在农场里把自己弄得脏兮兮的，但这次实在是太过分了。卡尔莫从绿洲酒吧出来，手里提着半打蓝带啤酒。

卡尔莫爬上卡车，转过身来用一双布满血丝的眼睛瞪着他说："要是敢告诉你妈妈，下次我就把你埋在仓库里，然后告诉那个贱货你跑了，因为你不喜欢她了。"

告诉她什么？比利本来想问，但是没有开口。

卡尔莫把车开上22号公路。他剔着假牙，一边把里面的脏东西吐出来，一边凶狠地咧嘴笑着："要是敢胡说八道，看我怎么收拾你妈妈。"

比利知道他不能告诉任何人。

回到家，他洗过澡便躲到地下室里，坐在后方他存放颜料和蜡笔的地上发抖。他又气又怕，咬着自己的嘴唇和手，摇晃着身子默默地哭了一个多钟头。

他不能让妈妈发现。如果妈妈替他说话，卡尔莫一定会动手打她，可能还会杀了她。他不希望发生这种事。

他希望时间消失……

从那以后，比利就明白他必须想法保护自己。他再也不是这个家庭的成员了。他年纪太小，还打不过卡尔莫，但他必须想办法抗争才能活下去。

他的心离开了，而且时间越来越长，每次醒来都发现自己待在一个不同的地方，因而感到困惑不已。

快开学了，他担心醒来的时候发现自己正在别的地方，那可就糟糕了。他仍然很尊敬老师和校长，但现在他们说什么都不管用了。如果有人阻止他走出教室，他就绕过他们。卡尔莫对他施暴以后，一切对他来说都不重要了。再没有人可以伤害他了。不论谁强迫他做什么，都不会比他经受过的事更令他痛苦。

在其后五年里，卡尔莫继续强奸、折磨他，直至他14岁。但他活下来了。能经受卡尔莫的折磨，他就能经受住一切，除非他自愿选择死亡并埋葬自己。

4

1987年2月17日，《阿森斯信息报》刊登了美联社的头条新闻：

威廉·米利根绝食抗议34天　声称有死亡的权利

施韦卡特向美联社记者透露，比利已请他代理争取死亡权一案，如果不能代理就请他帮助找其他人。施韦卡特向记者表示，他和库拉目前尚未做出决定。

比利被紧急送到芒特卡梅尔医疗中心急诊室，在接受营养不良治疗后又被送回莫里茨司法中心医院。

"医院向法院申请对你进行强制进食，"库拉告诉他，"你认为我该怎么做?"

"我想一个人在这里平静地死去。"

"你确定?"库拉问。

"听着,如果你不帮我争取死亡权,我自己来。"

"好吧,如果这是你的决定,"库拉说,"我是你的律师,会为你争取的。我的一贯立场是为当事人努力争取,不论他想要的是什么。我不会做决定,只会把所有事实告诉当事人,由他们自己决定。我给很多人代理过,其中有人曾赤身裸体地坐在地上,向经过囚室的人扔粪便。即便如此,我还是会让他们为自己做决定。这就是我的态度,对你也是如此,比利。"

"我想死。"比利说。

于是库拉去查看法律条文。不久前有个案子,一个据说是疯了的女人坚持说,基于宗教信仰,她有权不接受治疗。俄亥俄州最高法院认可并做出裁决,个人有权决定是否接受强制治疗。

为了研究这个最新判例,库拉查看了俄亥俄州最高法院的判决书原件——上面还保留着语法错误的修改。

1987年2月19日,库拉为比利争取死亡权做了辩护。尽管他知道如果自己赢了,比利的命运便就此决定,但还是竭力争取。他不想看到比利被绑在那里,通过导管进食。

1987年2月20日,法院同意了比利的要求。《哥伦布市快报》报道说:

法官允许米利根继续绝食,如果他决定这么做。

随后，媒体把"绝食抗议"的说法改成了"绝食至死"，因为比利没有提出任何要求，没有讨价还价，也没有进行威胁，而且也没有下最后通牒。

医院员工和精神卫生局顿时慌了手脚。他们本以为自己能打赢这场官司，但现在才意识到，这个臭名远扬的患者在自己的严密监控之下，很快就要自绝于世。

终于可以完全掌控自己的命运令比利十分开心。

透过玻璃墙，他可以看到站在外面的那些人：主管扎克曼、林德纳医生、一名心理专家、一名社工、训导主任和护士长，还有几个他不认识的衣冠楚楚的人。

他们来了好几次，下过几道命令，但都无济于事。后来他们想要操纵他，请来了一名牧师，让他劝导比利这么做有悖宗教信仰。

比利毫无反应。于是有人指出，虽然比利的母亲是天主教徒，但根据记录，他的生父是犹太人。于是他们又找来了一名犹太教拉比。得知比利今年已32岁后，拉比说："你想打破耶稣的记录，是吗？"

大家轮番询问比利有什么要求，但他坚持说："什么都不要。"

然而，他们仍然相信比利一定是想争取什么东西，只要知道他想要什么并满足他，他就会停止毫无意义的绝食。

报道比利准备"绝食至死"的记者每隔一小时就会打电话询问他的情况。比利觉得他们如此"关心"这件事，简直不可思议。

一个护士哭着请求他吃东西。

比利感到医院的员工和管理层已经开始同情自己了，他们不希望发生这种事，感到无助，也知道自己输了。他们是迫于无奈才去劝说一个自愿去死的人。

比利现在意识到，在应付卡尔莫的时候自己已经学会了消极抵抗，只要在最困难的时候不崩溃，那么就没有人能使自己崩溃了。

他的胃部肿胀，牙床一碰就流血，视线也开始模糊。当他把手从面前移开时，看到的只是手指在空气中划过的痕迹。

他半夜醒来时发现浑身都湿透了，便冲着世界大声道："你无能为力了吧！"

他拖着身体走到洗脸池旁，看见镜子里的自己脸色枯黄，凹陷的眼睛周围有两个深深的黑圈。他感到虚弱无力，知道自己快不行了。眼前开始发黑，他强撑着喝了一小口水。他觉得很奇怪，似乎有什么东西不见了。他聆听着，但周围一片寂静。

他知道他们都走了，阿瑟、里根、汤姆、丹尼、戴维和其他人。没有声响，也没有其他人了。这不是通过服药，而是身体内在的融合。他赴死的决心将所有的人格整合在了一起。这就是秘密所在。在走向黑暗之前，他终于回归了完整的自我。

现在只有"老师"存在，那些忠实的朋友都已经沉睡了。他默默地呼唤着他们，但没有回应。他为失去他们而痛哭。

死亡疗法使他融合了。

然后，"老师"开始大声说起话来。看守听到比利的声音，还以他在做死前的最后挣扎，于是立刻通知了管理层。大家在深夜都赶到了，围在他身旁等待。

"老师"突然意识到，即使现在改变主意决定吃东西，恐怕为时已晚！

他觉得自己在某种程度上已经被撕裂了。他取得了胜利，他们认输了。在此期间，这些人得到了很多教训——治疗患者时犯下的错误。他们的态度正是由于他而改变了。

现在一切即将结束，比利希望自己还能为其他患者做更多的事情。既然这样做能够让院方的态度有所改变，那么如果不自杀，或许还能做得更多。

"如果不能战胜他们，那就与他们合作。"他想。

这是他自己的，而不是分裂人格的想法。然而，他不知道该如何与他们合作，尽管他们曾千方百计地劝说过他，比如："你可以帮助我们更好地了解这个制度，自杀是种浪费。"

"如果我活下来，你们说话算数吗？能告诉我，什么时候可以离开医院吗？我如何才能开始新的生活？"

"我们会尽力而为的，比利。"

"能帮我制订一个人生规划，并保证你们会遵守诺言吗？能依照约翰逊法官的判决，请外面的医生给我治疗吗？"

比利的话迫使他们立即采取了行动。

他们开始商量给比利找一个新医生，而且巴不得让他到俄亥俄州以外的地方接受检查。他们最终同意，在两个月后举行的精神状态听证会上请求法官让比利出院。

"我们必须让你接受培训并掌握一些技能，这样你才能养活自己。为了表示我们的诚意，有什么需要我们立即做的？"

比利马上想到了"电脑"。

他想起了法兰克·博登入侵电脑系统获取他人信息并造成危害的事。他想用自己的社会保障金买一台电脑，要是他们同意，那么他就相信他们能遵守诺言，按照计划行事。他可以自己学习电脑，然后进入心理健康系统查看档案,这样就能知道他们是否食言了。如果他们欺骗自己,那他一定能发现并再次选择死亡。

博登告诉过他,想要摧毁一个系统,就必须编制一个能够销毁全部数据的程序。

他或许能够通过自学编制一个程序,如果他们欺骗了他,这个程序就会在他死后替他报仇。想到这里,他不禁咯咯地傻笑起来。

比利告诉自己,这并非与他们妥协,只不过是最后耍弄他们一下而已……他要笑到最后。就像他的生父在密封的仓库里自焚前在纸上写下的最后一个笑话一样:

"狼人是什么,妈妈?"

"闭上嘴,把你脸上的毛梳整齐!"

莫里森是个失败的说笑艺人,与他不同,比利却要一直笑到最后。只有这件事才值得让他在这个世界上再多停留一会儿。

"你们同意我用社会保障金买一台电脑和辅助用品,"他说,"我就吃一个花生奶油三明治。"

他们同意了。获得官方批准可能需要几个星期,但他们说他一定能得到想要的东西。

那些人走后,比利靠在枕头上凝视着天花板,虚弱地笑了。他现在决定活着——生存下来,就是要继续留在这个星球上,让他们不得安宁。

第二十四章
电脑黑客

1

离举行精神状态听证会的时间只剩下不到一个月了,为了做好准备,库拉必须把比利的病历从头到尾看一遍,但他需要申请传票,才能迫使莫里茨司法中心医院让他查看比利的医疗档案。

拿到法院传票后,他随着医院警卫走进了一个四米见方的房间,里面没有窗户,摆着一张小桌和一把椅子。在比利的医疗档案里,大部分是记录他状况的手写报告,其中包括每隔15分钟记录一次的一对一监控报告,此外还有医生的报告和医疗小组的全部会议记录。档案从地面一直堆到了天花板。库拉心想,保留这些档案的人为律师保存了证据。

在3月20日举行的听证会上,比利对烦琐的程序感到十分不耐烦,要求自己询问精神病医生。但约翰逊法官拒绝了他的要求,因为比利有代理律师,而且他被诊断为精神异常,所以不能盘问医生。于是,比利要求解聘自己的律师。

约翰逊法官否决了，并再次强调富兰克林郡公共辩护律师库拉是比利的律师，而施韦卡特是不收费的合作律师。

随后，约翰逊法官将听证会推迟至4月17日。

《人格裂变姑娘》一书中提及的精神病医生科尼利亚曾在11年前诊断过比利，她做证说俄亥俄州没有为比利提供恰当的治疗。

"（莫里茨）司法中心医院就像一所监狱，"她说，"如果他接受了恰当的治疗，那现在早该治愈并能正常地工作和纳税了。"

她建议由卡洛琳医生继续治疗比利。

但检察长助理埃文斯却表示反对，说精神卫生局希望由精神病学社工希拉·波特治疗比利。波特将在精神病医生的指导下开展工作。

库拉提醒法官，比利之所以逃跑，是因为他认为他的医生想伤害自己。医生在治疗方法和用药上的分歧是问题的关键所在。

库拉觉得药物非常可怕，因为几乎所有用来治疗或控制比利病情的药都对他造成了伤害。库拉认为精神病医院（特别是州立精神病院），用药物取代因人而异的治疗，以此来麻木或控制患者——尤其是不听话的患者，是现代社会所不能容忍的。而比利是个斗士，一直在与他们进行斗争。比利现在担心他们要剥夺自己的想象力，彻底损害他富于创造力的大脑。精神病院是要帮助比利，还是只想避免他再惹麻烦？

"如果这个体系里的人想通过治疗来杀害你，那你只能从那里逃离"，库拉明白让法官和陪审团同意这个看法非常困难。这样说就等于在指控那些监护人是恶魔。与法庭抗争谈何容易，因为法官就是这个体系的一部分，他们必须支持自己的制度。

1987年4月20日，约翰逊法官判决，比利要在安全措施最为严格的莫里茨司法中心医院再多待两年。

库拉通知法院他会继续上诉。甚至那些为州政府出庭做证的人都说，与其说比利会危害别人，倒不如说他会伤害自己。"他对自己构成威胁，"他说，"那是因为他被关在莫里茨。"

库拉拿到法院传票到假释局查看过档案后才明白，为什么约翰逊法官的态度会如此强硬。

成人假释局局长休梅克以个人名义致信约翰逊法官，坚持要法官将比利移交给假释局，由假释局负责"将比利送回监狱"，在那里等候出席假释听证会。休梅克强调，由于假释局在比利逃亡之后发布了逃犯拘捕令，因此他们理所应当将他监禁起来。

库拉很清楚，在举行假释听证会之后，很少有人能被再度假释。假释局本身就是执法机构，全权掌控整个监狱系统，不需要听命于更高一级的机构，它做的决定是无法上诉的。库拉和施韦卡特都认为，让比利落入休梅克手中，就等于宣判了他的死刑。比利可能会在监狱里自杀，或是被制造出自杀的假象。

他们现在明白了，约翰逊法官认为不把比利送进监狱的唯一办法，就是让精神卫生局和法庭继续监管他。得知约翰逊法官其实是站在比利一边的，库拉颇感意外。

2

比利准备学习电脑令医疗小组和大部分工作人员都感到高兴。因为他们一直都在劝比利除绘画外再学习其他的技能，以便在病愈获释后能够谋生。

比利解释说，之所以要用自己的社会保障金支付，是因为他不想通过精神卫生局采购部购买。"我要买磁盘、缆线和学习软件来学打字。我不想听那些看守发牢骚和抱怨，也不想让他们用金属探测器去检查这些东西，否则在我使用之前，东西可能已经被他们弄坏了。"

医院下令，比利购买的电脑及相关用品都必须直接送给他的社工，并于物品到达当天就交到他手中。

医院还答应了比利的要求，承诺不再将他的信息透露给媒体。比利不想让媒体知道他停止绝食后的情况，因此院方只能对外说他的健康状况已经稳定，体力也在逐渐恢复。

一天下午，比利去取送来的货物。他订的东西全部送到了。他尚未购买调制解调器，因为他不太清楚如何使用，不过他相信那些警卫也不懂。他只记得博登说过，用网线通过调制解调器将电脑和电话连接在一起，就可以在世界各地收集需要的信息。

信息一直是他最有力的武器。

比利后来改变了主意，决定买一个调制解调器以及一些电信方面的书籍。

精神卫生局告诉他，在学习的同时，必须尽快开始接受治疗，这一点十分重要。比利不信任和俄亥俄州中部精神病院有关的人，所以终于同意见医院为他请来做初步诊疗的精神病学社工。

库拉提醒比利，波特早在1977年就参与了他的治疗。她是一名精神病学社工，与心理专家特纳和卡洛琳医生一样，也是治疗小组的成员。如今在10年之后，法院再次请她来帮助比利活下去。

比利通过金属探测器检查走向会客室，看到那个社工正在端详他。波特是一个娇小、纤细的女人，长着一双深邃的眼睛，深色的头发留着时髦的发型,洁白光滑的皮肤像瓷器一般,修得长长的指甲上涂着指甲油,颜色与鲜红的口红完美地搭配在一起。她与比利记忆中的形象有所不同,更不同于他以往见过的精神病学专家。

波特在面前的一个黄色记事本上快速地写着什么。他知道她会做记录的,因为他们都是如此。不过,他们还没有开始谈话,她在忙着写什么?

3

* 波特日记 *

1987年5月22日:7点至20点30分,外表:不太整洁,10年的光阴让他变得衰老、憔悴了。

虽然他自称"我们",但我相信他就是"比利"。他很绝望,想自杀,而且深信自己会被永远监禁。他目光呆滞,病情严重,非常虚弱。具有反社会人格?

比利很乐意来会客室,也愿意讲话。他说还记得我,不希望我和他一起"蹚浑水"。他表示不想成为一个永远不会被释放的政治犯。

他一再说明自己对他人已不再构成威胁,华盛顿州的那个人不是他杀的,自最初的那几起强奸案之后,他再也没有犯过法。

(他)说拒绝我(作为他的医生)是出于两个原因:

(1)他已提出转到管制宽松的医院,在此情况下接受任何人的治疗都会对他的要求产生影响——"治疗应当不仅仅是谈话。我必须学习如何在社会上生存,如何应对自己的疾病。"

(2)社工提出的释放建议根本无法说服那些心理学家,因为他们坚持认为必须把他关起来。他担心精神卫生局会横加阻挠，我的报告根本无法直接送达法院。

比利详细讲述了他在公共辩护律师事务所的工作，还说了他对成为卡洛琳和林德纳医生斗争的牺牲品的感受，逃亡期间发生的事，以及他被拘捕的过程。

他曾试图讨好我，和我讨价还价，但没有坚持。谈及获得的短暂自由，他兴奋起来，但很快又开始沮丧。他有以下表现：

（1）不信任他人——希望像一般孩子那样信任父母，但每一任失职的家长都让他大失所望。

（2）没有战胜疾病的动力——为什么冒着被毁灭的危险，再次毫无戒备地去尝试？

4

比利不知道自己是否应当信任波特，因为有人警告过他，不要相信任何人。库拉让他提防精神卫生局耍花招：先让波特来治疗，然后请一些资历更高的专家来否定她的建议，指出比利必须在安全措施最为严格的医院接受治疗。

比利想相信她，也希望与她合作，但他已经被欺骗了太多次，很难相信这次会有什么不同。他觉得必须抓住他们的把柄，以防他们逼迫自己。

比利一边思考，一边经过警卫向病房走去。这时，他听到有人喊："米利根的电脑用品到了。"

他的调制解调器送到了！

他每天都请看守带他去健身中心，而且戒了烟。他开始画画、学习编程和操作电脑。

关于何时能让比利开始作画，尚存在争议，但有消息透露，现在的临床主任帕姆·海德（Pam Hyde）已经下了命令，只要比利愿意，随时都可以画画。如果他半夜醒来想画画，那就由他去画！比利认为，同意让自己画画不过是害怕媒体报道而已。

医院员工逐渐认识到，应当尽量允许比利去做他想做的事。他们私下甚至认为，只要双方合作，比利就能早日离开医院。这是一段平静的日子。

比利用了几周的时间才得以进入精神卫生局的电脑系统。但他起初并没有打算下载资料，只是想对它进行了解。他一开始进展缓慢，但他有的是时间。他心想，只要掌握了这些信息并了解了系统的运作方式，就不会被人欺骗了，而且能以其人之道还治其身。他就是如此打算的。他要等待，直至学会了如何控制这个想把自己摧毁的系统。

与此同时，既然那些人遵守诺言允许他拥有了一台电脑，他也不会食言。他告诉波特，他已经做好了合作的准备。

第二十五章
比利到此一游

1

* 波特日记 *

1987年6月3日：在图书馆里玩电脑……很兴奋……自己设计……破解了象棋游戏的密码……忙碌、活跃，不那么绝望了，还提出了教育计划。仍然担心我与精神卫生局之间的关系。有趣的反应……应当思考一下。谈到需要制定一个计划，以防再次犯错。

1987年6月11日：不太舒服……头痛……待在房间里……展示了电脑里的设计图案。（他）表示对教育计划感兴趣……仍然不放心，但比过去好些了……相处得不错。谈论了韦斯（艺术家）。

1987年6月12日：在会客室……给我带来了一幅画……解释为什么不能接受（或）讨论教育计划……询问为什么精神卫生局"现在"对他那么感兴趣。谈到缺乏一致性——这是个问题。我问起"其他人"……（他）不太想谈他们……谈到绘画风格……说"他们能做的事，我都会"。

1987年6月17日：（他谈到）……失踪的人……电脑怪人……住

了几天。有一天（博登）侵入了联邦存款保险系统，然后带着17.8万美元逃到加拿大去了。"我帮他搞到了新的身份证件，但用的是我自己的钱——害怕和他非法得来的钱扯上关系。自强奸案后我再也没有犯过罪（为此感到骄傲）。"

在那之前的犯罪行为……侠盗罗宾汉……在西第五大道看到一个女人在吃狗食……抢劫了食品券商店。是谁干的？里根和……然后……都给了他们。他们是谁？"不受欢迎的人"，不工作。

吃了药情况好转。现在一直是比利出现，但脑子里不断出现闪光，咬手才能保持清醒……有时感觉好些，但有时一天要咬四五十次。卡洛琳提醒我当心亚伦，亚伦在和她耍花招。

1987年6月27日：几次谈话之间和谈话过程中都有微妙的变化……他是在转换人格，还想要隐瞒吗？（告诉卡洛琳）……

1987年6月30日：情绪似乎很低落……在努力克制……4点半至7点的时间失落了。他说这种情况经常发生……没有固定的形式……只是行为不像是同一个人。吃了药才会感觉正常。医生说瞳孔会扩大……他说和我谈话时没有发生过，但白天经常发生……他是在控制服药？还是真出了什么问题？

离开西雅图之前一直都在服药……克里斯托弗·尤金·卡尔……使用的第一个假名……说要是服了药就不至于被捕。影响了注意力和行动能力……和卡尔谈论过拥有新身份的好处……忘记了过去……可以挺胸抬头重新做人。

1987年7月8日：发现脑中多次"出现闪光"……很明显，"混乱时期"又来了，努力"跟上"对话……癫痫发作？……到底怎么回事？没有再出现不同的人，但差异更加细微？……确实有所不同……究竟是谁在这里……

1987年7月22日：我们谈起了他的童年，我询问他对生父有什么印象……他说他的父亲是个艺人，和吉米·杜兰特是好朋友。他说有张小时候和父亲在一起的照片，他和哥哥、妹妹坐在杜兰特先生的腿上。

2

比利告诉波特，莫里森有很强的幽默感，对孩子们关爱有加，但和多萝西处得不好，因为他沉迷于赌博。父母在比利四岁的时候离了婚，莫里森曾多次尝试自杀。

比利记得母亲非常害怕，担心还不上莫里森的赌债，孩子们会被绑架以索取赎金。他还记得母亲仓促地收拾了行李，带他们坐上了飞往俄亥俄州哥伦布市的飞机，机上只有他们四名乘客。

波特问他觉得自己什么地方像莫里森。"首先，"他说，"是他的幽默感。还有，莫里森是犹太人，我的眼睛和额头都长得像他。"

"你也具有他的表演才能，以及忧郁倾向吗？"

他抓了抓头，点头道："我想大概是这样。"

得知库拉上诉失败，精神卫生局又一次让他失望，比利认为那些人还是想让精神卫生局的官僚继续把自己关在这里，在阴暗的病房里慢慢死去，尽管他们曾经做出过承诺。

他不怪波特，但他决心让精神卫生局的那些大人物知道这么做会有什么后果。

他找到了精神卫生局的电话总机,把电话号码那些数字所有可能的排列组合列了个表。

他昼夜不停地拨打这些号码。他第一次打进精神卫生局时,电话被接到一台传真机上,虽然没有成功,但说明他离目标已经不远了。终于,他拨通了连接着电脑的电话号码。他发现多数文件都是通过微波传输到精神卫生局数据中心的,然后需要的人再把它们下载到自己的电脑里。电脑技师打开电脑后,主机会自动接收所有的订单、发送记录、员工记录、护理记录以及患者病历,并将这些信息储存到数据中心的电脑系统里。

他用自己的方式进入了中心的数据系统。晚上11点30分左右,在无数次尝试之后,他突然看到显示屏上闪动的图标:俄亥俄州精神卫生局。

他进去了!

当显示屏上出现菜单时,他激动得在椅子里跳上跳下……

(1)文字处理

(2)数据输入

(3)通信

他开始查看数据。他曾想过植入一个病毒——一个他可以远程控制的逻辑炸弹,这样一来,如果他们违反承诺,他就可以进行报复。但是,他必须小心谨慎,隐藏他的路径并预留撤退通道,这样他就可以神不知鬼不觉地离开。

他查看目录,找到了他们的菜单,然后照样做了一个可以在屏幕上迅速闪动的图标。

他用他们的编辑器在上面写道:

比利到此一游，哈！哈！哈！

他看到自己打上的字能够闪动，便将它们保存起来，可当他想删除的时候，却无论如何无法把这些字从系统中删除。他被困在里面了。

上帝！他心想，这下可糟糕了！他知道明天早上那些资料输入员打开电脑后，屏幕上就会出现他打的字。他束手无策了。

他知道明天一早一定会有人来搜查，所以必须做好准备。他拨掉了所有的插头，把磁盘藏起来，然后上床睡觉。他想警卫明天9点过后就会马上过来。

电脑资料输入员第二天清晨来到精神卫生局后便开始了日常的工作。他们倒好咖啡，去过洗手间便坐下来闲聊，等着8点半的铃声响起。开始工作后，所有人都会弯下身子启动电脑，选择他们准备输入资料的视窗，然后进入程序。

然而，他们突然发现图标和程序菜单今天都不见了，屏幕上却闪烁着几个字：

比利到此一游，哈！哈！哈！

办公室里一片抱怨声。资料部主管大声叫道："不要动！保持原状！他妈的究竟发生了什么事？"她冲出房间后又回头叫道："都不要碰这些机器，真该死！千万别碰！"

她乘电梯上了十一楼，看到从其他电梯里走出来很多人，匆忙地穿过走廊向海德主任的办公室跑去。

已经有人在她之前到了，她听见敞开的门里传出一声怒吼："是谁让那个浑蛋接近电脑的？"

339

比利坐在活动室的桌旁等待警卫到来。大约上午9点30分,他听到钥匙碰撞发出的声响,以及向病房走来的脚步声。他笑了。

门被突然撞开,一名警卫吼道:"搜查房间,米利根!"

比利耸了耸肩走出房间,向走廊偷偷瞄了一眼。

警卫让他回房间看他们检查自己的东西,但他拒绝了。"听着,我知道你们这伙儿笨蛋要干什么,我要是屈尊站在一边看着那就见鬼了!"

"你这个狂妄的狗杂种!"

警卫把他的衣服扔出去时,社工就站在门外。一个警卫把他的打印机扔到地上,一脚踢出门外。

"当心!"比利说。

"这个没收了!"那个警卫厉声说,扯下了屏幕和电脑后面的电线。

"弄坏了,你得赔偿。这是用我自己的钱买的。"

警卫把他的东西扔出房间,是为了找他的磁盘。一个警卫找到了三个装磁盘的空盒。"磁盘呢?"

"我寄出去了。"比利回答。他当然不可能在深夜里把磁盘寄出去。这些人哪里想得到,他把磁盘藏在活动室里了。

"为什么拿走我的衣服?"他问。

"因为你威胁了安全,米利根。"

"我干什么了?我一直坐在这里看电视。"

"你一定干了什么,"一名警卫训斥道,"因为一切都乱套了,必须对你再次实行'防止自杀监控'。"

作为惩罚,他们再次对比利实行了一对一的监控,医院主管午饭后也过来察看。当警卫把比利带到治疗小组办公室时,他看见了几个医院高层管理人员,包括林德纳医生、海德的私人秘书扎克曼医生和护理部主任——所有的大人物。

"知道我们可以控告你触犯联邦法律并犯下刑事重罪吗?"

比利耸耸肩说:"我是个精神病患者。你们打算干什么,把我送进医院吗?"

他已经学会按照他们的游戏规则去玩了。

"我们能让你痛不欲生。你想转回戴顿司法中心医院吗?我们应该请法院把你送回监狱,这样就能控告你了。"

比利被激怒了。"你等等!我拥有这台电脑已经好几个月了,你们以为我都做了什么?我删除你们档案里的信息了吗?你们最好想想,比如,就那么一盘饭你们却支付给承包商11.9美元,他们和你们有私下交易,还有从戴顿运送食品的费用,你们还私自下载员工的个人信息。"

他看到这些人交换着眼神。

当他抖搂出那些信息时,他发现那些人并不清楚自己对档案究竟做了什么。

这些信息是他从一份账单明细中获知的,现在证明他的猜测是正确的。他必须让他们相信,这不过是他获取的众多信息中的一小部分罢了。为了让他们明白,他还知道其他超额付款和非法合同的事,他暗示自己进入了最重要的数据库——精神病患者档案,其潜在的杀伤力足以让他们震惊。

"俄亥俄州精神卫生局储存了8.3万名精神病患者的档案,必须用一个压缩数据库才能储存下这个超过1.4亿兆的文件。"

他当然并未进入患者档案,不过这些人可不知道他在虚张声势。

"你们到这儿来想告诉我我该怎么做,还想用你们的人手胁迫我？我可知道这儿的不少警卫和看守都有犯罪记录。媒体对这些会不感兴趣吗？你们必须重新给我一台电脑，而且按照我们的协议，安排我到其他州接受多重人格障碍专家的检查。你们曾经答应，一旦我康复了——融合成功，不再具有危险性，就建议放我出去，希望你们信守诺言。"

比利知道俄亥俄州的大多数法官都会认可精神卫生局的要求。精神卫生局每年4.4亿美元的预算是全州政府部门中最高的。精神卫生局的这些官僚是真正的政客，很少有法官会反对他们的意见。他们拥有权力，所以他决心引起他们的注意。

那几个人说要暂时离开，去协商一下。他们回来的时候，脸上都挂着笑容。"米利根先生，你有时间吗？"

"当然，"比利把头转向那个监控他的警卫说，"你们是想让他和我一起听，和我们一起看机密医疗档案？"

"好吧，解除一对一监控。"

比利知道他们准备谈判了。

"你在没有外人指导的情况下干了这件事，令我们印象深刻。这说明你有很强的学习能力。我们认为，应当引导你把这种能力应用到积极的方面。"

"在监狱里能干什么？"他问。

"不……不……不是这个意思……我们会继续执行计划，已经有人对我们提出建议了。我们会和波特商量，先找专家到这里来给你检查，然后尽快——大概一周之内，让你到波士顿去接受精神评估。"

他们以前曾说过要到州外去进行精神评估，但并没有做过。

"好啊，"比利说，"我还没去过波士顿呢。"

这次他们说话算数了。

莫里茨司法中心医院先聘请了一位精神病医生在1988年1月5日为比利做了检查。该医生在记录中写道：

"……从精神病学专业角度出发，经过必要的检查，我认为米利根先生已不再符合因精神异常而对本人或他人构成威胁的标准，因此他不需要继续留在像莫里茨司法中心医院这样安全措施最为严格的医院治疗。

"我个人还认为，该患者的沮丧和／或多重人格障碍症状已经消失了六个月以上，因而不再符合法院认定的住院标准。

"建议让米利根先生在有条件释放的前提下，回到社会生活。"

医院还请来了10年前曾给比利检查过的乔治·格里夫斯（George B. Greaves）医生。格里夫斯医生现在是多重人格障碍研究中心的主任。格里夫斯医生写道：

"在罹患多重人格障碍的患者中，威廉·米利根是第三位仍然存活的知名患者，另外两位是克里斯·科斯特纳·塞兹摩尔和'人格裂变姑娘'……

"根据最近的病历，我没有任何明确的理由认为住院是他的唯一选择或较好的治疗方法……

"要米利根先生继续留在安全设施最严格的州立医院治疗，显然是基于这样的看法：他对自己及他人随时都可能构成持续的威胁。但我在病历档案和谈话中均未发现任何证据支持这种说法。"

上述报告使比利得以在波特的陪同下前往波士顿。

3

比利即将到州外接受检查的消息披露后,在检察官办公室和假释局引起了极大的争议,两个机构都竭力阻止这个行动。

检察官联系华盛顿州贝灵汉警察局,询问有关米利根被列为主嫌犯的那个案件的情况。

1988年1月25日,吉贝尔探员回复说:

"应您的要求,现提供法兰克·博登1986年9月失踪案的最新情况。本局进行了16个月的密集调查,但没有找到博登的尸体。我个人认为博登已经死亡,并且是被人谋杀的。

"本案的主要嫌疑人是威廉·米利根……"

成人假释局局长休梅克就比利去波士顿检查一事提出了个人抗议,于1988年2月12日致信约翰逊法官:

"我们认为,米利根不但有犯罪的历史……而且他很清楚,一旦处于假释局的监管之下,他就会被送回监狱。有充分的证据表明他确已对社会构成威胁,是一个严重的安全隐患。

"基于上述理由,假释局反对将米利根转往俄亥俄州之外的任何地方,并且反对让他在无法严格监控的任何地方接受治疗。另外,我们再次恳请您将威廉·米利根交由本局监管。"

约翰逊法官并未按休梅克的要求采取行动。

比利在波特的陪同下飞往波士顿,于1988年2月22日住进马萨诸塞州贝尔蒙特市的麦克林医院,直至27日。

经过四天的独立疗程、综合心理测试、神经系统评估和脑电波扫描后,医学博士詹姆斯(James A Chu)医生(获得美国精神病学与神经病学委员会颁发的精神病学资格证书）在1988年3月3日提交了评估报告：

"根据评估结果，我不认为米利根先生会对自己或他人构成威胁，也不认为他有必要住院治疗……我认为他的人格已经融合……"

1988年3月14日考尔医生因心脏病去世。当比利从波特那里得知这个消息后，反复重复道："我告诉过他会这样……"比利没有解释，但她不止一次地听到他说，"所有想帮我的人都会被伤害。"

约翰逊法官判决将比利在安全措施最严格的莫里茨司法中心医院再多监禁两年后，库拉提出了上诉。但10天后，他的上诉被俄亥俄州第十地方上诉法庭驳回了。但就在此时，约翰逊突然改变了主意。鉴于新的精神病学评估报告指出米利根的人格已经融合，且他目前的病情稳定，因而约翰逊法官同意释放比利并允许他和妹妹住在一起，但前提是他必须找到一份工作。在释放前，比利将继续留在俄亥俄州中部精神病院的开放病房里。

约翰逊法官允许比利在"有条件释放"的情况下不再接受监控，而库拉认为约翰逊法官是想借此阻止假释局拘捕比利。与此同时，精神卫生局拒绝了休梅克获得精神病学评估报告及比利治疗计划的要求。他们的理由是，比利的所有档案都属于机密文件。

1988年5月3日，休梅克在一份签发给属下的内部文件中引用了俄亥俄州的修订法规，对法官的裁决提出了反对意见：

"在该部门主管的要求下，州和地方官员都应向假释局提供有关信息，以利其执行公务。

"我正式要求获得这些信息。

"并告知所有相关人士,米利根是一个违反了假释条例的假释犯,案情发生在数年前……一旦假释局拥有了对他的合法监控权,就将把他送回监狱等候召开撤销听证会。"

休梅克在同一天还给他的法律部门主管写了一份内部参考,谴责法院的立场:

"我希望您能与总检察长办公室探讨我们应采取什么办法。如果他被从医院释放,我们便将他拘捕、送进俄亥俄州立感化院?如果这不是明智之举,那么总检察长能否代表我们申请人身保护令,以检测法院的权限范围有多大?"

休梅克显然是在抗拒法院通过精神卫生局来保护比利的做法。库拉发现,在众多假释犯的档案中,只有两份被放在休梅克的办公桌上,其中一份便是比利的。

鉴于法院要求比利必须先找到一份工作才能回到社会上生活,而哥伦布市又没有人会雇用他,精神卫生局便给了比利一份电脑编程员的临时工作,每小时工资10美元。

第二十六章
空房子

1

在约翰逊法官有关一年期"有条件释放"的规定中,有一条是比利必须每周和波特联系两次以上,并接受西南社区精神卫生中心的监督,该中心应定期向法院提交治疗报告。

法院的裁决改变了比利的处境。他不再接受精神卫生局的直接监控,而是被置于地方心理健康体系648局的管理之下。该局负责管理仍然处于精神卫生局的控制之下,但在社会上生活工作的患者。

现在负责为比利提供治疗的是属于精神卫生中心的一个委员会,该中心的任务是帮助患者在社会上生活、寻找住所,以及安排日常生活。

但波特觉得这样的安排有问题,因为该委员会负责的大多是精神分裂症或严重心理不良的患者,其工作人员接受的训练就是按照标准程序来处理患者的问题。

波特认为:"比利的情况完全不同。这些工作人员并不具备治疗比利的能力,因为他们以前没有接触过比利这样的患者。"

工作人员带比利到低收入住宅区去找房子,但事前并没有考虑到比利在外面名声不好的问题。他们开车带着比利去公寓区四处寻找，让他填写住房申请。然而，人们一听到比利的名字，便立刻当着他的面关门谢绝。

波特觉得这种经历给比利造成了两个负面影响，一方面让他觉得自己是个怪物，另一方面又让他产生自恋。她认为该委员会应事前做好安排，避免这种恶劣情况的发生。但委员会坚持遵守他们的工作流程和规则。

委员会想将对比利的治疗纳入他们的框架，因而希望波特帮助比利适应他们的做法，而比利却想让她说服委员会来顺应自己。

在这种情况下，比利会怎么做呢？波特非常清楚比利会采取分而治之的手段。当她看到这样的情景，便告诫自己："又来这一套了，我可不参与。"

波特打电话给648局的局长菲利普·卡斯（Philip Cass）："我坚决不同意让比利去做他们所谓的正确的事。这样不会有效果的，这不是在为他治疗。这种情况以前发生过多次了，最后都是以失败告终，比利最后还是得回到俄亥俄州中部精神病院去。"

卡斯问波特有什么想法。波特说："我希望由我独自处理，没有人一起工作，他就无法采取分而治之的手段。我希望单独处理他的相关事宜。"

卡斯说他会考虑。几天后，他打电话回复说："你说的有道理。为什么要重新设计一套方案呢？我看过他的档案，确实每次都会出现这种情况。出于某种理由，每当遇到比利这个特例，整个体系就运转不灵了，相互扯皮，最终导致他再度分裂。我们唯一的办法就是，由你来负责治疗并向法院汇报情况。"

在这些条件得到满足之后，波特接下了这份工作，并在比利需要离开本州时负责向约翰逊法官报告。在由波特一人负责治疗后，比利的状况有了很大改善。

2

在随后的六个月里，比利安心地在俄亥俄州精神卫生局当电脑编程员。波特终于帮他找到了一间公寓，他晚上和周末都在那里作画。

1989年1月20日，施韦卡特打电话告诉比利，俄亥俄州最高法院裁决，他的宪法权利在四年前的确遭到侵犯，证据是治安官罗伯特的助手提供的。该助手在监狱里偷偷地录下了他和施韦卡特有关"谷仓枪击案"的通话。

"这么说休梅克无法利用'谷仓枪击案'把我送回监狱啦！"比利说，"这是你第二次救了我，律师。"

"对一个正常人来说，可能是这样，"施韦卡特说，"但法院会一边给予你权利，一边又剥夺你的权利。他们承认你的宪法权被侵犯，因为那个录音事件'遭到一致谴责'，但他们仍未撤销对你的指控。他们把这个案子退回了阿森斯市，让新的主审法官裁决该录音是否'蓄意获取机密信息'，以及检察官是否事先知晓我们的应对策略。"

"也就是说假释局还是要把我送回监狱！"

"我不会让你进监狱的。"

"无法兑现就不要承诺。我很尊敬你，但我一直非常清楚有人在想方设法整我，而且他们对你我来说都过于强大。"

"我让你失望过吗，比利？"

"没有，可是……"

"那你不必担心，比利。还有，不管你做什么，千万不要逃跑。"

3

时间已经所剩不多，波特和比利都感受到了压力。比利在精神卫生局为期八个月的兼职工作合同即将在3月份到期，而根据"有条件假释"的要求，他必须再找到一份工作，否则就得回俄亥俄州中部精神病院去。但目前他根本没有可能找到其他工作。

波特和几家愿意聘用比利的公司主管谈过，但公司的工作人员却不愿意和他共事。

他们走进了死胡同，既无解决办法，也无答案。波特需要找个人商量一下，于是打电话给老朋友杰里·奥斯丁（Jerry Austin）。杰里来自纽约，以前是个社会工作者，现在则从事政治宣传工作。杰西·杰克森（Jessie Jackson）竞选总统的时候，他曾担任过竞选团队的主管。

"杰里，帮我好好想想。你曾经推销过政治候选人，那你觉得应当如何推销威廉·米利根呢？"

"给我讲讲详细情况。"他说。

波特把帮比利找工作的情况和那些潜在雇主的反应，州政府的立场，以及休梅克和假释局的威胁都告诉了杰里。"给我提点建议，杰里。我们的想法是否错了？需要换个方式进行吗？"

"让他来和我谈谈。"奥斯丁说。

波特告诉比利，奥斯丁专门为参加竞选的官员进行媒体宣传。"杰里想和你谈谈如何改变你的形象，教你如何展示自己，变成一个受欢迎的人。"

看过比利的画作和听了他的故事后，奥斯丁安排比利住进了市中心一栋带车库的住宅，让他把车库改成画室。

他坚持认为比利应当继续作画。

他聘用比利做电脑安全顾问，保护他的电脑资料的安全。奥斯丁向比利解释说，作为从事政治宣传的人，他自己有很多敌人，所以他和他在哥伦布市的政治伙伴需要对他们的信息网络采取严格的安全保护。比利的工作就是防止他人入侵他们的系统。

奥斯丁的信任和慷慨帮助让比利十分感激，立即设置好了奥斯丁刚给他买的新款高级电脑。他比以往更专注于对系统安全防护的学习，同时在公寓里继续认真维护奥斯丁的电脑系统。

奥斯丁请来的艺术专家都对这个年轻人的才华赞赏不已，于是奥斯丁便成了比利的艺术赞助人，并准备在秋季为比利举办个人画展。受到鼓舞的比利以前所未有的热情投入了创作，在画布上挥笔创作了一些超现实的画作：

在一幅题为《心血来潮的政治家》的油画（48×60厘米）中，一个十来岁的男孩扭曲着身子，毫无意识地躺在水泥地上，身边有一根像是做电击治疗用的电线。背景砖墙上的涂鸦中写着："达利未死！"

题为《被压抑的创造力》的油画（72×48厘米）则描绘了一个青灰色的角斗士，他的一只蓝色的眼睛从白色的蛋壳面罩下向外张望着。角斗士被金黄色的锁链捆绑着，手中拿着画笔。黄色、紫红色和蓝色的液体从巨大的颜料管中喷涌而出。

在《黑心美女》中，一个黑发美女从背景的草坪和灌木丛中冲到前景的阶梯上，秘密通道由一个布娃娃般的被钉起来的稻草人看守着。前景是一个碎裂的鸡蛋和一个插着枯萎花束的花瓶，空中飘浮着一个像眼球般充满血丝的球体，上面画着一颗黑心。

19幅超现实主义的画作描绘了蒙面人、笼罩在阴影之下的家庭、审视的眼睛，以及被撕碎、淌着血或者被钉在十字架上的布娃娃。

白天看到这些画都会令人毛骨悚然。

画廊老板布伦达·克罗斯（Brenda Kroos）将画展命名为"比利——发自内心的呐喊"，并决定于1989年10月27日（星期五）在哥伦布市开展并举行画家招待会，画展于12月15日闭幕。

在画展开始的三周前，施韦卡特通知比利于10月1日去阿森斯市为四年前的"谷仓枪击案"出庭做证。

在自哥伦布市前往阿森斯市的途中，比利向施韦卡特抗议说那完全是诬告，如果巡回法官判决他有罪，即使只是轻罪，休梅克也一定会以此为借口将他关进监狱，让他至少服刑13年。

"我不会让休梅克把你送进监狱的。"卡特说。

"我再也不会相信这个制度了。"

施韦卡特的大手在比利的肩上轻轻一按："你的敌人已经碰到了一堵墙。"

"什么墙？"

"就是我。"

他们抵达阿森斯市法院后，施韦卡特和检察官私下谈了一会儿。施韦卡特回到走廊后告诉比利，对方已提出和解。事情自1985年后发生了很多变化：检方的一名关键证人被指控犯下重罪，另一名则有两项重罪指控，第三个证人已经去世，第四个证人因对枪击案的描述前后不一，可信度极低。

鉴于开枪射击的人已经赔偿了房主的损失，而且被关了30天就已获释，因而这个案件证据不足，甚至根本无法立案。

这位白发苍苍、受人尊敬的法官提出和解。他表示其中的一项指控，可以证据不足驳回，其余的指控则可合并成两项。如果比利同意对其他指控"不抗辩"，并撤销对罗伯特治安官和州政府的控告，那么法庭就可以判他一年徒刑并缓期执行，刑期计入他在莫里茨司法中心医院的"羁押时间"内。

比利气愤地拒绝了。"我是无辜的，我一定要在法庭上证明自己的清白。"

"我希望你能接受法官的建议。"施韦卡特说。

"我们可以赢的，"比利难以置信地说，"这可不像你的作为啊，你为什么要这样？"

施韦卡特似乎很疲倦，声音嘶哑地说："我母亲可没把我养成一个傻瓜。你永远无法预知在审判过程中会发生什么事。这样做可以让你免于坐牢。"

"我真不敢相信你会建议我接受。我要听听奥斯丁的看法。"

但比利没有给奥斯丁打通电话，回来后茫然地望着施韦卡特说："这就是让我承认自己没有犯过的罪行。过了这么长时间，在他们对我做出了那么多伤害之后，我不敢相信你竟然要我放弃。"

"接受这个妥协建议吧，比利。"施韦卡特的声音透着疲惫，仿佛在强撑着自己。

"真不像是你说的话。"

比利望着地板："媒体会报道说我有罪。"

353

"现在可不是顾及你在俄亥俄州的名誉的时候。唯一要做的就是不让你入狱。不要冒险让一个正直的法官判你有罪。"

比利有些泄气，说道："好吧！"

他们走进法庭，施韦卡特告诉法官他们同意以双方都能接受的方式处理这件事。

施韦卡特将比利的声明从"无罪"改为"不抗辩"，于是法官判处比利一年有期徒刑，但缓期执行。

在事后的庆祝会上，施韦卡特声称他的头痛得很厉害。

1989年10月3日，《哥伦布市快报》发布了题为"**米利根两项罪名成立**"的新闻。

俄亥俄州立大学学报《邮报》报道的标题则是"**米利根被判有罪，但无须入狱**"。

两周后，《哥伦布市快报》刊登了麦克·哈登（Mike Harden）为即将举办的画展撰写的专题报道：

> 这位风格独特的画家赢得的更多的是金钱而不是喝彩……
>
> ……比利的画展即将开幕……画廊老板克罗斯既不想靠此赚钱，也不想让这个为期七周的画展给自己招惹什么麻烦。她之所以决定展出这些作品，不过是"想给他一个展示的空间……"
>
> 最糟的结果是，这些展品不过是一堆业余画家的创作，乱七八糟的符号只有作者比利自己才看得懂。最好的结果也不过是能展现出他的潜力而已。
>
> 尚不知米利根会将画展收入的几成捐给慈善机构，但找人站

岗容易（三名保安），找愿意接受善款的非营利机构却没那么容易。有些人认为米利根坚持捐款是出于真实的悔悟和关爱。但其他人却认为这不过是哥伦布市街头一个狡猾的骗子愚弄公众的手段而已。

但可以确定的是，当画展结束，米利根拿到酬劳之后，已无须再争论究竟该由哪一个"比利"来支配这笔钱。

1989年10月27日星期五，题为"比利——发自内心的呐喊"的画展在哥伦布市克罗斯画廊开幕并举行了画家招待会。《哥伦布市生活报·视觉艺术》版11月9日刊登了记者莉莎·伊尚（Lisa Yashon）为画展写的报道和画家介绍。

"（他）曾遭受媒体和政坛闪电般的攻击，仅于1978年至1979年间，他的名字就在《快报》中被提及297次……"她写道，"在随后的10年里，米利根被政治投机者和媒体操控利用，受到精神病院的虐待，愤怒的公众也对他进行了报复。"

她引述比利的话："我曾经以为自己有很多朋友，但我犯了一些可悲的错误。而当我纠正了自己在生活中犯下的错误时，却发现那些朋友已经离开了我。"

在接下来的一周，比利得知达纳租了一架私人飞机把施韦卡特送到约翰·霍普金斯医院就诊。专家说俄亥俄州的医生已经告诉施韦卡特——暂时还没有对外公布——他已经到了癌症晚期，只剩下三个月可活。

第二十七章
加拿大橱柜中的白骨

1990年3月7日的晚上，也就是在施韦卡特去世两个月后，电视主持人道格·阿代尔（Doug Adair）在《哥伦布新闻观察》节目中报道说，加拿大皇家骑警在美国国界以北的不列颠哥伦比亚省惠斯勒市一处滑雪胜地，发现了一具深埋在雪下数米的男性尸骨。贝灵汉的警察怀疑这是法兰克·博登的尸体。

"为了探寻威廉·米利根与华盛顿州贝灵汉市失踪案有何关系，当地警方请求我们协助。因此《哥伦布新闻观察》节目组决定，将去年秋天拍摄的米利根在哥伦布展出的作品录像带交给当地警方。"

短小精悍、发色灰白的阿代尔又意味深长地强调了一句："是否有可能从比利的画中发现博登被害现场的蛛丝马迹？博登最后一次露面是和米利根在一起……加拿大皇家骑警怀疑这副尸骨可能是博登的，目前正在调查。但是他们说可能需要一年的时间才能找到足够的证据起诉米利根。"

作家对发现尸骨的事极为关切，但比利却不屑一顾。"我们已经讨论过那段时间我在干什么！我告诉过你，法兰克·博登还活着。"

"你是告诉过我，1986年你'最后一次看到他'时他还活着。但他后来有可能被人杀害了。现在他们找到了怀疑是博登的尸骨,而你是主要的嫌疑犯。"

"那不是法兰克·博登的尸骨。"

"你说你开车把他送到了加拿大,几周后又送他到偏僻的小镇上去拿枪,后来你亲眼看着他上了一艘游艇。但是他没有回来。他登船时,是你最后一次见到他吗?"

"没错。等皇家骑警拿着博登的牙科病历和那副尸骨比对之后,就会发现那不是他。所以,你不必瞎操心了。"

加拿大皇家骑警放出消息说,就在发现尸骨的第二天晚上,博登的牙科病历莫名其妙地不见了。没有牙科病历可以比对,他们现在只能对这副尸骨做DNA检测,这大概要花几个月的时间。

比利的脸变得煞白:"这下可糟了。"

"为什么?"作家问道。

"DNA检测是可以作假的。他们可以从他公寓里的梳子或刷子上获取他头发的样本,要是上面还有毛囊,他们就可以说DNA检测证明那就是他的尸骨,然后他们就会来抓我。博登这个该死的浑蛋!"

"不要咒骂死人。"

"我跟你说过他没死,那不是他的骨头。我又要遭人诬告了。上帝,真没想到已经过了四年,他们还大老远地跑到不列颠哥伦比亚省去寻找。不行,我得采取行动。"

"你能做什么呢?"

"我知道一些……"他低声说,"你最好还是不要知道我准备和谁联系,不过我可以放出话去,说我有事要找博登,要不然我就把他的事告诉报社。如果政府或联邦调查局做了DNA检测,我担心他们会用博登的头发来确认那是他的尸骨。"

一周后,作家按照原定计划去探视比利。比利打开门,似乎几天都没有睡觉。

他打了个呵欠笑着说:"不是和你说了吗,不用担心。博登还活着。"

作家打开录音机,靠在椅子上:"告诉我是怎么回事。"

比利站起来边走边说。

"星期六下午1点,电话铃响了。我拿起电话听到对方说:'喂,傻瓜!'我问:'你是谁?'他答道:'我是笨蛋啊!'于是我才知道他是博登,因为我们就是这样彼此称呼的。他叫我'傻瓜',我叫他'笨蛋'。他说:'听说你要见我。'我就说:'你他妈的跑到哪儿去了?'他将自己在哪个城市告诉我,还有怎么去那家购物中心,然后说:'我们明天在那里见面。'"

"你怎么想?"作家问。

"我很生气。我想知道他到底在哪里。他至少应当寄给我一张他拿着当天报纸的照片,而且从照片上能看出日期,以证明他还活着。但看起来事情没那么简单。我对他说:'老兄,你是不想让我坚守承诺,把你的事说出去吗?'可是他答道:'千万别说,这样会要我的命,而不是把我送进监狱……'"

"我说,'老兄,你已经知道他们指控我谋杀,对吗?'于是他说,'我不知道,过来见我。'然后他就挂了电话。经过就是这样。"

作家大吃一惊:"可别告诉我,未经约翰逊法官的批准你就擅自离开俄亥俄州了。"

比利耸耸肩:"来不及了。那天是星期六。我花了13个半小时才赶到那里。星期天早上7点半左右我到了购物中心的停车场,在那里等了将近1个小时。后来,我看到一辆银色的庞蒂亚克火鸟(Trans-Am)汽车在那儿转悠,心想那一定是博登。我下了车,站在我车上贴的俄亥俄州执照牌旁边。我知道他很难立刻认出我,因为我现在的样子与那时候不一样了。

"他慢慢地开到我身旁,摇下车窗招手让我跟着他。大约20分钟后,他在公路旁的一家餐馆停下了。我忘了那家餐馆叫'休尼'还是'埃尔比',总之是其中之一。然后我们就进去聊天……"

"你们都聊了什么?"作家问。

"嗯,我很生气,因为我最后一次见到他,也就是他上船的时候,我被吓坏了。后来,他就告诉我发生了什么事,他去了哪里以及为什么要离开。"

"告诉我,究竟发生了什么?"

"他说他上船去取七公斤未加工的'哥伦比亚瓷白粉'(Columbian China White)。他本应把货交给另一个家伙,由那个人把货带到北犹他州,然后在美国转一圈,让人查不到货物的来源。"

"瓷白粉是什么?"

"就是白得像瓷器的纯冰毒,百分之百纯可卡因氢氟化合物,没加工过的。这东西一定要先经过加工才能用,否则会害死人的,不过他要取的是纯货。"

"他准备在船上交易吗?"

"他说本以为要在那里交易,可是他上船后,他们就让他从船的另一边下去,然后到另一艘游艇上交易。后来,因为有人对着那只船开枪扫射,他们就让他以别的办法离开了。你能相信吗?里根差点儿把博登杀了。"

"你不是在编故事吧?"作家问。

"我发誓不是。我只是想搞清楚究竟发生了什么。我必须搞明白。"

"好吧,继续说。"

"他说他们把他从那里带到了布莱恩,上了岸就把他扔在那儿,然后……"他摇了摇头,"他说得很玄乎,你不会相信的。我都不知道该不该相信。"

"就把他说的告诉我。"

"博登说他离开加拿大的时候不知道自己已被列入'失踪人口',也不知道贝灵汉警察指控我谋杀了他。他说他去了檀香山过去他藏军火的地方,然后又去了巴哈,在墨西哥待了段时间,最后到了圣达菲,住在那里直至钱快花完。就是在那个时候,他决定再通过电脑搞点儿钱。他想通过一切手段打入拉斯维加斯,因为那里是'钱仓'。他开始下载各种文件,一周又一周过去,他下载的文件装满了三四百张磁盘。"

"那需要很长时间啊。只是随机搜索?"

"黑客入侵就像是画画或玩拼图游戏。等你拼上最后一块,你收集的信息就有价值了,因为它有很多用途。"

"他在找什么?"

"找银行账号。"

"谁的?"

"他说那不重要。他当时还不知道犯罪组织和拉斯维加斯有关系,以为那都是电视节目胡说的。所以他不断收集有关赌场、执照局和赌博佣金的信息,以及所有能够找到的政府信息。他查出了谁是那里最有钱的人,谁登记过,谁又拥有执照。他入侵了个人信息档案、电话清单,还有他能获取的各种信息。"

"那些人的档案系统没有安全防护吗?"

"有些人不需要,因为他们的信息太容易获取了,几乎是公开的。"比利接着说道,"但有些人采取了安全措施。博登不知道那些人的系统采取了严密的安全措施,包括数字化自动回拨系统,通过这个系统可以查到电话是从哪里拨打的。他说自己很幸运,那些人过去找他的时候他恰好不在家。

"等他发现自己收集的是那些犯罪组织大头目的信息时,顿时觉得还是赶紧逃命为妙。他需要一个新的身份,但又没有时间自己去搞,于是就打电话到司法部,没有告知姓名,只是说想做个交易。

"他发现自己可以做个交易,拿那些磁盘换取新的身份,然后获得自由和他想要的生活。他们叫他先寄几张磁盘过去,几天后再打电话询问。他再打电话询问时,负责的人告诉他:'你确实有我们想要的东西。'

"那个人还告诉他,有几个犯罪组织的头目即将在纽约被起诉。博登提出的条件是,如果这些家伙逃脱了制裁,他必须受到保护。因此,他的家人和贝灵汉警察局才没有接到通知。他们让法兰克·博登加入了'证人保护计划'。我告诉他,他们要用在加拿大发现的尸骨给我扣上谋杀他的罪名,于是他就说他会告诉他的联系人,请他们去处理这件事。"

"令人难以置信,"作家问,"那些丢失的牙科病历呢?"

"博登对我说:'傻瓜,我不会让你被扣上谋杀我的罪名。'我答道:'我现在倒是真想杀了你,不过我见到你还是很高兴。'他说:

'我也是。真抱歉给你惹了这么多麻烦,不过这次也是关乎我小命的问题,老弟。'

"我告诉他,我需要证明,我可不想因谋杀指控而受审判,特别是他这个笨蛋还好端端地活着。他说:'我会让他们保护你。如果你被指控,报纸和电视就会报道,那时我的联系人就会出面替你澄清。我不会让你为了没有发生的事而被处死。我欠了你的人情,因为你可以说出我的秘密而自保,但是你没有。别担心,我会报答你的。'"

作家到厨房倒水时看到桌上有份报纸,正是比利他们见面的那个城市发行的,日期也正是见面的当天。那个城市离这里隔着两个州。作家回来时,比利已经倒在沙发上打起呼噜了。

作家在开车回家的路上,感到既困惑又沮丧,因为他对比利描述的离奇会面颇为怀疑。这件事就这么轻而易举地解决了?是不是太一厢情愿了。

第二天晚上,作家在电视上听到《哥伦布新闻观察》节目主持人阿代尔的声音——他还在追踪报道加拿大尸骨的新闻。阿代尔报道说:"法兰克·博登的牙科病历出人意料地在北卡罗来纳州出现,现正送往华盛顿州的贝灵汉市。"

这时电话响了,作家刚拿起电话就听到比利在里面大叫:"哈哈!我告诉过你,笨蛋是可信的!"

第二天,阿代尔在新闻中报道了该事件的最新发展。

"如果它(尸骨)是博登的,"阿代尔说,"那么皇家骑警就会在消息发布之前赶到哥伦布市见威廉·米利根。昨天晚上已经报道过,在北卡罗来纳州发现的博登的牙科病历已经在送往西岸的途中,有关部门于几天之内就能做出结论——不论是怎样的结论。自博登1986

年失踪以来,米利根就成了该案的主要嫌疑犯……"

《阿森斯市新闻》对一名贝灵汉警察进行了电话采访,该警察说,如果牙科病历记录的情况与尸骨吻合,那么威廉·米利根就会被控谋杀。"目前是在进行失踪人口调查,但如果它(尸骨)就是失踪者的,这个事件就会成为一起谋杀案。"

《哥伦布新闻观察》说,阿代尔正飞往不列颠哥伦比亚省,追踪报道博登牙科病历与尸骨对比的最新发展。

一周之后,晚间新闻报道了牙科病历与尸骨的比对结果:

"……在加拿大找到的尸骨**不是**失踪者的。该失踪者4年前被人最后一次看到时是和米利根在一起……未找到尸体,就无法证明博登已经遇害,因而对米利根谋杀指控的调查已终止。"

比利决定用博登消失前自己给他搞的社会保险号,以及博登本人的号码查询一下。但电脑快速查询结果显示,法兰克·博登的这两个社会保险号码都不见了,与他的过去相关的所有线索也都无影无踪。博登不复存在了,他现在已经变成了另一个人。

比利知道这意味着什么,觉得很对不起法兰克·博登——不论他是谁,又在哪里。

第二十八章
消失的文件

1990年5月7日,约翰逊法官和库拉商讨了有关下一次精神状况听证会的事宜。约翰逊法官认为精神病医生的报告说明比利目前病情稳定,对他自己及他人均不再构成威胁。

"可以释放比利了。"约翰逊说。

然而,这一次却是库拉说:"不。"

原因在于,库拉现在认为约翰逊法官是阻止假释局将比利带走的保护伞。

施韦卡特去世前在临终关怀所与家人和朋友道别后,便把库拉和达纳叫到床边说:"答应我要好好照顾比利,保护他平安。"

库拉和达纳都答应了。

库拉面临的难题是他要信守这个承诺,而休梅克一心要把比利送回监狱。起初,库拉满足于维持现状,因为他知道根据俄亥俄州的法律,假释时间可以计算到刑期里。即使减去比利逃亡的5个半月——对如何计算这段时间尚存争议,库拉认为比利的刑期上限也已经快满了。

波特联系了假释局,他们同意以书面形式证明比利的假释期即将期满。

于是，库拉要求约翰逊法官将米利根的最后一次听证会安排在1990年8月，届时休梅克已无法以违反假释条例为由拘捕并监禁比利。

然而，库拉不知道休梅克否决了上司的意见，他认为比利自"因精神异常而获判无罪"那一刻起就不再属于假释局管辖，因此假释也就终止了。休梅克的观点是，鉴于比利并没有恢复假释状态，因而在他回监狱之前，假释时间不能再次开始计算。

库拉想搞明白，休梅克为什么会对这个患者持此前所未有的态度，而该患者在安全措施最为严格的精神病院中住的时间已经超过了应服的刑期。

库拉拿着法院的传票到假释局去查档案，在一堆剪报中发现了一张比利的照片。有人用墨水在比利的头上画了角，在脸颊画了斜杠，还在脖子上画了一把匕首。

库拉相信，休梅克一定是出于某种令人无法理解的个人原因才对比利的案子如此固执己见。他的理由未必是邪恶的，而是认为这样做有益于社会。

正是休梅克的态度，引发了他和比利之间的战争。

虽然库拉认为自己已经拿到了假释局有关比利的全部档案，但还是向那些一辈子都在替假释犯打官司的律师请教。这些犯人都被假释局撤销了假释。他们向他解释了假释局的官僚作风，以及如何破解假释局上百份文件的密码，真正看懂这些文件。

"奇怪，"一名律师看着其中的一份文件说，"这几句注释说明比利'已经'恢复了假释。档案里还应当有一份假释局恢复比利假释的官方'批示'。这份文件必须由休梅克签名。"

库拉知道，这份文件就是证明比利现在应当获得自由的铁证。然而，他却无论如何也找不到这份文件。法院的传票依然有强制力，于是他拿着传票到休梅克的办公室要求查看有关比利的文件。有人告诉他，休梅克把这份文件放在自己办公桌的抽屉里了。但库拉到处都翻遍了，却没有发现。

库拉又到其他办公室去查看档案，但仍然一无所获。这里<u>应当</u>有这份文件，但他就是找不到。它是丢失，还是被人藏起来了？又或许它根本就不存在，比利没有恢复过假释身份，因而假释时间无法再次开始计算？

假释局的批示是这桩案子的关键，是颗定时炸弹。没有那个批示，库拉只能用那份在右上角有几句注释的文件作为证据，但这份文件很难让休梅克承认他在假释局的文件上签过字，同意恢复比利的假释身份。

1991年6月11日，休梅克到公共辩护律师办公室提交他的证词。休梅克是一个胖胖的老头，戴着金属框眼镜，穿着浅蓝色西服和白色皮鞋，配着白色皮带和领带。库拉望着他心想，这个意志坚强的人就是成人假释局的局长。

比利进来了。他穿着一条乳白色的裤子、一件鲜艳的夏威夷衬衫，头戴一顶岛民的草帽，仿佛刚从圣克罗伊岛海滩回来。库拉为他们做了介绍。

比利很礼貌地和休梅克握了手。库拉觉得，这个一辈子都坚持强硬立场的休梅克，对俄亥俄州的假释犯来说就如同上帝一般。如果比利赢了这场官司，休梅克也不会受到什么影响。对比利来说，这场官司生死攸关，但于休梅克而言却并非如此。

库拉事先安排好了座位，让休梅克和比利面对面坐着。多年来，比利对休梅克来说只不过是属下报告、新闻头条和电视节目中的一个人物而已。今天，库拉就是要他亲眼见识一下这个活生生的人。

与此同时，库拉也明白，比利时至今日都认为休梅克是一个邪恶的人，是一个魔鬼。在假释局档案里被毁了容的照片也同样让休梅克和他的同事认为比利是个恶魔。

库拉感到假释局局长的权力非常可怕，就连法官也没有那样的权力。因为法官要遵循判例和宪法规定的条例，要听取最高法院和议员的意见，他们的判决还要由上诉法院审核。

但休梅克无须遵循什么条例，假释局的决定也不受任何制约。规则是由他们自己制定的，而这些规则也很少受到挑战。假释局拥有最终定论的权力。库拉认为拥有如此权力——无人审核、无人提意见、无人制约，一定会导致独断专行的恶果。

在提供证词时，休梅克显得对比利的案子相当了解，但似乎对自己的很多文件都没有印象。库拉反复出示假释局的文件，包括基本程序和各种报告，以及地方假释官给比利医生的通知：该患者处于"假释期"，但需要向假释局官员报告。

休梅克坚称地方假释官是自作主张，并没有经过他的授权。他还重申了自己的看法：自1977年起比利就"没有"假释身份，他还应当在俄亥俄州监狱里服刑13年。

假释局的档案管理混乱，既没有按时间顺序，也没有按文件类型分类。新闻剪报、备忘录和信件全部杂乱地堆放在各处。库拉怀疑假释局是故意把档案弄乱，让他无法找到需要的文件。

等待提出证词的时间比预计的要久，午饭时间已过，但休梅克的同事、假释局督查部部长桑伯恩（Nick J. Sanborn）和总检察长办公室派来参与本案的律师仍然在外面等候。他们三人决定吃过午饭再来参与提供第二轮证词。

桑伯恩的律师递给库拉一个盒子："你办公室的人拿来一张法院传票，叫我们把其余的档案都拿过来。如果需要，你可以拿去看看。"

库拉向他道谢后就把盒子放在桌上。

比利出去给他们买热狗当午饭时，库拉迅速地翻阅着那些文件，直至找到了那张比利头上被涂了角，脖子上插着匕首的照片。他把照片放到一旁准备交叉询问时使用。

突然，一样东西吸引了他的目光。他发现在一页文件的底部有休梅克的潦草签名，于是便从头阅读这份文件。

俄亥俄州成年人假释局
特别批示　R/W/A/L

威廉·米利根，编号 LEC192849，判 2—15 年有期徒刑，在 1977 年 4 月 25 日获得假释，但鉴于他违反了假释条例，自 1986 年 7 月 4 日起生效。

假释局督查部部长建议恢复他的假释身份，自 1986 年 12 月 9 日生效。

假释局认真考虑了本案的所有相关因素，根据修正法规第 2967 条第 15 款，决定恢复该犯的假释身份，自 1986 年 12 月 9 日生效，继续由假释局监管。

1988 年 2 月 10 日于俄亥俄州哥伦布市

成年人假释局局长：休梅克

在文件的右上角写着:"损失时间:五个月又五天"。

这就是那些律师所说的应当存在的文件。经过几个月的努力,库拉终于找到这份消失的文件,可以证明比利已经服完了假释刑期。

"我终于找到了!"他大叫道。

比利迅速地看了一遍。"上面有休梅克的签名!这和他的证词相互矛盾。"

"不仅如此!文件证明你的假释刑期确实已经结束了。"

他们立即到复印室将文件复印了几份。"我要留一份,"比利说,"这是我奔赴自由的车票!"

桑伯恩用餐回来开始做证时,库拉努力让自己保持镇定。一位法学院的教授曾经告诉过他:"进行交叉询问时,如果你手中掌握了足以摧垮证人的证据,你就告诉自己:'来吧!'你要引导他,让他否认所有的事实和你掌握的证据。然后你就出示这个足以推翻其证词的文件。对一个律师来说,你会感到莫大的满足。这就是你一直期盼和等待的时刻。"

库拉找到了这份消失的文件,而且充分利用了它。

七周后,比利身穿一件印着《终结者2:审判日》的黑色背心出现在约翰逊法官主持的法庭上。

约翰逊法官要求律师报出姓名以便记录。所有律师都站起来报完姓名后,库拉又站起来补充道:"……以及加里·施韦卡特的灵魂。"

约翰逊法官点头表示知悉。

约翰逊法官读了精神卫生局的最新报告并让书记员做了记录,然后抬起头说道："……根据这些报告，米利根先生已不再遭受严重精神障碍的困扰，亦无证据表明他对自己或他人构成威胁。精神病医生认为，没有必要再将他监禁起来。

"证据表明，他已经完全正常，在相当长一段时间内是由一个人格主导。"

1991年8月1日下午4点，约翰逊法官撤销了精神病医生和法院对威廉·米利根的监控。

比利站起身，他的朋友和表示祝福的人围了过来，激动地拍着他的背，与他握手。比利向门外走去，一开始脚步缓慢，保持着一个自由人的尊严。但走着走着，他再也无法忍受法庭的压抑气氛，大步跑了出去。

他赴死的决心将所有的人格
整合在了一起。
这就是秘密所在。
在走向黑暗之前,
他终于回归了完整的自我。

尾声
魔鬼来了

比利的妹妹凯西几年前曾带我去过卡尔莫在俄亥俄州不来梅镇的农场，但我从未和比利一起去过。1991年秋末，比利打电话告诉我说他想回去看看，并邀我同行。

"你受得了吗？那可能会很痛苦。"

"没事，我不会受影响的。我想回去看看。"

比利驾驶着车，我们离开22号公路开上新耶路撒冷路时，他的脸变得煞白。"我只记得这条路晚上的样子。在路两旁的田野里到处都是小气井，它们冒着烟，四下里闪烁着煤气的火光。卡尔莫第一次带我到这里来的时候，我以为他要带我下地狱。"

"要不然我们回去吧。"我说。

"不。我想去看看这个让我崩溃和丧失心智的地方。"

"你现在感觉怎么样？"

"恐惧。就像是走进校长办公室时的感觉一样，脑海里一片空虚。我一直在想，如果卡尔莫端着枪或者拿着锁链等在那里，我一走进谷仓，他就把枪扔到我身上或者过来抓我，那么我该怎么办？"

"后来呢？"

"刚开始可能会很害怕，但后来我把他撕成了两半。当然，我知道他已经死了，但是我觉得自己并没有真正接受这个事实。"

"你现在接受了吗？"

"是的……"然后他神经质地笑了笑，"我知道家里人不想告诉我他埋在哪里，但我一定要看看他的坟墓。我必须找到它。我确实想过要找到他的坟墓，用一把破旧的大匕首使劲戳他，或者用一根木棍刺穿他的心脏。"

他斜着眼睛看了我一下："我想我需要等待。等我做好了准备，波特会陪我一起去。就这样。"

车子开下公路来到农场附近时，比利惊讶地瞪大了眼睛。那个小屋不见了。

"有人把它拆了？"他问。

那里现在只剩下一片焦黑的土地，四周是烧焦了的橡树。

"肯定是发生了一场大火，"他说，"火势猛烈。连那些离屋子40英尺远的树都烧焦了！那棵120英尺高的橡树也被烧到只剩下95英尺高了。就好像是魔鬼自己碾碎了这个小屋。他从地底爬出来，把这片地吸回了地狱。"

他愤怒地来回踱着步，用脚踩着枯萎的树叶。"他妈的！"

"怎么了？"

"在我到来之前，魔鬼已经把他带走了。"

只有他遭受折磨的那个谷仓还在。他害怕地走了进去，指着依然挂在那儿的绳索告诉我，那就是卡尔莫把他绑在门框上用的绳子。

我们走到杂草丛生的田里，比利忍不住哭了。"为什么没人清理这些草？"他大叫道，"为什么我童年时的东西还在这里？还我的童年！"

在仓库里，比利找到了卡尔莫往小兔子身上泼汽油的桶。我望着比利苍白的脸说："不要再看了。"

"不，我回忆起了很多事。我一定要记住。我那时八岁，还不到九岁，那是他第一次带我到这里来。"

在一个角落里，我在一块被灰尘掩埋了一半的灰石板上发现了一幅小油画，上面画着一只鲜艳的红雀。"你应该把这个带回去，作为早期作品的纪念。"

"不！"他大叫着，不愿去碰它，"我不要这里的任何东西！把它放回去。这里有什么东西在说：'**不要碰任何东西！**'如果我们把它拿走，就等于是在传播瘟疫。"

我小心翼翼地把它放了回去。

比利走到储藏室前，犹豫起来，倒吸了一口。我们走进储藏室，他摸着工作台，对我描述了卡尔莫如何将他绑在上面强奸他，还用被开了膛的猫的血给他洗礼。

"我现在还可以看到他对小比利干了什么，"他说，"仍然能听到比利的尖叫声，还有卡尔莫恐怖的笑声。"

我们走到外面，他用颤抖的手指着一个倒在枯萎的树叶堆里的东西。"那个就是卡尔莫活埋丹尼时，摁在丹尼脸上的铸铁烟囱。"

现在，他能站在那里尽情地放声大哭了。我站到一边，好让他保留隐私。过了一会儿，比利平静下来，陷入了沉思。

"你没事吧？"

"我没有分裂，如果你是想问这个。我是比利。"

"真高兴听到你这么说。"

"我是在想……"他说，"卡尔莫小时候是否也遭受过虐待？我想了解他究竟遭受了怎样的虐待,才会把愤怒残暴地发泄在我身上。"

我们往回向车子走去时,他说:"大概米利根的爷爷虐待过卡尔莫,而爷爷也遭受过父亲的虐待?这种暴力行为一代传一代,通过卡尔莫又传给了我?"

"你从中想到了什么?"我问。

"我明白了遭受虐待会把一个人变成施虐者。我不是想辩解,但认为这可能就是我之所以遭受了这么多痛苦的原因。我或许真该为伤害那三位女士受到惩罚,我生存下来并最终明白了这个道理,现在必须从我这里结束这种代代相传的暴力行为。我现在认识到,我对她们做过的事会让她们痛苦一辈子。我非常抱歉。我的过错会不会导致她们接着去伤害其他孩子?上帝啊,让她们从心底里宽恕伤害过自己的人,像我一样抚平心灵的创伤吧!"

他望着那些烧焦的树木。

"我觉得我必须先原谅卡尔莫。我找到他的坟墓,只是想确定他真的死了,但我不会毁坏它。我要让他知道我已经原谅他了,那么他的灵魂也就可以原谅那个小时候曾经伤害过他的人。宽恕也许可以一直上溯到过去并改变未来。人们必须停止相互伤害。"

我们回到车上。比利开过烧毁的房舍,经过颠簸的小路,然后穿过廊桥驶上新耶路撒冷路。他没有回头,甚至没有从后视镜向后看。一次都没有。